A Herança de uma Nobre Mulher

Obras da autora publicadas pela Record

Acidente
Agora e sempre
A águia solitária
Álbum de família
A amante
Amar de novo
Um amor conquistado
Amor sem igual
O anel de noivado
O anjo da guarda
Ânsia de viver
O apelo do amor
Asas
O baile
Bangalô 2, Hotel Beverly Hills
O beijo
O brilho da estrela
O brilho de sua luz
Caleidoscópio
A casa
Casa forte
A casa na rua Esperança
O casamento
O chalé
Cinco dias em Paris
Desaparecido
Um desconhecido
Desencontros
Um dia de cada vez
Doces momentos
A duquesa
Ecos
Entrega especial
O fantasma
Final de verão
Forças irresistíveis
Galope de amor
Graça infinita
A herança de uma nobre mulher
Um homem irresistível

Honra silenciosa
Imagem no espelho
Impossível
As irmãs
Jogo do namoro
Joias
A jornada
Klone e eu
Um longo caminho para casa
Maldade
Meio amargo
Mensagem de Saigon
Mergulho no escuro
Milagre
Momentos de paixão
Uma mulher livre
Um mundo que mudou
Passageiros da ilusão
Pôr do sol em Saint-Tropez
Porto seguro
Preces atendidas
O preço do amor
O presente
O rancho
Recomeços
Reencontro em Paris
Relembrança
Resgate
O segredo de uma promessa
Segredos de amor
Segredos do passado
Segunda chance
Solteirões convictos
Sua Alteza Real
Tudo pela vida
Uma só vez na vida
Vale a pena viver
A ventura de amar
Zoya

Danielle Steel

A Herança de uma Nobre Mulher

Tradução de
Thalita Uba

2ª edição

Editora Record
Rio de Janeiro • São Paulo
2021

CIP-BRASIL. CATALOGAÇÃO NA PUBLICAÇÃO
SINDICATO NACIONAL DOS EDITORES DE LIVROS, RJ

S826h
2ª ed.

Steel, Danielle, 1947-
   A herança de uma nobre mulher / Danielle Steel; tradução de Thalita Uba. – 2ª ed. – Rio de Janeiro: Record, 2021.
   23 cm.

   Tradução de: Property of a Noblewoman
   ISBN 978-85-01-11760-1

   1. Romance americano. I. Uba, Thalita. II. Título.

19-59315

CDD: 813
CDU: 82-31(73)

Vanessa Mafra Xavier Salgado – Bibliotecária – CRB-7/6644

Título em inglês:
Property of a Noblewoman

Copyright © 2016 by Danielle Steel

Texto revisado segundo o novo Acordo Ortográfico da Língua Portuguesa.

Todos os direitos reservados. Proibida a reprodução, no todo ou em parte, através de quaisquer meios. Os direitos morais da autora foram assegurados.

Direitos exclusivos de publicação em língua portuguesa somente para o Brasil adquiridos pela
EDITORA RECORD LTDA.
Rua Argentina, 171 – Rio de Janeiro, RJ – 20921-380 – Tel.: (21) 2585-2000, que se reserva a propriedade literária desta tradução.

Impresso no Brasil

ISBN 978-85-01-11760-1

Seja um leitor preferencial Record.
Cadastre-se no site www.record.com.br
e receba informações sobre nossos lançamentos e nossas promoções.

Atendimento e venda direta ao leitor:
sac@record.com.br

Para meus filhos tão amados,
Beatrix, Trevor, Todd, Nick,
Samantha, Victoria, Vanessa,
Maxx e Zara,

Que vocês sejam profundamente amados em todas as idades,
corajosos em suas vidas,
honestos e compassivos com os outros
e consigo mesmos.

Que suas vidas sejam repletas de alegria e esperança
e que vocês sejam abençoados em todos os sentidos.
E que sempre saibam
o quanto amo vocês.

Mamãe/d.s.

"O que é uma bênção para um é uma bênção para todos."

Mary Baker Eddy

Capítulo 1

Era um típico dia de janeiro em Nova York, daqueles em que parece que o inverno nunca vai acabar. Desde novembro, a cidade vinha sendo castigada por nevascas nunca antes vistas. E a neve da manhã, a segunda daquela semana, havia se transformado em granizo, acompanhada por um vento gélido. As pessoas escorregavam no gelo e estremeciam com o vento que cortava seus rostos. Era um bom dia para ficar em um lugar fechado, e Hal Baker encontrava-se sentado à sua mesa em uma agência do Banco Metropolitano na Park Avenue.

Há pouco mais de três anos, o banco se localizava na divisa da parte de Nova York que havia ficado sem luz durante o terrível furacão que devastara a cidade. A algumas quadras ao norte da região que sofria com a falta de energia e enchentes, o banco permanecera aberto e atendendo os clientes, e até mesmo oferecera sanduíches e café para vítimas das enchentes, em um gesto de compaixão cívica.

Hal era responsável pelos cofres, um trabalho que outras pessoas achavam entediante, mas que ele sempre adorara. Ele gostava de atender os clientes mais antigos sempre que eles apareciam para verificar seus pertences, checar seus certificados de ações ou depositar novos testamentos nos cofres que alugavam. Hal conversava com eles, quando puxavam conversa — o que acontecia com frequência

—, ou os deixava em silêncio, se assim preferissem. Ele conhecia de vista a maioria dos clientes que tinha cofres, e muitos deles pelo nome. E era atencioso e solícito. Também gostava de conhecer os clientes jovens, especialmente os que nunca haviam tido um cofre, e explicava para eles a importância de se guardar seus documentos e pertences de valor em um local seguro, uma vez que moravam em apartamentos que nem sempre contavam com segurança.

Hal levava seu trabalho muito a sério. Aos 60 anos, estava a cinco anos de se aposentar e não possuía nenhuma grande ambição. Era casado, tinha dois filhos adultos, e cuidar do departamento de cofres do banco combinava com sua personalidade. Gostava de lidar com pessoas e trabalhava naquela agência fazia 28 anos, também havia trabalhado por dez anos em outra agência do mesmo banco. Esperava completar os últimos anos de sua carreira ali onde estava. Os cofres lhe passavam a ideia de uma grande responsabilidade. Eles guardavam os pertences mais valiosos e, muitas vezes, os segredos mais sombrios de seus clientes, era o lugar onde ninguém mais além deles tinha acesso.

O banco ficava no East Thirties, na Park Avenue, que há muitos anos fora um bairro residencial e elegante chamado Murray Hill, mas que agora estava entremeado por edifícios corporativos. Os clientes do banco eram uma mistura de pessoas que trabalhavam na região e dos antigos e educados clientes que moravam nos imóveis residenciais remanescentes. Nenhum dos clientes idosos se aventuraria a sair de casa naquele dia. As ruas estavam escorregadias por causa do granizo, e qualquer pessoa que pudesse escolher ficaria em casa, o que significava que aquele era um bom dia para Hal dar um jeito na papelada que se acumulava em sua mesa desde as festas de fim de ano.

Hal tinha três problemas naquele dia. O aluguel de dois dos cofres menores não eram pagos fazia exatamente 13 meses, e os clientes que os alugavam não haviam respondido às cartas registradas que ele mandara um mês antes, chamando atenção para o fato. Geralmente, inadimplência era sinal de que os clientes haviam abandonado os cofres, porém esse nem sempre era o caso. Depois de 13 meses de inadimplência, e sem receber nenhuma resposta, Hal podia chamar um serralheiro para abri os cofres com uma furadeira. E foi isso que ele fez, supondo que iria encontrar os cofres vazios. Algumas pessoas nem costumam se dar ao trabalho de avisar ao banco que não querem mais os cofres, apenas param de pagar a taxa mensal e jogam a chave fora. Nesses dois casos, se os cofres estivessem vazios, Hal poderia colocá-los à disposição dos clientes que estavam na fila de espera. Havia muita procura pelos cofres menores. E era frustrante esperar 13 meses para poder liberá-los, mas esse era o procedimento legal adotado por todos os bancos de Nova York, no caso de inadimplência. Seria muito mais fácil se esses clientes notificassem a agência de que queriam abrir mão do cofre e devolvessem as chaves. Mas algumas pessoas simplesmente não se davam ao trabalho de fazer isso, se esqueciam ou não se importavam.

O terceiro cofre com o qual ele pretendia lidar naquele dia era um caso diferente. Ele tinha visto a cliente algumas vezes ao longo dos anos e se lembrava dela com clareza. Era uma senhora de certa idade, de aparência distinta e muito educada, mas que nunca conversara com ele. Hal não a via fazia quase cinco anos. E o pagamento do aluguel do cofre não era realizado havia três anos e um mês. Ele enviara a carta registrada padrão um ano depois que os pagamentos foram suspensos e, então, esperara um mês, conforme requerido por lei, antes de mandar abrir o cofre na presença de um tabelião. Era um dos cinco maiores cofres disponíveis. E, diante do tabelião, ele fez um inventário minucioso de todo o conteúdo do cofre, conforme o protocolo. Havia várias pastas com a bela caligrafia da dona, uma com fotos, outra com documentos e alguns papéis, inclusive vários passaportes vencidos, tanto americanos como italianos, emitidos em Roma. Havia dois calhamaços grossos de cartas, um com uma caligrafia europeia antiga, escritas em italiano e com uma fita azul desbotada prendendo-as em uma pilha bem-organizada. As outras cartas, amarradas com uma fita cor-de-rosa, estavam em inglês, com uma caligrafia feminina. Também havia 22 caixinhas de joias de couro, a maioria contendo uma única peça. No entanto, mesmo para ele, que não entendia muito de joias, elas pareciam valiosas. Hal as listara simplesmente como "anel de diamante", "pulseira", "colar", "broche", sem mais detalhes, o que estaria além de sua competência. Ele também procurara por um testamento, caso fosse descoberto futuramente que a dona do cofre havia falecido, mas não encontrara nada em meios aos documentos guardados. A cliente havia alugado o cofre por 22 anos, e ele não fazia ideia do que acontecera com ela. Então, como era exigido por lei, ele esperara exatos dois anos desde a abertura do cofre para esvaziá-lo, mas até então não recebera nenhum retorno da cliente. Seu dever, agora, era notificar a Vara de Sucessões de Nova York da existência do cofre abandonado, sem qualquer testamento, e entregar o conteúdo a eles.

Caberia a eles descobrir se a senhora que alugava o cofre ainda estava viva. Se não houvesse mesmo um testamento, ou parentes próximos conhecidos, eles colocariam um anúncio nos jornais convidando parentes ou herdeiros daquela pessoa a se manifestarem para reclamar o conteúdo do cofre. Se ninguém aparecesse no prazo de um mês, todos os pertences seriam vendidos como bens abandonados, e a arrecadação proveniente das vendas seria destinada ao Estado de Nova York. Todos os papéis e documentos, por outro lado, deveriam ser retidos por mais sete anos, para o caso de algum parente aparecer. As leis que regulavam os bens intestados — quando não havia testamento — eram bastante rígidas. E Hal sempre seguia à risca qualquer determinação.

Ele partiria para a segunda etapa do processo hoje, notificando a Vara de Sucessões sobre o cofre abandonado. E como a mulher que o alugara estaria agora com quase 92 anos, havia grandes chances de ela não estar mais viva. Por isso a necessidade de a Vara de Sucessões confirmar isso antes de proceder à liquidação de seus pertences. O nome da cliente era Marguerite Wallace Pearson di San Pignelli, e fazia uns dois anos que Hal tinha uma forte suspeita de que as joias que ele havia inventariado fossem de um valor considerável. Agora caberia à Vara de Sucessões encontrar alguém para avaliá--las. Se a dona realmente não estivesse mais viva e se não houvesse mesmo um testamento e também se nenhum herdeiro aparecesse, a vara teria de determinar o valor das peças antes de leiloá-las em prol do Estado.

Como parte do processo, Hal chamou primeiro o serralheiro para abrir os dois cofres menores e depois ligou para a Vara de Sucessões para pedir que enviassem um profissional que pudesse examinar o conteúdo do cofre maior na presença dele. Imaginou que isso fosse demorar um tempo, uma vez que estavam operando com poucos funcionários, sempre ocupados e sobrecarregados, lidando com os bens e as questões de pessoas que haviam morrido sem deixar testamento.

Eram onze horas quando Hal ligou para a Vara de Sucessões e Jane Willoughby atendeu. Ela era estudante de Direito e, durante aquele trimestre, estava estagiando na Vara de Sucessões para ganhar créditos antes de se formar na Universidade de Columbia, em junho, e fazer o exame da ordem dos advogados naquele verão. Trabalhar como escrivá na Vara de Sucessões não era bem o que ela queria, mas foi a única oportunidade que lhe apareceu. Sua primeira escolha havia sido a Vara de Família, ramo que ela pretendia seguir, com foco em direitos das crianças. Sua segunda opção era a Vara Criminal, que parecia interessante, mas não havia uma única vaga disponível em nenhuma das duas áreas. Ela só havia conseguido a vaga de escrivá na Vara de Sucessões. Achava deprimente ficar o dia todo lidando com questões de pessoas mortas e com uma papelada infinita, sem ter muito contato humano, mas aceitou o trabalho. O problema é que ela se sentia estagnada ali, e não gostava da mulher para quem trabalhava. A chefe de Jane, Harriet Fine, vivia cansada, tinha uma aparência sem graça, e claramente não gostava do emprego, mas precisava do dinheiro, por isso nunca teve coragem de pedir demissão. Seus constantes comentários negativos e sua atitude nada simpática tornavam o trabalho de Jane ainda mais difícil, e ela mal podia esperar para se ver livre do estágio. Estava quase se formando, faltavam apenas dois meses de faculdade, e somente mais um trabalho para entregar. O estágio era o último passo para concluir a graduação, e Jane precisava de boas referências de Harriet para colocar em seu currículo, pois estava em busca de oportunidades em escritórios de advocacia em Nova York havia dois meses.

Jane atendeu o telefone em sua mesa no segundo toque, e Hal lhe explicou a situação em sua simpática voz corporativa. Ela anotou os dados que ele lhe passou sobre o cofre da Sra. Di San Pignelli e sabia que a primeira coisa que precisava fazer era descobrir se a cliente do banco estava viva ou não. Se eles confirmassem a sua morte, um funcionário da vara seria enviado até o banco e revisaria os itens do inventário com Hal e os reclamaria para o Estado, se nenhum herdeiro fosse localizado. Eles colocariam um anúncio no jornal. Era sempre interessante ver quem respondia àqueles anúncios. Recentemente, a Vara de Sucessões havia cuidado de um caso sem herdeiros, o que resultara em um leilão na Christie's e em uma bela quantia para o Estado, embora Jane não tivesse trabalhado no caso. Harriet, sua chefe, agira como se tivesse sido uma vitória pessoal quando nenhum herdeiro apareceu e ela pôde reverter o rendimento da venda para o Estado. Jane preferia lidar com o elemento humano, gostava quando via pessoas reclamando os itens que não esperavam herdar de algum parente que mal conheciam ou, em alguns casos, que nunca haviam conhecido. Aquele dinheiro era sempre uma agradável surpresa para os herdeiros.

— Em quanto tempo você acha que consegue estar aqui? — perguntou Hal educadamente, enquanto Jane olhava para o calendário, sabendo muito bem que não poderia tomar aquela decisão sozinha.

O caso seria designado a alguém, e Harriet provavelmente o daria a outra pessoa, já que ela era apenas uma funcionária temporária. Hal comentou com cautela que achava que alguns itens do cofre poderiam ser valiosos e que precisariam ser bem avaliados, provavelmente por um especialista em joias.

— Não sei quando alguém poderá ir ao banco — respondeu Jane com sinceridade. — Vou tentar descobrir se a Sra. Pignelli faleceu mesmo e vou repassar a informação para a minha chefe. Cabe a ela decidir quem vai ao banco e quando.

Hal olhava pela janela enquanto estava ao telefone. A neve começou a cair mais forte, deixando um fino tapete branco sobre a geada. As ruas estavam ficando cada vez mais perigosas, como frequentemente acontecia nessa época do ano.

— Entendo — disse Hal, com ar inexpressivo.

Ele sabia que a vara lidava com uma quantidade excessiva de casos, mas fez o que precisava e seguiu o procedimento à risca, como sempre. Agora, estava nas mãos deles.

— Nós entraremos em contato quando mandarmos alguém — garantiu-lhe Jane, pensando no que ele dissera sobre a possibilidade de se tratar de bens valioso, e logo em seguida desligou. Então ficou observando a chuva gélida que caía lá fora.

Ela odiava dias assim, e mal podia esperar para retornar às aulas e terminar logo a faculdade. As festas de fim de ano também haviam sido deprimentes.

Jane não conseguira ir para Michigan passar o Natal com a família, e ela e John, o namorado, tinham passado meses confinados no apartamento, estudando. Ele estava fazendo MBA em

Administração na Universidade de Columbia e ia se formar em junho também. E com a pressão dos trabalhos e das provas, as coisas andavam estressantes entre eles. Os dois moravam juntos fazia três anos e sempre se deram bem, até que, havia uns seis meses, com a proximidade da formatura, o relacionamento foi ficando mais tenso. Além disso, ambos estavam procurando emprego, o que também os deixava mais ansiosos.

John era de Los Angeles, e ele e Jane se conheceram na faculdade. Dividiam um apartamento pequeno, alugado, nada bonito e já mobiliado perto da Universidade de Columbia, no Upper West Side. A batalha constante contra as baratas tornavam o local ainda menos agradável de se morar. Eles esperavam conseguir alugar um lugar melhor depois que ambos estivessem formados, empregados e pudessem contar com mais dinheiro, embora os pais de Jane ainda tivessem esperanças de que ela voltasse para Grosse Pointe, o que não estava nos planos dela. Jane pretendia ficar em Nova York e advogar. Seu pai era CEO de uma seguradora e sua mãe era psicóloga, embora não trabalhasse mais desde que Jane nasceu. E eles não estavam felizes com o fato de que ela não queria voltar para casa, pois era filha única. Jane odiava decepcioná-los, mas estava animada para construir uma carreira em Nova York e vivia falando isso para os pais.

Jane sabia que, independentemente de quem ficasse encarregado do caso Pignelli, Harriet esperava que ela checasse os registros de óbito antes de qualquer coisa, para verificar se a Sra. di San Pignelli ainda estava viva, e rapidamente digitou o nome e a data de nascimento da senhora no computador. A resposta foi imediata. Marguerite Wallace Pearson di San Pignelli falecera havia seis meses. O último endereço conhecido era no Queens, onde morrera. Mas não era o mesmo endereço cadastrado no banco. De acordo com os registros de Hal Baker, a mulher morava em Manhattan, perto do banco. E dada a idade avançada da Sra. di San Pignelli, Jane se perguntou se ela por acaso não teria se esquecido de que tinha um cofre, ou se estaria doente demais para retirar seus pertences de lá antes de morrer e fazer o que bem entendesse com eles. Em todo caso, ela não estava mais viva, e alguém da Vara de Sucessões precisaria examinar o conteúdo do cofre minuciosamente à procura de um testamento em meio aos papéis dela.

Jane preencheu um formulário com inúmeras informações e o levou à sala de Harriet exatamente quando ela estava saindo para almoçar, enrolada em um casaco, com um gorro de tricô, cachecol e botas pesadas. Ela costumava ir para casa na hora do almoço a fim de dar uma olhada na mãe, e parecia que estava de partida para o Polo Norte quando viu Jane entrando em sua sala. Harriet tinha a fama de ser rígida com os funcionários e os estudantes de Direito, e parecia ser mais severa ainda com Jane. A jovem era bonita, tinha cabelos loiros longos, olhos azuis, um corpo escultural e a aparência de quem sempre teve uma boa situação financeira, não importava quanto tentasse ser discreta, e que usufruiu de todas os privilégios que Harriet nunca teve. Aos 29 anos, Jane tinha toda a vida pela frente, além de uma carreira promissora.

Harriet, ao contrário, havia passado a vida cuidando da mãe doente, já estava na casa dos 50, não tinha um relacionamento fazia anos e nunca se casara ou tivera filhos. Sua vida e seu trabalho pareciam um beco sem saída.

— Deixe na minha mesa — instruiu Harriet quando viu o formulário na mão de Jane.

— Alguém precisa ir ao banco — comentou a jovem baixinho, temendo irritar a chefe. — A pessoa em questão morreu há seis meses. O cofre foi mantido intacto por três anos, conforme o procedimento, e agora querem que a gente vá até lá esvaziá-lo.

— Vou passar isso para alguém depois do almoço — disse Harriet, enquanto saía apressadamente.

Jane voltou para sua sala e pediu um sanduíche de uma *delicatéssen* ali perto para comer em sua mesa mesmo. Era melhor do que sair naquele tempo horrível. Enquanto esperava o almoço chegar, examinava uns papéis menos importantes.

Ela dera uma boa adiantada nas tarefas do dia quando Harriet voltou do almoço, parecendo preocupada. Contou que a mãe não estava bem. Jane havia deixado duas pastas finalizadas na mesa dela. Era um trabalho entediante, mas a jovem era meticulosa e havia cometido poucos erros durante seu período na Vara de Sucessões e nunca o mesmo mais de uma vez. Ela havia trabalhado como assistente jurídica antes de ingressar na faculdade de Direito, e Harriet admirava sua ética profissional e sua atenção aos detalhes. Ela havia até dito a várias pessoas no escritório que Jane era a melhor estagiária que eles já tiveram, mas seus elogios não chegavam aos ouvidos de Jane. Harriet a chamou em seu escritório uma hora depois de voltar do almoço.

— Por que você não vai ao banco dar uma olhada nos itens do cofre e no inventário? — sugeriu ela, referindo-se ao caso Pignelli. — Não tenho mais ninguém para mandar agora.

Ela devolveu a papelada do caso Pignelli a Jane, que assentiu. A jovem havia lidado com apenas um inventário desde o início do estágio, mas não lhe pareceu algo complicado. Tudo que precisava fazer era examinar o inventário do banco e trazer o conteúdo do cofre para o escritório, para que fosse depositado no cofre da Vara de Sucessões, até que os itens de valor pudessem ser vendidos e os papéis, arquivados pelos próximos sete anos.

Jane ligou para Hal Baker naquela tarde para marcar um horário. Foi muito mais rápido do que Hal esperava, e ele se desculpou, explicando que estaria de férias nas próximas duas semanas e que tinha um treinamento assim que voltasse ao trabalho. Eles marcaram um horário para dali a um mês, um dia após o Dia dos Namorados, o que Jane não comentou, mas, de qualquer forma, isso não era um problema para ela. Não havia pressa e, assim, eles teriam tempo para colocar o anúncio nos jornais. Jane anotou o horário combinado, e, logo que desligou o telefone, pegou o formulário padrão de anúncio. O processo de tentar localizar os herdeiros de Marguerite di San Pignelli estava começando. Era apenas mais um dia como qualquer outro na Vara de Sucessões, tentando encontrar herdeiros e vender os bens quando não existia nenhum dono identificado.

Capítulo 2

Jane pegou o metrô até a estação mais próxima do Banco Metropolitano, quatro semanas depois de sua primeira conversa com Hal Baker, um dia depois do Dia dos Namorados. Aquela manhã e o dia anterior haviam sido turbulentos. Jane e o namorado brigaram quando ela estava correndo para fazer torradas, colocar cereal numa tigela e preparar o café da manhã para os dois. Jane queimou o pão, pois não havia checado a potência da torradeira, e derramou a tigela de cereal bem na hora em que John entrou na cozinha de cueca e camiseta, parecendo zonzo. Ele fora estudar na casa de algum amigo no dia anterior. Ela o tinha ouvido chegar às três da manhã, mas voltou a dormir antes que ele se deitasse na cama. E John havia esquecido completamente que era Dia dos Namorados, embora ela tivesse comprado uma caixa de chocolates e cartões para ele e deixado na cozinha pela manhã. Ele levou os chocolates para dividir com os amigos de seu grupo de estudos e não deu nenhum presente, nenhuma flor, nem mesmo um cartão para ela. Era como se, para John, o Dia dos Namorados tivesse sido cancelado este ano.

— Pra que essa pressa toda? — perguntou ele, pegando um pouco do café que Jane havia feito, enquanto ela varria o cereal e passava manteiga na torrada queimada.

Ele parecia exausto e evidentemente não estava de bom humor quando se sentou à mesa da cozinha e tomou um gole de café.

Ainda não havia se tocado quanto ao Dia dos Namorados. Nunca fora muito bom com datas comemorativas e, com dois trabalhos grandes para entregar, o Dia dos Namorados não estava entre suas prioridades. John estava totalmente focado nos trabalhos da faculdade, costumava ser uma companhia agradável, isso até os últimos meses antes do dia da graduação. Aquele homem que costumava ser independente e bem-humorado agora só pensava em si mesmo e no que precisava fazer para terminar o MBA. Às vezes, Jane se sentia como um fantasma.

— Vou fazer o inventário de um cofre abandonado hoje — contou ela, contente com a novidade. Ao menos era algo mais interessante a se fazer do que cuidar de toda aquela papelada em sua mesa.

— E isso é tão importante assim?

John não parecia impressionado. Aquilo soava como algo entediante para ele.

— Provavelmente, não. Mas com isso consigo sair um pouco do escritório e posso dar uma de detetive. Nós colocamos um anúncio no jornal para tentar chamar atenção de possíveis herdeiros, mas não tivemos nenhum retorno em quatro semanas.

— O que acontece se ninguém aparecer?

— Se ninguém aparecer a gente vende tudo de valor que houver no cofre. Tem três anos e um mês que ninguém aparece. Mas os papéis ficam guardados por mais sete anos. O dinheiro da venda vai para o Estado.

— E tem alguma coisa de importante nesse cofre?

— Parece que algumas joias podem ser valiosas, segundo o pessoal do banco. Vou checar isso hoje. É meio triste, mas não deixa de ser interessante. É difícil imaginar que as pessoas podem simplesmente esquecer que guardaram coisas num cofre, mas a mulher era bem velhinha. Talvez ela tenha sofrido de demência nos últimos anos de vida. Mudando de assunto, alguma chance de jantarmos juntos hoje à noite? — perguntou ela, tentando parecer despreocupada e sem querer pressioná-lo.

Porém, assim que Jane disse aquilo, ele grunhiu.

— Ah, merda. É Dia dos Namorados, né? Ou foi ontem, não sei. Obrigado pelos chocolates, aliás — agradeceu-lhe John, checando a data no jornal que estava em cima da mesa. — Desculpe, Jane. Esqueci completamente. Tenho dois trabalhos para entregar, não vou conseguir voltar a tempo do jantar. Você ficaria muito chateada se a gente remarcasse essa comemoração para daqui a umas duas semanas?

As desculpas dele pareciam genuínas.

— Claro que não — respondeu ela tranquilamente.

Jane imaginara que John diria algo parecido — ele estava obcecado com o MBA, e ela o entendia perfeitamente. As demandas do curso de Direito também tinham sido extenuantes para ela, mas suas notas sempre foram melhores que as dele.

— Eu já imaginava que não daria, mas achei melhor perguntar, de qualquer forma — continuou ela.

John se inclinou e deu um beijo nela, sorrindo ao reparar no suéter vermelho que a namorada usava. Essas datas significavam muito para ela, e ele sempre a provocara por causa disso. Era um lado cafona de Jane que ele achava fofo e julgava ser culpa da sua criação no Centro-Oeste. Os pais dele trabalhavam na indústria do cinema em Los Angeles, então tinham hábitos considerados mais sofisticados que a família dela.

Jane estava bonita para seu compromisso no banco, vestia uma saia preta curta, calçava sapatos de salto alto e seus longos cabelos loiros estavam presos. John adorava a aparência dela e gostava de ficar com a namorada — isso quando não tinha dois trabalhos para entregar e o projeto final no qual trabalhar. Eles não haviam feito planos para o futuro e curtiam o relacionamento vivendo um dia de cada vez, o que funcionava bem para ambos. Os dois estavam focados em suas carreiras. Jane não tinha tempo para pensar em casamento, nem vontade, queria se estabelecer primeiro, e John também. Os dois estavam de comum acordo quanto a isso.

— Vou passar a noite toda fora com meu grupo de estudos — avisou ele quando ela se levantou e colocou o casaco.

O casaco que ela ia usar naquele dia também era vermelho, em homenagem ao Dia dos Namorados, o que John achava meio bobo, mas ela ficava bem nele. E os sapatos de salto valorizavam suas pernas, que o namorado sempre afirmou serem um de seus melhores atributos.

— Nós marcamos na casa de Cara — comentou ele vagamente, olhando para o jornal que Jane havia deixado em cima da mesa.

Ele sabia que Jane não gostava dela. Cara parecia uma modelo de lingerie, e não alguém que fazia MBA. John sempre dizia que ela era superinteligente e que admirava seu talento para o empreendedorismo. Ela havia administrado uma empresa e a vendido por um bom valor antes de voltar à faculdade para fazer seu MBA. Ela tinha 31 anos, dois a mais que Jane. Era a solteira mais atraente do grupo, e o fato de John estudar com ela deixava Jane desconfortável. Até onde Jane sabia, John era fiel, e ela esperava que fosse mesmo. Mas Cara lhe parecia uma ameaça. Estava sempre com um decote exagerado e ficava sexy com roupas simples, jeans e camisetas justas.

— Seus outros amigos também vão estar lá? — perguntou Jane, parecendo nervosa, e John ficou instantaneamente irritado.

— É óbvio que sim. E que diferença isso faz? Não somos um grupo de terapia sexual. Estamos fazendo os trabalhos de fim de semestre, e a Cara entende bem mais de administração de pequenas empresas do que eu.

Essa era sempre a desculpa dele para estar com ela. Os dois já haviam feito vários trabalhos juntos.

— Eu só queria saber — rebateu Jane com delicadeza.

— Jane, não preciso de mais uma pressão. Se a Cara me ajudar a melhorar as minhas notas, fico bem feliz de trabalhar com ela.

Ele não estava no clima para uma cena de ciúmes, mas, de alguma forma, a conversa degringolou e, em cinco minutos, os dois estavam discutindo sobre Cara. E aquela não era a primeira vez. Para

24

Jane, o namorado era ingênuo. Ela vivia dizendo que Cara flertava com ele, o que John negava veementemente. Mas a discussão não chegou a lugar nenhum. John foi para o quarto irritado, e Jane saiu para trabalhar sentindo-se levemente nauseada.

Nos últimos tempos, eles viviam discutindo sobre tudo e sobre nada. Estavam em uma fase péssima, que Jane sabia que era culpa da pressão da reta final dos estudos, que ambos enfrentavam, então se esforçava para ser paciente com os episódios de mau humor dele, sua exaustão permanente e a falta de sono, e tentava não se preocupar com o fato de ele estar sempre com Cara. Ela confiava no namorado, mas ele e Cara andavam passando muitas horas juntos nos últimos tempos, estudando sozinhos e também com o grupo de estudos. Era óbvio que Cara dava mole para ele, e Jane não confiava nem um pouco nela. Ela odiava pegar no pé de John por causa disso, mas, por outro lado, ficava com os nervos à flor da pele.

John estava no banho quando Jane saiu. Ela estava com aquela sensação de inquietude que as pessoas têm após uma discussão em que ninguém "ganha", e agora se sentia estúpida com seu suéter e seu casaco vermelhos. Aquele era apenas mais um dia de trabalho para a jovem, e ela queria passar uma impressão séria quando fosse ao banco. Era a segunda vez que trabalharia em um inventário e queria parecer profissional.

Hal Baker já estava esperando por ela. Quando Jane chegou ao banco, ele apertou sua mão com um sorriso amigável e um olhar apreciativo, enquanto contemplava seu rosto bonito e seu belo porte. Ela definitivamente não era o que ele estava esperando. As escrivãs que a Vara de Sucessões costumava mandar geralmente eram bem mais velhas e carrancudas. Jane era jovem e linda, parecia interessada e tinha um olhar vívido. Hal a guiou escadaria abaixo até os cofres, com a jovem tabeliã logo atrás deles. Ele foi até a seção onde ficavam os cofres maiores, usou duas chaves para remover um deles do lugar e o levou até uma saleta privada, que mal acomodava três cofres. A tabeliã trouxe uma terceira cadeira para poder se sentar e analisar o inventário junto com eles. Hal estava com o arquivo da Sra. di San Pignelli nas mãos, juntamente com o inventário que tinha feito dois anos antes. Ele entregou uma cópia do documento a Jane assim que eles entraram na saleta e ela tirou o casaco vermelho. A jovem leu a relação dos bens contidos no cofre e, quando Hal o abriu, os olhos de Jane foram rapidamente para o conteúdo.

Ela notou as caixinhas de joias e as pastas. Hal tirou primeiro os papéis e os dispôs sobre a mesa, e então abriu as pastas uma a uma. Jane examinou a que continha fotografias primeiro e se deparou com uma mulher linda, com um olhar intenso e concentrado e um sorriso encantador. Era, obviamente, a Sra. di San Pignelli, visto que ela aparecia na maioria das imagens. Havia algumas fotos mais antigas também, dela ainda jovem e mais séria, e várias nas quais aparecia ao lado de um homem bem mais velho e requintado. Jane virou uma delas e reparou na data e no nome, "Umberto", escritos cuidadosamente no verso em uma caligrafia elegante. Algumas fotos haviam sido tiradas em festas, outras nas férias, e havia várias em iates. Jane reconheceu que algumas haviam sido feitas em Veneza e Roma. Também encontrou imagens dos dois em Paris, uma esquiando nos Alpes em Cortina d'Ampezzo, algumas andando a cavalo e um registro em uma corrida de carros, no qual Umberto usava capacete e óculos de corrida. O homem mais velho parecia ser bastante protetor com relação à bela jovem, e ela aparentava estar feliz ao lado dele, aninhada em seus braços. Jane viu várias fotos deles em um *château*, e algumas em jardins sofisticados com o *château* ao fundo. E havia alguns recortes desbotados de jornais romanos e napolitanos que os mostravam em festas e se referiam a eles como *Conte* e *Contessa* di San Pignelli. Então, em meio aos recortes, Jane encontrou o obituário do conde em um jornal napolitano datado de 1965, indicando que ele tinha 79 anos quando faleceu. Ficou fácil calcular que ele tinha 38 anos a mais que Marguerite, que estava apenas com 41 quando ele morreu, e que eles haviam sido casados por 23 anos.

Parecia que eles haviam tido uma vida luxuosa e requintada, e Jane ficou impressionada com a elegância dos dois e com quão estilosas eram suas roupas. Marguerite usava joias e trajes de gala em algumas fotos. E em várias delas — nas quais aparecia sozinha —, Jane notou uma expressão profundamente triste em seu olhar, como se algo terrível tivesse acontecido com ela. Por outro lado, aparentava estar sempre feliz nas fotos tiradas ao lado do homem mais velho. Formavam um casal bonito e pareciam muito apaixonados.

E bem no fundo do arquivo, havia uma série de fotos de uma garotinha, amarradas com uma fita num tom cor-de-rosa desbotado. Não havia nome escrito no verso, apenas as datas em que haviam sido tiradas, em uma caligrafia diferente, menos sofisticada. A garotinha era bonita, tinha uma expressão um tanto sapeca e olhos risonhos. Ela se parecia vagamente com a condessa, mas não o suficiente para se ter certeza de que eram parentes. De repente Jane foi assolada por uma onda de tristeza ao vasculhar as recordações de uma mulher que não estava mais ali, e que provavelmente tivera um fim solitário — se morrera mesmo sem deixar testamento e sem ter herdeiros conhecidos.

Ela se perguntou o que teria acontecido com aquela garotinha, que, a julgar pelas datas no verso das fotografias, também seria uma idosa nos dias atuais. Aquilo tudo fazia parte de um passado distante, e era pouco provável que as pessoas retratadas ali ainda estivessem vivas.

Jane fechou delicadamente a pasta com as fotos, e Hal lhe entregou outra pasta contendo documentos variados. Havia vários passaportes expirados, alguns que mostravam que Marguerite era cidadã americana, nascida em Nova York, em 1924, e seus carimbos indicavam que ela havia saído dos Estados Unidos e ido para Portugal, chegando a Lisboa de navio em 1942, aos 18 anos. Portugal era um país neutro, e os carimbos seguintes mostravam que ela viajara para a Inglaterra no dia seguinte à sua chegada e que só retornara aos Estados Unidos por algumas semanas em 1949, sete anos depois. Outros carimbos mostravam que, seis semanas depois de ter chegado à Inglaterra, em 1942, ela havia ido para Roma com um "visto especial". Jane não conseguiu deixar de pensar que o conde devia ter arquitetado algo ou pagado uma bela quantia a alguém para conseguir levar sua amada para a Itália em plena guerra. Também havia passaportes italianos na pasta. O primeiro era de dezembro de 1942 e exibia o sobrenome de Marguerite como "di San Pignelli", então eles já estavam casados, e ela estava na Europa fazia três meses e adquirira cidadania italiana com o casamento.

Ela voltara para os Estados Unidos em 1960, com um passaporte americano renovado na embaixada dos Estados Unidos da América em Roma. Era sua primeira visita ao seu país natal desde aquela viagem de três semanas em 1949 — e, em 1960, ela permaneceu apenas alguns dias em território americano, e não semanas. O passaporte não mostrava nenhuma viagem aos Estados Unidos depois disso, até ela se mudar para Nova York em 1994, quando já estava com 70 anos. Todos os seus passaportes americanos foram renovados na embaixada em Roma. E ela aparentemente usava o italiano para viajar pela Europa. Marguerite evidentemente tinha dupla cidadania, e talvez tenha mantido a americana por senti-mentalismo, já que morou na Itália por 52 anos, a maior parte de sua vida — e toda a sua vida adulta até então. Ficou sem pisar nos Estados Unidos por 34 anos e voltou de vez em 1994.

Jane também notou que havia extratos bancários na pasta, um registro do número da previdência social, o contrato do aluguel do cofre e um recibo de dois anéis que ela vendera em 1995 por 400 mil dólares. Mas Jane não conseguiu encontrar, em meio a todos aqueles papéis, um testamento. Não havia nada que se referisse a qualquer herdeiro ou parente próximo, ou a ninguém, para falar a verdade. Havia pouquíssima informação na pasta. E, fora o que eles tinham analisado, havia apenas dois maços grossos de cartas, escritas com tinta desbotada; um deles amarrado com uma fita azul-clara e o outro, com uma fita cor-de-rosa. Em uma pilha

28

bem organizada, havia cartas escritas em italiano, em um papel grosso amarelado, com tinta marrom, em uma caligrafia elegante que parecia ser masculina. Jane supunha que eram do marido de Marguerite. As cartas da segunda pilha pareciam ter sido escritas por uma mulher e estavam em inglês. Jane deu uma olhada em algumas delas sem desfazer o laço e viu que muitas começavam com "Meu anjo amado". Pareciam ser declarações simples e diretas de amor e estavam assinadas com a inicial "M". Não havia nenhum testamento ali também. Então a tabeliã registrou os dois maços de cartas em seu próprio inventário, assim como Jane.

Depois de examinar tudo, Jane tirou do cofre, com todo o cuidado, as 22 caixinhas de couro. Todas elas pareciam conter joias. Então as abriu, uma a uma, e seus olhos se arregalaram ao ver o conteúdo.

Na primeira caixinha, ela encontrou um grande anel de esmeralda retangular, de lapidação esmeralda. Jane não entendia muito de joias para tentar adivinhar de quantos quilates era, mas era grande. Além disso, a caixa de couro vermelha continha a inscrição "Cartier" em dourado na parte interna. Ela ficou tentada a experimentá-lo, mas não queria que Hal pensasse que ela não era profissional. Então anotou a descrição, fechou a caixinha, e a colocou do outro lado da mesa, para não a confundir com as outras.

A caixinha seguinte continha um grande anel de rubi oval, com um diamante branco triangular em cada lado, também da Cartier. E o rubi tinha uma tonalidade profunda, quase cor de sangue. Era uma peça magnífica. E na terceira caixa havia um enorme anel de diamante, também com uma pedra retangular de lapidação esmeralda. Era absolutamente lindo e, dessa vez, Jane arfou. Ela nunca vira um diamante tão grande. Olhou para Hal Baker, atônita.

— Eu não sabia que existiam diamantes desse tamanho — comentou ela, deslumbrada, e ele sorriu.

— Nem eu, até ver esse aí. — Ele hesitou por um instante, já não estava mais sorrindo. — Não vou contar para ninguém se você provar. Pode ser que você nunca mais tenha uma chance dessas.

Sentindo-se como uma criança travessa, ela fez o que ele sugeriu. O anel cobria seu dedo até a junta e era espetacular. Jane estava fascinada pela peça e não queria tirá-la do dedo.

— Caramba — disse ela, sem cerimônias, e os três riram para aliviar a tensão na saleta.

Era uma experiência estranha e um pouquinho assustadora remexer nas coisas daquela mulher, e parecia extremamente incomum que uma pessoa com bens tão valiosos não tivesse ninguém para quem deixá-los, ou tivesse se esquecido de fazê-lo, ou nunca tivesse buscado seus pertences. Jane não conseguia suportar a ideia de que coisas tão lindas como aquelas seriam vendidas para beneficiar o Estado. Era simplesmente triste demais que não houvesse sequer um herdeiro para apreciá-las ou alguém que se importasse com Marguerite.

A caixinha seguinte continha um broche de esmeralda e diamante, com um belo design de um joalheiro italiano. Havia um colar de safiras de cravação invisível da Van Cleef & Arpels, brincos combinando em uma caixinha à parte, e uma pulseira de diamantes incrivelmente linda com aparência de renda. Enquanto abria caixinha após caixinha, Jane se deparava com uma joia mais linda que a outra. Os anéis tinham pedras enormes. Na última caixa, havia um anel da Cartier com um grande diamante amarelo que parecia um farol. Jane ficou olhando para a coleção fascinante nas caixas, agora abertas. Hal Baker havia dito que Marguerite possuía algumas belas joias que poderiam ser de valor considerável, mas Jane não esperava nada parecido com o que encontrara ali. Ela não tinha visto nada parecido com aquilo desde que fora a Londres com os pais, aos 16 anos, e eles a levaram à Torre de Londres para ver uma exibição das joias da rainha. E algumas das peças que via agora eram ainda mais bonitas e impressionantes que as da própria rainha. A condessa Marguerite di San Pignelli tinha uma coleção realmente espetacular, e Jane tinha quase certeza de que as peças que estavam à sua frente, naquelas elegantes caixas vindas das mais sofisticadas joalherias da Europa, valiam uma fortuna. Ela só não sabia ao certo o que fazer em seguida.

— Talvez devêssemos fotografá-las — sugeriu ela, e Hal concordou com a cabeça. — Assim posso mostrar à minha chefe o que tem aqui.

Ela pegou o celular e fotografou cada item. As fotos mostrariam melhor o valor e a importância da coleção do que um meticuloso inventário. Entre as peças, também havia uma gargantilha de pérolas e diamantes da Cartier e um longo colar com pérolas enormes e perfeitas de cor creme. E ela também tinha visto uma caixinha com um anel simples de ouro com um brasão, que provavelmente Marguerite usara quando era criança, uma corrente de ouro com um medalhão em formato de coração com a foto de um bebezinho dentro e uma aliança de casamento simples. Os itens daquela caixa não eram de grande valor e pareciam completamente deslocados em meio às peças caras das demais caixas, mas a natureza deles sugeria que deviam ter algum valor sentimental para a dona.

Jane imaginava que a condessa provavelmente levara uma vida majestosa em algum momento. As fotos também sugeriam isso. Porque ela usava vestidos casuais e de gala lindos, peles extravagantes e chapéus elegantes. Jane ficou curiosa para saber quem fora Marguerite di San Pignelli. Tudo o que podia concluir com base no conteúdo do cofre é que a condessa havia sido uma jovem americana que fora morar na Itália aos 18 anos, que se casara com aquele homem das fotos em poucos meses, e que ele morrera 23 anos depois. E que, anos mais tarde, ela voltara aos Estados Unidos e nunca mais saíra de lá, até morrer, aos 91 anos. Nenhum dos passaportes que estavam no cofre era atual. O último havia expirado dois anos depois de sua mudança para Nova York, e ela nunca mais retornara à Itália. Todas as informações que Jane conseguiu coletar das fotos, dos jornais e dos documentos eram pedaços de um quebra-cabeça, e ainda faltava muito da história de Marguerite. Quando ela morreu, há seis meses, levou todas as respostas consigo.

Depois que Jane fotografou cada item, de vários ângulos, ela fechou as caixinhas de joias, e Hal as guardou de volta no cofre.

— Acho melhor deixarmos isso tudo aqui por enquanto — sugeriu Jane, um tanto nervosa.

Jane não tinha intenção alguma de levar aquelas joias com ela no metrô, quando voltasse ao escritório. As fotos eram mais que suficientes para mostrar a Harriet com o que elas estavam lidando. A jovem concluiu que elas precisariam recorrer a uma casa de leilões e se perguntou qual delas Harriet escolheria. A Sotheby's e a Christie's eram as escolhas óbvias. Por outro lado, Jane não fazia ideia se outras casas de leilões aceitariam aquele tipo de joia. Ela não tinha experiência alguma com itens de tamanho valor e magnitude, muito menos o gentil funcionário do banco. Quando Hal saiu do pequeno cubículo, Jane e a tabeliã observaram-no colocar o cofre de volta em seu devido lugar e trancá-lo com as duas chaves.

— Entro em contato com você assim que a Vara de Sucessões me disser o que fazer a partir de agora. São, certamente, peças lindas — comentou Jane, com um ar sonhador.

As três pessoas que estavam naquela saleta haviam ficado, de certa forma, impressionadas com o que viram. Eles nunca tinham visto joias como aquelas antes, e Jane suspeitava de que Harriet também não, mas ela certamente saberia o que fazer.

Jane agradeceu a Hal Baker e à tabeliã quando saiu, e pegou o metrô de volta para o escritório. O prédio onde a Vara de Sucessões estava localizada era um belo exemplar da arquitetura Beaux-Arts, construído em 1907, considerado um patrimônio histórico. Era um lugar lindo para se trabalhar, embora ela não estivesse tão feliz no emprego. Quando chegou à sua sala, Jane encontrou Harriet em sua mesa, revisando alguns documentos. Harriet ergueu os olhos quando viu a funcionária parada à porta, hesitando em interrompê-la.

— Belo casaco — elogiou Harriet, com um sorriso frio. — O que você tem para me contar?

— Acabei de voltar da checagem do inventário do caso di San Pignelli.

— Tinha esquecido que você ia fazer isso hoje de manhã — disse Harriet, distraída, esperando que tivesse sido algo rotineiro. — Como foi?

— Bem, eu acho — respondeu Jane, com medo de talvez ter se esquecido de alguma etapa do procedimento oficial. — Tinha umas coisas lindas — comentou baixinho, pensando no conteúdo das caixas de joias.

— Algum sinal de um testamento?

— Não, apenas fotos e cartas, alguns recortes de colunas sociais de jornais e do obituário do marido, passaportes bem antigos, alguns formulários bancários irrelevantes e as joias.

— Algo que possamos vender? — quis saber Harriet, adotando uma postura profissional e indiferente. Ela ainda não tinha visto as fotos da bela mulher com um sorriso encantador e olhar triste.

— Acho que sim.

Jane apertou um botão no celular e mostrou à chefe as fotos das joias de Marguerite di San Pignelli sem falar nada. Harriet ficou em silêncio por alguns instantes depois de ver as imagens e então se virou para Jane, claramente surpresa e com os olhos arregalados.

— Você viu tudo isso hoje? — indagou Harriet, incrédula, e Jane confirmou com a cabeça. — Precisamos ligar imediatamente para a Christie's e levar as peças a leilão.

Ela escreveu um lembrete para ligar para a Christie's em um papel e o entregou a Jane, que o pegou, parecendo preocupada.

— Devo ligar para eles?

Harriet assentiu, um tanto exasperada.

— Não tenho tempo para isso. — O problema da falta de funcionários parecia ter se agravado ultimamente. — É só ligar para a Christie's e dizer que você gostaria que alguém do departamento de joias encontrasse você no banco e desse uma olhada nas peças. Precisaremos de uma avaliação, caso algum herdeiro apareça. E também para a vara.

Jane confirmou então, em resposta às perguntas de Harriet, que a maior parte do conteúdo do cofre era de joias. Não havia dinheiro, certificados de ações ou títulos de dívidas, e Hal lhe explicou que o saldo da conta corrente da antiga cliente tinha se reduzido a menos de 2 mil dólares na época de sua morte. Ela não assinava um cheque havia anos. O único dinheiro que saía de sua conta eram as transferências automáticas mensais para o asilo onde ela vivia no Queens, que a própria Marguerite programara quando se mudou para lá. Mas suas joias claramente valiam uma fortuna.

Jane voltou para sua mesa, tirou o casaco que colocara para comemorar o Dia dos Namorados e procurou o telefone da Christie's. Quando o número apareceu em seu computador, ela viu que o escritório da casa de leilões ficava no Rockefeller Center. Embora já estivesse quase na hora do almoço, ela ligou para lá e pediu que transferissem a ligação para o departamento de joias. O telefone tocou por um tempão e ela já estava prestes a desligar quando uma voz feminina finalmente atendeu. Jane disse que queria falar com alguém sobre uma avaliação para submeter algumas joias a uma futura venda e eles lhe pediram que aguardasse na linha. A jovem ficou ouvindo uma musiquinha interminável por um bom tempo e chegou a pensar que não havia ninguém no departamento, quando, de repente, uma voz masculina simplesmente disse "Lawton", em um tom seco.

Jane lhe explicou que trabalhava na Vara de Sucessões e que precisava de alguém para avaliar uma coleção de joias abandonadas que eles colocariam à venda futuramente, se nenhum herdeiro aparecesse. Houve um instante de silêncio. Do outro lado da linha, Phillip Lawton olhava estático pela janela. Ele fora alocado no departamento de joias da respeitável casa de leilões havia dois anos e se sentia meio preso ali. Havia concluído um mestrado em curadoria de museus, com especialidade em arte egípcia e pinturas impressionistas, e esperara uma eternidade por um emprego no Met, um dos museus mais prestigiados do mundo. Acabou desistindo de esperar e aceitou um emprego no departamento de arte da Christie's. Achara o trabalho bastante interessante durante os três primeiros anos em que trabalhara lá, até que três vagas foram abertas no departamento de joias. O chefe do departamento foi trabalhar no escritório de Londres e dois funcionários que eram subordinados a ele pediram demissão. Phillip então foi transferido do departamento de arte para o de joias, uma área pela qual não tinha interesse algum. Prometeram-lhe realocá-lo ao departamento de arte futuramente, algo que não aconteceu. Todo o seu conhecimento era em arte. Seu pai havia sido professor de História da Arte na Universidade de Nova York até alguns anos antes, quando faleceu, e sua mãe era artista. Ele havia trabalhado na Galeria Uffizi, em Florença, depois da faculdade, e pensara em se mudar para Paris ou Roma, mas acabou voltando aos Estados Unidos para fazer mestrado. Trabalhou em uma importante galeria de arte em Nova York durante um tempo e, com 29 anos, foi para a Christie's, onde já estava havia cinco anos. Recentemente, prometera a si mesmo que, se eles não o realocassem no departamento de arte em seis meses, pediria demissão.

Phillip Lawton tinha aversão às joias por uma questão de princípios. Achava que as pessoas que as usavam eram frívolas e vaidosas, e não conseguia ver beleza nelas. Já pinturas e qualquer tipo de arte tocavam sua alma e o enchiam de alegria. Joias nunca conseguiram lhe proporcionar essa sensação. Para ele, só a arte era bela.

Ele parecia entediado quando atendeu o telefone. Esperava que fosse mais um pedido de avaliação rotineira para a vara.

— Você pode trazer as peças até aqui? — perguntou ele, com certo desinteresse.

Ele já havia feito avaliações para a Vara de Sucessões antes, e nenhum dos itens era valioso o suficiente para ser leiloado pela Christie's, com exceção de uma única peça, que recentemente havia se qualificado para seu leilão de "joias finas", mas que não rendera uma grande quantia. Ele julgou que seria muito improvável que as peças em questão fossem valiosas. Grande parte do que acabava na Vara de Sucessões não interessava a eles.

— Acho que não — respondeu Jane, sendo sincera, e ao mesmo tempo pensando que ele poderia achar que ela estava tomando seu tempo, o que a deixava irritada. Ela estava apenas cumprindo suas obrigações. Aquela ligação era um trabalho oficial, não um pedido de favor. — São 22 peças e acho que elas são valiosas demais para que eu fique andando com elas pela cidade.

— Onde elas estão? — indagou ele, ainda olhando pela janela, observando os arranha-céus da cidade. O escritório parecia uma prisão para ele, e seu trabalho, uma condenação perpétua que nunca teria fim. Ele odiava ir ao trabalho.

— Está tudo em um cofre no Banco Metropolitano de Murray Hill. Será que você poderia encontrar comigo lá para dar uma olhada nas peças?

Ele poderia, sim, admitiu em silêncio, só não era uma ideia muito tentadora. Mas era parte do trabalho dele fazer essas avaliações. A maioria delas era para herdeiros que não queriam as joias antiquadas que haviam recebido, ou para mulheres gananciosas que queriam transformar em dinheiro o que tinham ganhado após um divórcio. Entre seus clientes sempre havia joalheiros que queriam se livrar das peças que não conseguiam vender, visto que os preços dos leilões geralmente giram entre os do varejo e os do atacado, algo interessante tanto para os vendedores como para os compradores.

— Precisamos de uma avaliação — explicou Jane, forçando-se a falar em um tom simpático —, e, a não ser que um herdeiro apareça logo, vamos leiloar todas as peças.

— Eu sei como funciona — retrucou ele bruscamente, e Jane desejou que outra pessoa tivesse atendido sua ligação. Ele não parecia ser uma pessoa fácil de se lidar e não demonstrava interesse em ver as joias. Ela sorriu para si mesma ao perceber que ele teria uma bela surpresa.

— Bom, você pode ir?

Jane achava que, se precisasse levar as joias da Sra. di San Pignelli até a Christie's, necessitaria de seguranças armados, e a vara certamente não a deixaria contratar esse serviço. E ela não queria assumir a responsabilidade de transportar todas aquelas peças. Ele teria de ir até o banco para avaliá-las, ou então ela ligaria para outro lugar, para a Sotheby's talvez, que era tão boa quanto a Christie's.

— Sim, eu vou — concordou ele, parecendo ligeiramente contrariado. — Que tal na próxima terça, às dez horas? Preciso estar de volta à Christie's ao meio-dia para um leilão.

Ele havia feito treinamento para atuar como leiloeiro e, às vezes, cuidava de processos de vendas menores também. Imaginava que a avaliação dessas joias não fosse lhe tomar tanto tempo assim, pois achava que seriam peças pequenas. Era sempre assim quando tinha de lidar com cofres abandonados.

— Pode ser — concordou Jane educadamente, depois de eles concordarem em se encontrar no banco na semana seguinte.

Ela lhe agradeceu antes de desligar e ficou aliviada pelo funcionário da Christie's estar disposto a encontrá-la. Só um tempo depois lembrou-se de algo e ligou novamente.

— Desculpe incomodar de novo — disse ela, ao perceber que ele parecia ocupado quando atendeu. — Tirei umas fotos das peças com o celular e queria saber se você gostaria de vê-las antes de nos encontrarmos?

Talvez ele tivesse uma ideia melhor do que ela estava falando e ficasse um pouco mais interessado.

— Boa ideia — respondeu ele, parecendo instantaneamente mais animado. — Se as peças fossem insignificantes, como ele suspeitava, Phillip poderia encaminhar a moça para uma casa de leilões menor e não precisaria perder tempo avaliando as joias. — Mande para mim.

Ele deu seu endereço de e-mail para Jane, que mandou as fotos assim que eles desligaram e pegou um dos outros arquivos que Harriet havia repassado para ela. O novo caso era muito menos interessante e misterioso do que o de Marguerite. E Jane ficou surpresa quando seu telefone tocou dez minutos depois e ela descobriu que era Phillip Lawton, da Christie's. O tom da voz dele tinha mudado completamente em relação às duas primeiras ligações, e ele parecia animado quando lhe perguntou:

— Qual era mesmo o nome da mulher? Ela era conhecida?

— Acho que não. Condessa Marguerite di San Pignelli. Foi uma jovem americana que se mudou para a Itália aos 18 anos, durante a guerra, pelo que pude deduzir pelos passaportes dela. Ela se casou com um conde italiano e morou lá até a década de noventa. Ele devia ter muito dinheiro, considerando as joias que estavam guardadas no cofre. Era tudo que ela possuía, até onde sabemos. Sua conta bancária tinha apenas 2 mil dólares quando morreu. Estava com 91 anos.

Aqueles eram todos os detalhes relevantes.

— Se tudo for autêntico, é uma coleção e tanto de joias.

Ele parecia de fato impressionado agora, embora as únicas joias que lhe chamaram atenção nos últimos dois anos tenham sido as jades que ele vira em um leilão da casa em Hong Kong, que achou terem uma aura de romance e mistério, e requeriam análise de um especialista, coisa que ele não era, para avaliá-las. As peças ocidentais padrão nunca lhe atraíram, mas Phillip precisava admitir que as joias de Marguerite di San Pignelli eram maravilhosas.

— Não há motivo nenhum para desconfiar de que não sejam autênticas. E estão todas nas caixinhas originais — comentou Jane.

— Mal posso esperar para vê-las — soltou Phillip, parecendo curioso.

Eles se encontrariam dali a cinco dias, e ele agora estava planejando levar uma câmera para tirar fotos melhores do que as que vira.

— Até terça — despediu-se ele, em um tom mais amigável que antes, e Jane sorriu ao desligar.

Sentada à sua mesa no trabalho, ela pensou melancolicamente na bela jovem que se mudara para a Itália e se casara com um conde, como em um conto de fadas, e em todos os segredos de sua vida que haviam morrido com ela.

Quando Jane entrou em casa aquela noite, John não estava. Ela já sabia que não encontraria o namorado quando chegasse. Pensou nele com Cara e no grupo de estudos deles e sentiu aquela conhecida inquietação. Mas não havia nada que pudesse fazer em relação a isso, e ele havia lhe dito que o grupo iria trabalhar a noite toda nos projetos que todos precisavam entregar. Ela teria ficado contente em lhe contar sobre as joias que tinha visto naquele dia e sobre a conversa que teve com o funcionário da Christie's. Mas precisaria esperar até que ele tivesse tempo para ouvir o relato. Então tomou um banho e foi para a cama, ainda assombrada por Marguerite di San Pignelli, pelas suas fotos com o conde e pelas joias que ganhara dele. Mesmo sem saber dos detalhes, Jane sentia que o casal vivera uma grande história de amor, apesar da expressão muitas vezes triste da mulher nas fotografias. Era impossível não pensar em quem ela teria sido, em como o conde aparecera em sua vida, e na vida emocionante que eles provavelmente compartilharam em uma época bastante glamorosa. Era difícil imaginar uma menina de 18 anos recebendo presentes como aqueles que Jane tinha visto. E ela não conseguia deixar de se perguntar se aquela linda jovem havia sido realmente feliz.

Capítulo 3

Na manhã seguinte, quando Jane saiu para o trabalho, John ainda não havia voltado para casa, mas, como ele informara que não tinha hora para chegar, aquilo não a surpreendeu. Eles se encontrariam só à noite, e ela torcia para que os dois pudessem passar um tempo juntos no fim de semana relaxando e colocando o papo em dia. A jovem sentia falta da tranquilidade de antes, mas tinha certeza de que tudo voltaria ao normal depois que os dois acabassem os estudos, embora o namorado estivesse sendo particularmente ríspido com ela nos últimos meses. Jane estava tentando ser paciente, não queria reclamar e acabar piorando as coisas.

Assim que chegou ao trabalho, ela retomou sua busca por herdeiros legítimos de Marguerite di San Pignelli. Com havia bens muito valiosos em jogo, não queria cometer nenhum deslize e decidiu ir até o último endereço conhecido de Marguerite para tentar descobrir alguma informação sobre ela e se a senhora tinha parentes vivos ou filhos. Talvez alguns familiares a visitassem, mas não tinham qualquer conhecimento sobre as joias.

Naquela manhã, Jane verificou o mapa de Queens e foi até lá de metrô. Descobriu que o endereço que aparecia na certidão de óbito era o de uma pequena casa de repouso; bastante limpa mas deprimente. Funcionários do departamento financeiro confirmaram que as despesas mensais da Sra. di San Pignelli eram pagas mensalmente mediante transferência automática da conta bancária dela. Não sabiam que ela tinha tão pouco dinheiro assim no fim da vida. Jane então foi encaminhada para o setor que cuidava dos pacientes e, pelos registros da casa de repouso, descobriu que Marguerite não recebera nenhuma visita durante os três anos que morou ali.

— Ela era uma senhora muito meiga e gentil — contou a coordenadora do atendimento aos pacientes. — Os registros mostram que ela sofria de demência quando foi admitida à nossa casa de repouso. Você gostaria de conversar com uma das enfermeiras que costumava cuidar dela?

— Sim, eu adoraria — respondeu Jane baixinho, depois de confirmar novamente nos registros que não havia menção a nenhum parente próximo.

Marguerite parecia estar completamente sozinha no mundo, sem parentes nem amigos, o que, segundo a equipe da instituição, não era uma surpresa. Muitos de seus pacientes não recebiam visitas e não tinham parentes registrados, principalmente os que eram bem idosos e não tinham filhos.

Alguns minutos depois, uma filipina de meia-idade trajando uniforme branco de enfermeira entrou na sala e sorriu para Jane. A coordenadora a apresentou como Alma e disse que ela fora a principal enfermeira de Marguerite em seus últimos dois anos de vida. Alma também comentou quão adorável a falecida era.

— Nos seus últimos dias de vida, ela falava muito do marido, dizia que queria vê-lo — contou Alma, com um sorriso gentil. — E mais de uma vez ela falou que tinha umas coisas que queria me dar. Um anel, eu acho, ou uma pulseira, não me lembro bem. Muitos dos nossos pacientes com demência prometem dinheiro ou presentes que não têm. É a maneira deles de nos agradecer.

A bela filipina não parecia surpresa ou decepcionada com isso, e Jane tentou imaginar como teria sido se Marguerite tivesse de fato lhe deixado aquele anel de diamante enorme, ou o de rubi, ou quem sabe um dos broches. Ela não tinha como saber qual seria a reação de Alma.

A enfermeira disse que, em seus últimos dias de vida, em um raro momento de lucidez, Marguerite pediu para ir ao banco buscar algumas coisas e escrever um testamento. Porém, a idosa não tinha condições de sair àquela altura, e eles se ofereceram para chamar um tabelião, mas Marguerite acabou se esquecendo do assunto e morreu no final daquela semana, sem escrever o documento. Alma explicou para Jane que Marguerite tinha morrido por conta de um breve ataque de pneumonia, quando estava gripada. Ela já estava acamada havia dois anos naquela época, em poucos momentos demonstrava lucidez — o que não era nada surpreendente para uma mulher de quase 92 anos. Jane se perguntou para quem Marguerite teria deixado as joias se estivesse lúcida o suficiente para escrever um testamento. Para Alma? Para um parente distante que ela não via fazia anos? Não havia como saber. Alma disse que Marguerite nunca mencionara o nome de ninguém.

Eles pareciam atenciosos com os pacientes, embora Jane tenha achado o ambiente bastante desolador. Havia idosos em cadeiras de rodas nos corredores, calados e com expressões tristes. Parecia uma forma muito deprimente de passar os últimos dias na Terra, e ela torceu para que a doença de Marguerite pelo menos tenha tornado as coisas mais fáceis para ela, pois, na maior parte do tempo, a idosa não tinha muita noção de onde estava. Porém, para Jane, os anos finais e o destino derradeiro de Marguerite pareciam ainda mais tristes assim.

Jane estava melancólica quando entrou no metrô para voltar ao centro. E, só para dar uma última verificada, parou no endereço de Marguerite que estava registrado no banco, a algumas quadras da agência, onde ela morava antes de se mudar para a casa de repouso, e resolveu falar com o administrador do condomínio. Ela não precisava, mas queria fazer isso. Algo naquela mulher e nas fotografias que ela tinha visto na caixa a tocara profundamente.

Mesmo sabendo pouco sobre a falecida, Jane parecia muito comovida. O homem se lembrava claramente de Marguerite e contou que os funcionários do prédio que a conheceram sentiam muita falta dela e que ela era uma senhora muito meiga. Explicou que ela havia se mudado para aquele prédio em 1994, para um apartamento pequeno, de um quarto, e vivera ali por quase vinte anos, saindo de lá apenas quando foi para a casa de repouso. Jane perguntou se ele sabia se Marguerite tinha filhos, parentes ou se costumava receber visitas. O administrador relatou que, durante os vinte anos em que ele trabalhava ali, nunca tinha visto ninguém visitá-la, e que ela não tinha filhos.

— Ela dizia que os cachorros eram seus filhos. Andava sempre com um poodle miniatura para cima e para baixo. Acho que o último morreu um ou dois anos antes de ela se mudar, e Marguerite costumava falar que estava velha demais para ter outro cachorro. Acho que ela sentia falta disso — comentou ele com tristeza, recordando-se do tempo em que Marguerite morava no prédio.

Todos os conhecidos dela pareciam relatar a mesma história: ela não tinha amigos, parentes, filhos, nem recebia visitas. Morava sozinha, era discreta e parecia ser o tipo de pessoa que levava uma vida tranquila, mas que tivera um passado agitado; havia se mudado para o prédio aos 70 anos, o que, para os padrões atuais, nem era uma idade tão avançada. Porém ela claramente havia deixado seus dias de glórias para trás quando se mudou para um pequeno apartamento em Nova York, 29 anos depois da morte do marido. Ao voltar aos Estados Unidos, abandonara todo aquele glamour.

Jane agradeceu ao administrador e foi embora, pegando o metrô até seu minúsculo apartamento. Mal podia esperar para que ela e o John arrumassem empregos decentes e pudessem se mudar dali. Não aguentava mais aquele prédio sombrio e o apartamento de mobília escura. Os móveis eram surrados e feios.

Jane largou a bolsa, tirou o casaco, sentou-se no sofá molenga de couro sintético e colocou os pés sobre a mesinha de centro.

Havia sido uma semana longa e interessante e, até então, a busca por algum herdeiro de Marguerite fora completamente infrutífera. Ninguém havia respondido ao anúncio. Ao que tudo indicava, não havia ninguém para reclamar os bens dela. Provavelmente suas joias seriam vendidas pela Christie's, e o lucro seria revertido para o Estado. Jane achava uma pena e ficou pensando no que o funcionário da casa de leilões diria sobre as peças quando as visse, na terça-feira.

Uma hora depois, ela havia preparado um chá e estava relaxando lendo uma revista quando John chegou. Ele parecia mais animado do que esteve a semana inteira e anunciou que tinha terminado um dos trabalhos na noite anterior, graças a ajuda de Cara.

— Ela caiu do céu — disse ele, aliviado, enquanto Jane o fitava Ela sempre ficava irritada quando o namorado falava de Cara. Era só ouvir sobre aquela mulher que Jane ficava com os nervos à flor da pele. — E como foi o seu dia?

— Cheio. Tenso. Estou procurando os herdeiros e tentado descobrir mais detalhes sobre os bens daquela mulher sobre a qual comentei com você. Parece que ela realmente não tinha ninguém. É tão triste pensar que uma pessoa pode morrer sem ter ninguém para cuidar dela.

— Ela não morreu com 91 anos? Acho que não tem motivos para você se estressar. Só o que importa são os bens dela agora e quem vai ficar com eles. Você nem a conhecia.

Ela percebeu que John achava sua compaixão por Marguerite estúpida.

— O Estado vai ficar com os bens — explicou Jane, entristecida. — Vou me encontrar com um representante da Christie's na semana que vem para avaliar as peças. — Ela se deu conta de que não tinha visto John desde que fizera o inventário. — Ela tinha muita coisa maravilhosa, joias incríveis, tipo diamantes gigantes, pulseiras e broches, até mesmo uma coroa.

Os olhos de Jane brilharam ao se lembrar da beleza das peças.

— Ela era da realeza ou algo assim? — perguntou ele, enquanto pegava uma cerveja na pequena cozinha.

— Ela era americana, mas se casou com um conde italiano quando tinha 18 anos e teve uma vida majestosa na Itália, a julgar pelas fotos. Parecia levar uma vida bem sofisticada — contou Jane, pensando nas corridas de carro e no *château*. — Mas acabou em uma casa de repouso no Queens, sozinha.

Com um cofre cheio de joias fabulosas e ninguém para quem deixar. Tudo parecia tão estranho para Jane, tão incongruente. Para John, era apenas mais uma história, e nada comovente. Mas ele não tinha visto as fotos, não tinha a menor ideia da vida que Marguerite levava. Por um momento, Jane pensou que o namorado estava sendo insensível, mas logo se lembrou que, nos últimos tempos, ele só pensava nos próprios problemas.

— Será que conseguimos um tempinho para jantar e ver um filme juntos neste fim de semana? — perguntou ela, esperançosa.

Ele balançou a cabeça pesarosamente.

— Preciso terminar o outro trabalho, e acabaram de me colocar em mais um. Acho que as coisas ficarão corridas até maio. Preciso continuar focado.

— Hum, me deixe adivinhar: a Cara está no seu grupo de novo.

Ela tentou não soar ríspida, mas não conseguiu. Era difícil ver o namorado tão pouco e saber que aquela mulher estava sempre com ele.

— Ah, não enche. Você só vai me irritar assim.

Ele a fitou com um olhar de advertência. Os últimos meses vinham sendo um verdadeiro teste para o relacionamento deles, e John não estava se saindo muito bem, Jane também não. John achava o ciúme dela em relação a Cara irracional.

— Está bem. Me desculpe — disse ela, suspirando. — Tenho que ler umas coisas no fim de semana mesmo.

A jovem tentou aparentar estar tranquila com relação à situação e também queria marcar um almoço com uma amiga, além de ter um trabalho para fazer. Ela sabia que provavelmente ia passar outro fim de semana sozinha e que John tinha razão. Irritar-se com Cara não faria bem nenhum a eles dois.

John foi para a academia malhar naquela noite. Quando voltou para casa, mergulhou na pesquisa para seu trabalho. Jane lavou roupa e pagou umas contas. Era bom conversar, embora eles mal tenham trocado cinco palavras um com o outro, e, quando John foi para a cama, ela já estava dormindo. No dia seguinte, ele já tinha saído quando ela acordou. Havia deixado um bilhete na mesa da cozinha avisando que passaria o dia todo na biblioteca. Pelo menos não estava na casa de Cara, pensou Jane. Havia alguma coisa naquela mulher que sempre a deixava com ciúme. Cara era sexy e inteligente, o tipo de mulher que atraía todos os homens e que sabia tirar total proveito disso. Ela só tinha amigos homens. Nenhuma mulher gostava dela.

Jane ligou para sua amiga Alex, e elas combinaram de se encontrar no MoMA para almoçar. Alex tinha se formado em Direito no ano anterior e conseguira um emprego em uma empresa de Wall Street. Dizia que estava trabalhando feito uma escrava, mas que ganhava um salário decente e que gostava do emprego. Havia se especializado em propriedade intelectual, um tema interessante e divertido. Alex almejava se tornar sócia da empresa dentro de alguns anos.

— Então, como vai o príncipe encantado? — perguntou Alex, com um largo sorriso.

Ela era baixinha, tinha cabelos escuros e olhos verdes, e não aparentava seus 32 anos. De jeans, suéter de lã e sapatilhas, com os cabelos presos em uma trança que caía pelas costas ela parecia uma criança. As duas mulheres formavam um contraste interessante: Jane era loira e esguia, Alex era morena e miúda. As duas já tinham passado muitos momentos alegres juntas.

— Nada encantador nos últimos tempos — desabafou Jane, suspirando, enquanto elas acabavam de almoçar no café do museu.

Ambas queriam ver uma exposição de Alexander Calder recém-
-inaugurada. Ele era um dos artistas favoritos de Jane. — John
anda num péssimo humor ultimamente, terminando os trabalhos
e projetos finais. É só nisso que ele pensa agora. Não janto com ele
tem um mês.

— Não sei o que esses caras têm na cabeça. Eles nunca dão conta
de mais de uma coisa ao mesmo tempo. É sempre uma coisa ou
outra, não têm espaço para mais nada.

Alex tinha terminado com o namorado fazia um ano e, nos
últimos tempos, começara a sair com um dos sócios da empresa
na qual trabalhava. Desde que fizera 30 anos, os pais dela a
perturbavam para que ela se casasse. Os pais de Jane eram mais
tranquilos em relação a isso. Apenas recentemente sua mãe havia
passado a fazer alguns comentários sobre John e a questionar seus
planos para o futuro, mas ainda não tinha falado em casamento.
Alex andava um pouco mais preocupada nos últimos meses e tinha
começado a falar em ter filhos.

— Aquela velha "magia" ainda existe entre vocês? — perguntou
Alex à amiga, que pensou por um instante antes de responder.

— Para ser sincera, não sei. Não sei se um dia houve essa "magia".
A gente se gosta muito e curte fazer as mesmas coisas. É fácil... E
a gente se dá bem. Bom, pelo menos costumava se dar bem. Acho
que, se você colocar uma arma na nossa cabeça, vamos dizer que
nos amamos, mas não acho que somos apaixonados um pelo outro,
não. Talvez a gente se preocupe demais com as nossas carreiras.

De vez em quando Jane pensava nisso, mas nunca teve de fato
uma reclamação em relação a John, a não ser agora. Jane era ín-
tegra e simples, não fazia o tipo sexy ou *femme fatale*, como Cara.
John gostava de falar de "mulheres gostosas". Cara definitivamente
era uma. E a vida sexual deles também andava bem morna, o que
também fazia com que os dois se distanciassem. Ele nunca estava
no clima nos últimos tempos, vivia dizendo que se sentia cansado
demais, ou nunca estava em casa com Jane.

— Talvez ele não seja o cara certo para você — arriscou Alex. Na verdade, ela nunca gostou muito de John, achava-o muito egocêntrico, o que não parecia incomodar Jane, mas isso deixava Alex irritada. — Talvez você se sentisse mais apaixonada se estivesse com outro homem — continuou ela com cautela, sem querer ofender a amiga.

— Acho que não. Eu tive um romance intenso na faculdade. Foi péssimo. Eu chorava o tempo todo e perdi uns sete quilos.

— Ah, isso não é tão ruim assim — rebateu Alex com um sorriso. — Tirando a parte do choro. Olho para o John e me lembro de um cara com quem eu costumava sair antes de entrar para a faculdade. Eu gostava dele, e a gente se dava bem, mas nunca senti firmeza nele. Então a gente começou a discutir sobre tudo, e foi só ladeira abaixo. Acho que perdemos o pique e aí as coisas azedaram. Se eu tivesse ficado com ele, íamos acabar nos odiando. Terminamos antes que isso acontecesse. Alguns relacionamentos não foram feitos para durar para sempre. Talvez o seu com o John seja um deles.

Jane não queria admitir para Alex, mas também já havia pensado nisso. E as discussões constantes com John agora a deprimiam. Ela não queria brigar com ele. Ainda tinha esperanças de que as coisas voltassem a melhorar. Mas, toda vez que estavam juntos, ambos queriam se esganar.

— Não acho que a gente possa resolver qualquer coisa ou tomar uma decisão importante antes da formatura, em junho — respondeu Jane calmamente. — Nunca tivemos grandes problemas antes. Agora ele está sempre de mau humor e superestressado, tentando terminar tudo antes de se formar. Não tem sido muito legal pra nenhum de nós dois, e eu também brigo com ele.

Por causa de Cara.

— Acho que não deve ser legal mesmo — concordou Alex.

Então elas foram para o jardim do museu, e Jane contou a ela sobre Marguerite e a procura por herdeiros dos bens. Falou sobre as joias e revelou que até experimentou o enorme anel de diamante.

49

— Caramba! É difícil imaginar uma coisa dessas. É coisa de outro século. Você consegue imaginar qualquer homem que conhecemos hoje dando esse tipo de joia para uma mulher, dirigindo um carro de corrida, ou morando em um *château*? Parece um conto de fadas, ou um filme antigo.

— Sim — concordou Jane. — E é triste pensar em como a história termina. Marguerite sozinha, com demência, em uma casa de repouso no Queens. Parece um pesadelo para mim.

— É, para mim, também — confessou Alex.

Elas entraram na exposição de Calder e passaram uma tarde agradável jogando conversa fora e, o mais importante de tudo, curtindo a companhia uma da outra. Às quatro horas, elas se despediram. Jane pegou o metrô para casa, e Alex voltou para West Village, onde morava, no Meatpacking District. Havia alugado um bom apartamento em um bairro badalado assim que conseguiu o emprego em Wall Street e estava amando. Tinha combinado de sair com o novo namorado à noite, os dois iriam ao teatro.

Quando entrou em seu apartamento vazio, Jane percebeu que sentia inveja da amiga, então foi trabalhar no artigo para a faculdade. John ligou por volta das nove horas. Tinha passado o dia na biblioteca. Os dois estavam seguindo caminhos diferentes agora. Ela tentou não pensar no que Alex comentara no almoço, sobre John talvez não ser o cara certo para ela, ainda não estava pronta para aceitar essa possibilidade. E também pensou no que a amiga dissera sobre o fato de alguns relacionamentos simplesmente acabarem. Jane esperava que isso não fosse o caso de seu namoro. Mas a pressão pela qual ela e John estavam passando obviamente estava afetando o relacionamento deles.

Na manhã de domingo, Jane acordou e viu John deitado ao seu lado, o que parecia um milagre, então eles fizeram amor pela primeira vez em um mês. Ela se sentiu melhor quanto ao relacionamento deles depois disso, e eles tomaram um *brunch* em uma *delicatéssen* próxima antes de John voltar à biblioteca pelo resto do dia. Ao menos a manhã havia começado bem, e ela se sentiu conectada com o namorado de novo.

No domingo à noite, foi ao cinema sozinha assistir a um filme francês independente, mas que não era tão interessante quanto ela esperava. Então, mais tarde, quando foi dormir, sonhou com Marguerite. Ela estava tentando lhe dizer algo, lhe explicar alguma coisa, mas, durante toda a turbulenta noite, Jane não conseguiu entender o que era. John não voltou para casa no domingo, havia mandado uma mensagem dizendo que tinha dormido no sofá de alguém. Jane acordou na manhã de segunda-feira sentindo-se exausta e frustrada e se preparou para mais uma semana de trabalho na Vara de Sucessões. Pelo menos ela teria a avaliação do pessoal da Christie's no dia seguinte, o que seria ótimo. E, com todas aquelas joias espetaculares, os bens de Marguerite estavam longe de ser entediantes. Aquele era o único ponto interessante e empolgante da sua vida agora.

Capítulo 4

Phillip Lawton saiu de seu apartamento em Chelsea ao raiar do sol de sábado, como fazia toda semana, para curtir o amor de sua vida. Seu nome era *Sweet Sallie*, um velho veleiro de madeira que ele comprara fazia oito anos e guardava em uma pequena marina em Long Island. Ele passava todos os fins de semana no barco, fizesse sol ou chuva e, quando o tempo estava bom, ficava o dia todo lixando, limpando e pintando a embarcação. A *Sweet Sallie* era imaculada, e nenhuma mulher tinha dado tanta alegria a ele. Phillip tinha muito orgulho do veleiro e costumava passar ali todas as noites de sábado — e, sempre que possível, também as noites de sexta. Era uma espécie de pré-requisito que as mulheres com quem ele saía também amassem *Sweet Sallie*. Algumas gostavam mais que outras. A maioria se cansava do barco e da paixão de Phillip por ele depois de um tempo. Era o bem do qual ele mais se orgulhava. Desde criança, adorava velejar. Talvez amasse mais isso do que a arte. Era um bom velejador, e frequentemente saía com *Sweet Sallie* em mares agitados ou durante tempestades de verão. Mas, nessas ocasiões, ele ia sozinho e não esperava que ninguém o acompanhasse.

Aos 34 anos, havia tido vários relacionamentos, mas nenhum longo ou muito sério. Alguns tinham durado um ano, mas a maioria não passara de alguns meses, até ele, ou a mulher — e certas vezes os dois —, descobrir que aquilo não estava indo a lugar nenhum e que nunca passaria de um romance. Phillip tinha grandes expectativas em relação a um relacionamento longo, especialmente quando se tratava de um casamento. Seu maior exemplo era o casamento dos pais, que, para ele, era perfeito. Comparava todos os seus relacionamentos ao deles e não aceitava nada que lhe parecesse menos do que aquilo. Seus pais eram loucos um pelo outro e formavam um casal perfeito, até a morte de seu pai, três anos antes. O relacionamento deles fora caracterizado pelo humor, pela gentileza, pela compaixão, pelo carinho, por um amor profundo e pelo respeito que um tinha pelo outro. Phillip não fazia ideia de como isso era raro nos dias de hoje, costumava pensar que aquilo era normal. Seu pai era dez anos mais velho que sua mãe. Eles se conheceram nas aulas de História da Arte, na Universidade de Nova York. Ele era professor dela. A mãe era uma grande artista, e o pai tinha uma admiração enorme pelo trabalho dela.

Durante os 15 primeiros anos de casamento eles tentaram ter filhos, mas não conseguiram, apesar das muitas tentativas. Sua mãe sofrera vários abortos espontâneos, então ela e o marido acabaram desistindo. Como o relacionamento deles era forte e significativo, talvez fossem até mais felizes sem filhos. Porém, seis meses depois, quando sua mãe completou 40 anos e seu pai, 50, ela engravidou e, dessa vez, a gravidez foi bem-sucedida. Eles diziam que o filho era fruto de um milagre. Os dois eram completamente apaixonados pela criança e incluíram o menino no círculo mágico da profunda afeição que sentiam um pelo outro. Phillip crescera imerso ao calor do amor e da aprovação dos pais, e nenhum relacionamento que teve quando adulto conseguiu se equiparar à generosidade de espírito e à pura alegria que ele testemunhara com os dois. E, se não fosse para ter um relacionamento como o dos pais, Phillip não tinha a menor intenção de se casar. Estava muito bem sozinho. Talvez bem até demais.

Sua mãe expressava, havia alguns anos, certa preocupação quanto aos critérios do filho e de sua visão tão idealizada do casamento. Temia que ele acabasse sozinho se não encontrasse ninguém que lhe proporcionasse um relacionamento ideal. Mas ele não parecia preocupado com a possibilidade de ficar solteiro e de vez em quando dizia que preferia ficar sozinho a estar com uma mulher que fosse aquém do que ele queria. Sua mãe vivia dizendo que ele estava em busca de uma mulher com asas e auréola, que era como Phillip enxergava a mãe. Ele era teimoso e se recusava a tolerar qualquer defeito em uma mulher. Como já havia criado uma rotina, ajustar-se a outra pessoa não estava entre suas prioridades. Como resultado, passava muito tempo sozinho em seu barco, trabalhando nele durante os fins de semana. Por ora, *Sweet Sallie* bastava para ele, ou ao menos era o que Phillip dizia. A solidão não o assustava. Ele gostava dela.

No domingo à tarde, depois de dois longos dias velejando sob o sol e ventos fortes, ele foi para a cidade jantar com a mãe no apartamento dela, como costumava fazer nos domingos à noite. Valerie, sua mãe, gostava de se manter ocupada. Admitia sem pestanejar que era uma péssima cozinheira e fazia com que o filho se lembrasse disso constantemente. Esse era um dos muitos defeitos que ele optava por desconsiderar. Quando ia ao apartamento da mãe para jantar, ela costumava comprar em uma *delicatéssen* próxima tudo de que ele gostava, e os dois ficavam sentados à mesa da cozinha falando sobre o atual trabalho dela, sua próxima exposição em uma galeria, o descontentamento dele com a Christie's, ou qualquer outra coisa do interesse de Phillip. Ela parecia mais uma amiga do que uma mãe. Raras vezes o criticava, fazia sugestões inteligentes e, aos 74 anos, era a pessoa mais jovial que Phillip conhecia. Ela mantinha a mente aberta, um profundo conhecimento sobre arte, que sempre compartilhara com o filho, e ideias criativas fascinantes. Nunca tinha medo de tratar de assuntos difíceis ou controversos. Valerie sempre encorajava o filho a pensar fora da caixa e a explorar novos conceitos e ideias. Queria muito que ele encontrasse uma mulher que o desafiasse a superar os próprios medos de acabar com a pessoa errada. Para ela, as expectativas dele eram irrealistas. Porém Valerie não tinha perdido as esperanças e torcia para que a pessoa certa aparecesse logo e desse uma sacudida na vida de Phillip. Ele era jovem ainda. Não precisava ter pressa. Mas Valerie também sabia que o filho adorava a vida que levava e achava que, nos últimos tempos, ele tinha preguiça de namorar. E a obsessão dele com o barco não ajudava muito.

— Por que você não vai esquiar? Ou quem sabe praticar algum esporte? Quem sabe não conhece alguém interessante... — sugeria ela ocasionalmente, mas ele apenas ria. Valerie não gostava de se meter muito na vida do filho, mas lamentava vê-lo sozinho.

— Não estou tentando conhecer mulheres, mãe. Eu conheço mulheres todo dia.

Ele estava acostumado ao tipo de mulher que vendia os presentes que ganhava do companheiro quando o casamento ou caso acabava e que tinha pouco respeito ou afeição pelos sentimentos por trás dos presentes. Essas mulheres estavam interessadas apenas no dinheiro que poderiam conseguir ao vendê-los em um leilão. Havia também as mulheres que trabalhavam nos outros departamentos da Christie's, que eram, às vezes, um pouco sérias demais para ele. Durante um tempo, Phillip saiu com uma garota que entendia muito de arte gótica e medieval. Valerie achou que ela parecia uma integrante da família Addams, mas não comentou nada quando a conheceu. Rapidamente Phillip chegou a essa mesma conclusão, e os dois romperam pouco tempo depois. Enquanto a maioria dos amigos dele já estava casada e no primeiro ou no segundo filho, Phillip permanecia sozinho havia mais de um ano, desde o fim de seu último relacionamento. Preferia mulheres de sua idade, e era difícil encontrar uma que ainda não fosse casada.

Nesse meio-tempo, ele jantava com a mãe nos domingos à noite, quando ela não estava ocupada demais para recebê-lo. Gostava da companhia dela, pois os dois sempre riam das mesmas coisas. E ele sempre relaxava no caos confortável do apartamento dela. Valerie tinha a capacidade de transformar seus arredores em um mundo mágico. Ela e o marido nunca tiveram muito dinheiro mas levavam uma vida suficientemente confortável e nunca lhes faltara nada; nem ao filho deles. Porém, nos últimos três anos, a situação de Valerie mudara consideravelmente por conta da apólice de seguro que o marido lhe deixara e da qual ela não fazia a menor ideia. Aquilo mudara drasticamente seu extrato bancário, mas não seu estilo de vida. Ela ainda gostava de fazer as mesmas coisas. Pretendia deixar boa parte do dinheiro do seguro para Phillip, um dia. Era cautelosa e responsável em sua vida financeira e esperava que aquela pequena fortuna pudesse ser útil para o filho. Quem sabe ele abriria uma consultoria de arte, ou a própria galeria. Ela já havia tocado no assunto diversas vezes, mas ele queria que a mãe usufruísse do dinheiro. Achava que ela deveria viajar, curtir a vida e conhecer o mundo. Mas Valerie estava ocupada demais pintando e estudando para se aventurar longe de casa.

— Estou me divertindo muito aqui. Não tenho o menor interesse em ir para lugar nenhum! — dizia ela, rindo para Phillip, com seus grandes olhos azuis e o rosto quase sem rugas.

Mesmo com a idade avançada, ainda era uma mulher bem--disposta, vivaz e linda. Fora abençoada com aparência e espírito joviais. Era fácil entender por que o marido havia sido apaixonado por ela até o último dia de vida. Valerie era uma mulher encantadora, cheia de charme e malícia. Seus cabelos compridos, antes loiros, agora eram brancos como a neve. Ela frequentemente os usava soltos, caindo pelas costas, como fizera a vida toda.

Em contraste, sua irmã quatro anos mais velha, Winnie, era seu oposto em todos os sentidos. Elas eram o yin e yang da vida, mas ainda assim melhores amigas. Enquanto Valerie nunca se preocupara com luxo, Edwina — Winnie — só via isso e, assim como seus pais, pensava muito em dinheiro — e na possível falta dele — desde que era menina. Nascida um ano após o ataque a Pearl Harbor, Valerie veio ao mundo na crista de uma época mais próspera. Winnie nascera em 1938, nove anos após sua família ter perdido tudo na quebra da Bolsa de Valores. Era criança nos tempos da Depressão e se lembrava das discussões constantes dos pais sobre dinheiro. A família delas tinha uma fortuna considerável, e seus pais eram de descendência aristocrática, mas perderam quase tudo que tinham. A reação de Winnie à insegurança financeira foi se casar com um rapaz de uma família rica. Durante toda a vida adulta, ela viveu muito confortavelmente. E, quando o marido morreu, há dez anos, deixou para ela uma fortuna considerável. Mas nem assim ela deixava de se preocupar. Valerie, por outro lado, nunca se preocupara com dinheiro, estava sempre satisfeita com o que tinha.

Tanto Winnie quanto Valerie se lembravam do pai como um homem bom, embora sério e um tanto frio e austero. Ele era banqueiro e muito conservador quando o assunto era dinheiro. Perder a fortuna o deixara mais sério. As lembranças que Valerie guardava do pai eram dele enfurnado no escritório durante a maior parte do tempo. E as recordações que tinha da mãe eram de uma mulher gélida, de quem nunca conseguia ganhar a aprovação, não importava o que fizesse. As duas tiveram uma irmã mais velha, que morrera de gripe na Europa aos 19 anos. Valerie não se recordava dela, pois tinha apenas 1 ano quando isso aconteceu. Winnie, por outro lado, insistia em dizer que tinha vagas lembranças da irmã e dava desculpas para o comportamento frio da mãe argumentando que ela nunca se recuperara da perda da filha. Ela nunca falava da primogênita para as outras, e as duas rapidamente compreenderam que o assunto era doloroso demais para a família.

Winnie nascera quando a irmã mais velha tinha 14 anos, e sua chegada fora uma surpresa nada bem-vinda para os pais. Sua mãe teve de aceitar a gravidez. E o nascimento de Valerie, quatro anos depois, foi simplesmente demais para ela, que tinha 45 anos na época e parecia constrangida, em vez de contente, por ter um bebê naquela idade. Durante toda a vida, Valerie se sentiu indesejada até se casar com Lawrence e escapar da família com a qual não tinha nada em comum. Mas Winnie era exatamente como os pais: séria, austera, nervosa, sem senso de humor, crítica e, na maior parte do tempo, fria. Era uma mulher digna, sempre preocupada em fazer a coisa certa, mas nunca calorosa. Não havia nada de espontâneo com relação a ela, era igualzinha à mãe. Mesmo assim, Valerie amava a irmã e conseguira criar um laço forte com ela. Falava com Winnie quase todos os dias e a ouvia reclamar frequentemente sobre sua filha Penny, que era mais parecida com a tia do que com a própria mãe.

Penny era advogada, tinha três filhos — rudes, desobedientes e indisciplinados, na opinião de Winnie, que também nunca gostou do genro. Winnie valorizava uma vida ordenada e tranquila, ao contrário de Valerie, que era aberta a todas as possibilidades e levava o que a irmã mais velha considerava, conforme aprendera com a mãe, uma "vida boêmia". Mas Winnie era mais tolerante com ela do que sua mãe costumava ser. Valerie nunca conseguira escalar as paredes que a mãe construíra em torno de si e uma hora acabou desistindo, bem antes de ela morrer. Ela nunca aprovava nada que a filha fazia e deixava isso bem claro. E, como Valerie amava a família que havia formado, parou de se preocupar com a opinião da mãe. Não sentiu falta da mãe quando ela morreu, embora Winnie tenha ficado anos de luto e falasse da mãe como se ela fosse uma santa. Quando Phillip nasceu, Valerie se perguntou como sua própria mãe não vira sua chegada inesperada como uma bênção, ao invés de uma maldição.

A família de Valerie fora um mistério para ela a vida toda, até mesmo Winnie, com quem frequentemente fazia piadas sobre ter sido trocada na maternidade. A maior diferença entre eles era que Valerie era uma pessoa calorosa e amorosa, ao contrário dos pais e da irmã. Ela achava aquilo uma infelicidade e era grata por seu filho não ter herdado nenhum traço deles, sorte também de sua sobrinha Penny, que era uma moça meiga e uma advogada muito bem-sucedida. Era dez anos mais velha que o primo Phillip, e eles eram grandes amigos, pareciam irmãos. De vez em quando ela pedia conselhos à tia Valerie, e não à mãe, que sempre criticava tudo, inclusive seu diploma de Direito de Harvard, que Winnie achava ser inapropriadamente ambicioso para uma mulher. Penny era uma mãe melhor do que Winnie alegava. Sua ideia de maternidade era parecida com a da tia. Para ela, Winnie era irremediavelmente antiquada, ao passo que Valerie era cheia de vida e estava sempre disposta a encarar qualquer desafio.

Quando Phillip chegou para jantar no domingo à noite, Valerie estava limpando seus pincéis, pois havia terminado uma pintura. Estava trabalhando no retrato de uma mulher de ar místico, e Phillip ficou parado olhando para a tela por um bom tempo. Valerie era uma pintora extremamente talentosa, suas exposições sempre recebiam boas críticas e todas as suas obras eram vendidas. Ela era representada por uma importante galeria localizada nas proximidades de seu apartamento no SoHo. Eles moravam lá desde que Phillip se entendia por gente, bem antes de o lugar se tornar um bairro badalado. E ela gostava do agito que havia ali. Comparava-o à *Rive Gauche* de Paris.

— Gostei do seu novo quadro, mãe — disse ele, admirado.

Era uma mudança sutil em relação ao último trabalho de Valerie. Ela estava sempre se esforçando para crescer como artista e estudando novas técnicas.

— Não sei bem aonde quero chegar. Sonhei com isso ontem à noite. A mulher do retrato estava me assombrando. Estou ficando louca com isso — comentou ela, com um sorriso largo, parecendo feliz e despreocupada.

O cheiro das tintas era forte, um traço familiar do ambiente artístico que a rodeava, juntamente com os panos coloridos e as obras interessantes que ela e o pai de Phillip haviam colecionado com o passar dos anos; alguns pré-colombianos, outros, antiguidades europeias, alguns itens da Índia, e várias pinturas e esculturas de seus amigos artistas. Lawrence adorava as pessoas ecléticas que Valerie atraía e havia gostado de conhecer a maioria delas. Chamava esses encontros de "salões dos dias modernos", como aqueles de Paris dos anos 1920 e 1930, ou as reuniõezinhas de Picasso, Matisse, Cocteau e Hemingway ou Sartre. Valerie também se relacionava com dramaturgos e escritores, qualquer um que vivesse em meio à arte ou fosse criativo de alguma forma.

— Tenho certeza de que você vai dar um jeito nisso — disse Phillip, referindo-se à pintura.

Ela sempre dava. Dedicava-se muito às suas pinturas. Os dois conversaram tranquilamente enquanto Valerie espalhava todos os pratos de que Phillip mais gostava na mesa da cozinha. Uma de suas maiores alegrias na vida era mimá-lo, de todas as maneiras que podia, mesmo que fosse com um simples jantar em sua cozinha. E ele ficava comovido com o esforço dela.

Phillip reclamou novamente do trabalho no departamento de joias da Christie's, e Valerie lembrou ao filho que cabia a ele próprio mudar essa situação, em vez de esperar sentado que o destino agisse. E ele contou à mãe sobre a coleção de joias que ia avaliar na semana seguinte e comentou que as peças pareciam impressionantes pelas fotos que vira.

— De quem eram? — perguntou Valerie, parecendo interessada.

— De uma condessa que morreu sem um centavo, mas que deixou uma fortuna em joias. Não há herdeiros — respondeu ele, resumindo para ela o pouco que sabia da história.

— Que triste — comentou Valerie, sentindo empatia por uma mulher que nem conhecia. Ela jogou os cabelos brancos para trás graciosamente com a mão, e os dois se sentaram para jantar.

Em algum momento da noite, Valerie deu um jeito de perguntar ao filho se ele estava namorando alguém especial no momento. Ele balançou a cabeça.

— Não, desde que terminei com aquela garota, há quase um ano. Só tive uns encontros casuais depois. Ela odiava o meu barco. Acho que tinha ciúme dele.

Valerie sorriu quando ele disse aquilo.

— Acho que eu também teria. Você passa mais tempo naquele barco do que com qualquer pessoa na vida. As mulheres esperam que você também passe um tempo com elas, sabia?

— Ah, é? — brincou Phillip, rindo. — Vou fazer isso quando conhecer a mulher certa. — Sua mãe lhe lançou um olhar cético, e ele se sentiu encabulado por um instante. — Qual o problema em passar os fins de semana velejando no estuário de Long Island?

— Muitos, nesse tempo congelante do inverno. Você também precisa fazer outros programas, senão vai acabar sozinho naquele barco para sempre. Aliás, eu estava conversando com sua tia Winnie sobre irmos para a Europa no próximo verão — contou ela, enquanto passava ao filho uma travessa com tomates, muçarela e manjericão fresco. — Mas não é muito fácil viajar com ela.

— Você vai mesmo?

Phillip estava curioso.

— Não sei. Eu amo a Winnie, mas ela se preocupa com tudo e reclama o tempo todo. E tudo tem que ser planejado. Gosto de viagens mais livres e de tomar decisões conforme apareçam. Isso deixa a Winnie maluca, ela fica ansiosa. Temos que seguir o planejamento dela o tempo todo. É como se alistar no Exército. Acho que estou ficando velha demais para isso.

— Ou jovem demais. Eu também não ia gostar disso. Não sei como você não surta com ela.

Phillip mantinha certa distância da tia mal-humorada havia anos.

— Eu a amo. Isso ajuda a torná-la mais tolerável. Mas talvez viajar para a Europa com ela seja um exagero.

Ela já viajara com a irmã antes e jurara que não faria isso nunca mais, mas sempre acabava indo, por pena dela, que não tinha companhia. As duas eram viúvas, mas Valerie tinha um círculo de amizades bem mais extenso. Muitos de seus amigos eram artistas e de idades bem variadas. Alguns eram, inclusive, bem mais velhos. Valerie convivia com pessoas de todas as idades, desde que fossem interessantes, inteligentes e divertidas.

Logo depois do jantar, Phillip disse que precisaria ir embora para colocar o trabalho em dia. Sua mãe lhe deu um caloroso abraço de despedida, e ele teve a sensação de que ela ia voltar a trabalhar no retrato da mulher misteriosa assim que estivesse sozinha. E estava certo. Mãe e filho se conheciam muito bem.

— E boa sorte para você essa semana com a herança daquela senhora — desejou Valerie, quando o filho estava saindo. — Acho que as joias dela renderiam um leilão e tanto, especialmente se vocês contarem um pouco da história dela no catálogo.

Ela tinha razão, como sempre. Eles também poderiam divulgar algumas fotos da condessa usando as peças, se houvesse alguma. Certamente isso seria mais interessante do que apenas anunciar que as joias estavam sendo vendidas pela Vara de Sucessões de Nova York.

— A herança de uma nobre mulher — disse Phillip, como se estivesse lendo uma descrição típica de um catálogo, e então sorriu.

— Já gostei. Boa sorte — desejou ela, dando-lhe um beijo.

— Obrigado, mãe. Eu te ligo. Obrigado pelo jantar.

— Estou sempre aqui para você, querido — respondeu ela, abraçando-o.

Um instante depois, ele foi embora. E, exatamente como suspeitava, assim que a porta se fechou, Valerie voltou ao trabalho. Estava determinada a compreender melhor a mulher do retrato. Talvez o objeto de sua tela também fosse uma nobre, pensou ela, sorrindo. Seu trabalho sempre continha certo mistério e contava uma história, mas, às vezes, ela levava um tempo para descobrir qual era.

Capítulo 5

Jane chegou ao banco antes de Phillip na manhã de terça-feira, encharcada. Estava chovendo horrores, seu guarda-chuva tinha virado ao contrário quando saiu do metrô. Ela parecia um rato molhado. Phillip não estava em um estado muito melhor quando apareceu. Havia esquecido o guarda-chuva no táxi e estava dez minutos atrasado. O trânsito estava péssimo.

Jane o viu perambulando pelo saguão assim que ele entrou no banco. Ela estava conversando com Hal Baker e avistou Phillip imediatamente, em um terno escuro e casaco de chuva Burberry. Ele era alto e tinha uma aparência profissional. Parecia mais um banqueiro do que um leiloeiro. Jane rapidamente lembrou que ele faria um leilão logo após a avaliação das peças. Ela estava usando botas e um sobretudo que havia absorvido a chuva como uma esponja, calças jeans pretas e um suéter grosso. Estava frio e ventando forte lá fora. Parecia que levaria uma eternidade até a primavera, e Nova York estava gelada, molhada e cinza.

— Senhorita Willoughby? — perguntou Phillip, meio hesitante.

Jane sorriu e assentiu com a cabeça. Ela se aproximou, apertou a mão dele e então o apresentou a Hal Baker.

— Lamento ter feito você sair do escritório com esse tempo horrível — desculpou-se Jane. — Mas acho que vai valer a pena. As joias são realmente lindas — garantiu ela, enquanto eles seguiam Hal escada abaixo até os cofres.

A presença da tabeliã não era necessária desta vez, visto que todo o trabalho oficial já havia sido feito e o inventário já fora autenticado e estava completo. Agora, só o que eles precisavam fazer era decidir que fim dar àquelas peças. A vara havia suspendido os anúncios nos jornais à procura de herdeiros naquela semana, pois ninguém tinha aparecido. Jane achava mesmo uma pena ninguém ter se manifestado.

Hal abriu o cofre exatamente como fizera da outra vez, e eles o seguiram até o mesmo cubículo onde Jane havia visto as joias e o restante do conteúdo do cofre. Ele colocou o cofre em cima da mesa e deixou Jane e Phillip a sós. Jane pegou as caixinhas de joias uma a uma e as dispôs sobre a mesa. Phillip começou a abri-las. A primeira que ele pegou continha um broche de diamante e safira da Van Cleef, e Phillip pareceu visivelmente impressionado. Em seguida, ele examinou o anel de rubi. Tirou uma lupa de joalheiro do bolso e a segurou perto do olho.

— Isso é um rubi birmanês "sangue de pombo" — explicou ele a Jane enquanto analisava a peça. — É da melhor qualidade e da cor mais bela que existe. — Ele largou a lupa e fitou Jane com seriedade. — Eu chutaria que tem uns 25 ou 30 quilates. Quase não há rubi dessa qualidade nesse tamanho. Isso é um achado e vale uma fortuna.

Depois foi a vez do anel de esmeralda, que ele julgou ter mais ou menos o mesmo tamanho do rubi, ou talvez fosse um pouco maior. Segundo o especialista, aquela peça também era de primeiríssima qualidade. Phillip o colocou de volta na caixa com o maior cuidado e abriu a caixinha com o anel de diamante em seguida, que era ainda maior. Desta vez, ele sorriu.

— Caramba! — exclamou ele, parecendo uma criança, e Jane sorriu.

— Essa também foi a minha reação quando o vi — admitiu ela, então rapidamente ficou encabulada. — Eu até experimentei — confessou Jane, e Phillip sorriu ao imaginar a cena.

— Como ficou?

Aquilo de repente se tornou divertido. As joias eram fabulosas e, se a Vara de Sucessões as leiloasse com a Christie's, seria uma venda fantástica.

— Ficou bem bonito. É o mais perto que vou chegar de ter uma pedra desse tamanho um dia — disse ela, sorrindo para ele também. — Quantos quilates tem?

— Provavelmente uns 40, dependendo da espessura. Mas isso é só um chute.

Phillip havia aprendido direitinho a estimar o tamanho e a qualidade de pedras preciosas. Fizera um curso de gemologia para se aperfeiçoar no assunto. Aquelas eram as peças mais incríveis que ele tinha visto até então.

Ele analisou o conjunto de colar e brincos de safira com cravação invisível da Van Cleef e as pérolas, que garantiu serem naturais — o que significava que também eram extremamente valiosas — , além da coroa e da antiga gargantilha de pérolas e diamantes da Cartier, e das peças da Bulgari de Roma. Ele avaliou tudo em menos de uma hora e, quando terminou, olhou para Jane bastante impressionado.

— Até ver as fotos, eu pensava que vocês não tinham nada valioso. Mas, assim que vi as imagens, soube que seriam coisas boas. Só não tinha ideia que seriam de extrema qualidade. E nenhum herdeiro apareceu mesmo?

— Não — respondeu Jane, com tristeza. — Você quer ver as fotos da condessa? Ela era linda quando jovem.

Jane tirou as fotos do cofre e eles as viram juntos. Phillip destacou as imagens em que a condessa estava usando as joias, e Jane mais uma vez ficou impressionada com o fato de que ela parecia imensamente feliz ao lado do belo conde. O homem, por sua vez, parecia olhar para a amada com adoração.

— Ele parecia ter idade suficiente para ser pai dela — comentou Phillip.

— Era 38 anos mais velho — explicou Jane. Ela tinha chegado a essa conclusão a partir do obituário dele e dos passaportes da falecida.

— Como eles se chamavam mesmo?

— Ele era o conde Umberto Vicenzo Alessandro di San Pignelli. E o nome de solteira dela era Marguerite Wallace Pearson. Di San Pignelli, depois que ela se casou. Ela tinha 18 anos na época, e ele, 56.

Jane parecia melancólica enquanto os dois viam as fotos, e Phillip olhou surpreso para ela.

— É um nome bastante comum. Estranho... o sobrenome de solteira da minha mãe também era Pearson. Talvez fossem parentes distantes, primas ou algo assim, embora provavelmente seja apenas uma coincidência. Nunca ouvi falar de nenhuma Marguerite. Vou comentar isso com a minha mãe. Não estou dizendo que ela seja herdeira — falou ele, parecendo envergonhado —, é só uma estranha coincidência de sobrenomes. Ela nunca mencionou nenhuma parenta que tenha sido casada com um conde italiano, e a condessa era uma geração mais velha que a minha mãe. Talvez fosse uma prima distante do meu avô, ou, mais provavelmente, não tenha relação nenhuma com a minha família.

O sobrenome, contudo, havia despertado seu interesse, embora não tanto quanto as joias, o leilão fabuloso e o alvoroço que causariam. Ele nunca tinha visto peças como aquelas antes, e olha que já vendera algumas coisas lindas nos últimos dois anos.

— Com quem eu devo conversar sobre o leilão? — perguntou ele sem rodeios.

— Com a minha chefe, Harriet Fine. Sou apenas uma escrivã temporária. Vou me formar em Direito em junho.

— Na Universidade de Nova York? — perguntou ele, interessado.

— Columbia. Eu precisava fazer um estágio para me formar. A Vara de Sucessões não estava nada divertida... até agora — admitiu ela.

68

Hal Baker retornou e trancou o cofre novamente, então os dois o seguiram para fora da saleta.

— Todas as vagas de escrivã que eu queria já estavam preenchidas. Tinha interesse na Vara de Família e na Criminal, mas isso foi o que eu consegui.

Jane sorriu com pesar, Phillip fez o mesmo.

— O departamento de joias da Christie's também não é nada divertido. Eles me transferiram do departamento de arte há dois anos. Para mim foi uma sentença de prisão, embora eu precise admitir que um leilão com essas peças seria espetacular. Vocês estão em contato com alguma outra casa de leilões? — perguntou ele, e Jane balançou a cabeça.

— Não. Só com vocês. A Christie's foi a primeira opção da minha chefe. Ela me pediu que ligasse para vocês, então foi o que eu fiz. Fico feliz que você tenha gostado dos bens da Condessa di San Pignelli. Também acho que as joias são lindas.

— São mais que lindas. São da melhor qualidade. É raro ver peças desse calibre, com pedras tão valiosas. O conde e a condessa deviam levar uma vida e tanto.

— É o que dá a entender, pelas fotos — disse Jane baixinho.

— Fico pensando no que deve ter acontecido depois — comentou Phillip, cheio de curiosidade. Era impossível não se perguntar o que teria se passado com o casal.

— Eu também gostaria de saber. Eles pareciam tão felizes juntos, embora o olhar dela estivesse triste em algumas fotos.

— É mesmo? — Phillip parecia surpreso. — Não reparei. Estava distraído demais com as pedras.

Ele sorriu, dando-se conta de que Jane era uma mulher interessante. Phillip esperava encontrar uma escrivã chata e enfadonha, mas ela não era nada disso.

— O que vai acontecer agora? — quis saber Jane quando eles chegaram ao saguão do banco novamente e Hal os deixou para voltar à sua mesa.

— Meu chefe vai falar com a sua chefe — explicou Phillip. — Vamos fazer uma oferta para leiloar as peças, negociar a nossa comissão e discutir o catálogo com o pessoal da vara. Se eles gostarem da nossa proposta, vão nos consignar as peças e nós as colocaremos no nosso próximo leilão Joias Magníficas, provavelmente em maio, setembro ou dezembro, pouco antes das festas de fim de ano. Faremos uma seção inteira com elas, com algumas fotos da condessa, e tentaremos fazer tudo parecer romântico e interessante. Quando vendermos as peças, ficaremos com uma parte do valor de arremate e o restante irá para o Estado. É um processo bastante simples. A menos, é claro, que um herdeiro apareça. Mas, ao que tudo indica, esse não será o caso.

Jane havia lhe contado sobre a visita à casa de repouso e ao antigo prédio da condessa na cidade, enquanto ele fotografava as joias para o arquivo da Christie's e para que pudesse mostrá-las ao chefe. Eles poderiam contar a história de Marguerite no catálogo. Embora a falecida não fosse conhecida, o título "condessa" despertava certa magia, e as joias falavam por si só. Phillip não precisava se esforçar muito para vendê-las.

— Provavelmente, nada disso vai acontecer antes das minhas aulas voltarem — comentou Jane baixinho, depois de pensar um pouco. — Vou ter que ficar de olho nos leilões, ou talvez alguém possa me contar como foi.

Ela tinha um interesse pessoal pelo caso, e Phillip percebeu isso.

— Você deveria ir ao leilão. Certamente será bem animado.

— Você vai ser o leiloeiro?

Ela estava curiosa com relação a ele.

— Duvido muito. Esse leilão será importante. Acho que ele pode ser parte de uma venda maior, mas certamente será um dos destaques. Joalheiros importantes e colecionadores darão seus lances do mundo todo por telefone, e alguns deles estarão no salão. Seria uma experiência e tanto para você ver isso tudo acontecer.

E oportunidades como essa não apareciam na vida de Jane com tanta frequência.

Ela refletiu antes de responder.

— Acho que eu ficaria muito triste.

Phillip ficou tocado pelas palavras dela. Aquela mulher realmente se importava com a falecida condessa, embora nunca a tivesse visto na vida.

— É de partir o coração o fato de ela ter morrido sozinha, sem ninguém da família por perto.

Phillip concordou com a cabeça, sem saber ao certo o que dizer, enquanto eles saíam juntos do banco. A chuva finalmente tinha parado.

— Aceita uma carona? — ofereceu ele enquanto chamava um táxi.

— Não, obrigada. Vou voltar de metrô para o escritório. Vou dizer à minha chefe que a Christie's tem interesse em vender as peças em um leilão. Tenho certeza de que ela vai ligar para vocês.

— Se não ligar, eu ligo para ela. Bom, é possível que eu ligue de qualquer forma. Não vamos querer perder essa venda — confessou ele, abrindo a porta do táxi.

— Obrigada por ter vindo — agradeceu-lhe Jane educadamente, e ele sorriu.

Phillip fechou a porta do carro e acenou para ela, enquanto o motorista arrancava. Ele estava impressionado com tudo o que vira aquela manhã — com as joias e com a moça.

Capítulo 6

Assim que chegou ao escritório, Phillip foi logo tratar de se preparar para o leilão marcado para o meio-dia, tinha apenas meia hora para aprontar tudo. Não era uma venda tão importante como seria no leilão das joias da condessa, estava listada na seção "Joias Finas", uma categoria bem distante de "Joias Magníficas". Então ele se deu conta de que precisaria conversar com seus superiores depois do leilão. Não teria tempo para fazer justiça às peças naquele momento e queria mostrar a eles as fotos que havia tirado.

O leilão que ele coordenou correu tranquilamente, porém levou mais tempo do que havia esperado. Já eram quatro e meia quando Phillip entrou na sala do gerente do departamento de joias. Ed Barlowe estava dando uma olhada na lista dos valores de arremate daquela tarde e parecia satisfeito. Ele olhou de relance para seu funcionário.

— Belo trabalho — comentou, ao colocar o papel em cima da mesa. — Diga lá. — Ele apontou para uma cadeira, convidando Phillip a se sentar.

— Dei uma olhada em uns bens abandonados hoje com uma escrivã da Vara de Sucessões. Trata-se de uma coleção extraordinária de joias, todas de grandes joalherias — informou ele baixinho, enquanto entregava a Ed as fotos que havia acabado de imprimir. Ele ficou observando o rosto do chefe enquanto o mesmo as examinava uma a uma. Ed estava boquiaberto quando voltou o olhar para Phillip.

— Essas peças são tão maravilhosas quanto parecem?

— Mais ainda pessoalmente. As fotos não fazem jus a elas — respondeu Phillip com toda a calma.

Era a primeira vez em dois anos que ele estava gostando de trabalhar no departamento. Era como encontrar petróleo, ou ouro. Mesmo as peças não sendo dele, era empolgante fazer parte do processo, e com sorte ele participaria de alguma forma do leilão.

— Sabemos a procedência? — perguntou Ed.

— Temos um nome e algumas fotos. As peças eram de uma americana que foi casada com um conde italiano entre 1942 a 1965. Provavelmente uma herdeira. Ela morreu sem deixar dinheiro ou herdeiros. Tudo o que ela tinha eram as joias, que o banco descobriu quando abriu o cofre.

— Está tudo em ordem? — perguntou Ed, preocupado. — As restrições de tempo foram todas respeitadas?

— Diligentemente. Faz três anos que o cofre foi abandonado. O banco mandou abri-lo depois de 13 meses do último pagamento do aluguel. Eles também enviaram uma carta registrada para a cliente dentro do período estipulado. Esperaram dois anos para notificar a Vara de Sucessões, que colocou anúncios nos jornais para tentar localizar os herdeiros, mas ninguém apareceu. Eu mesmo vi os registros.

— Ótimo. — Ed parecia contente, sentado à sua mesa, um móvel antigo e enorme que a Christie's havia comprado anos antes. — Não quero falhas com peças desse porte. Por que você não liga para a escrivã da vara e discute nossos valores com ela, só para deixar tudo acertado? Gostaria de deixar essa venda agendada para o leilão de maio. Ainda dá tempo de fotografar as peças. Dá para colocá-las no catálogo agora. Ligue para ela o mais rápido possível.

— Vou cuidar disso amanhã bem cedo — garantiu-lhe Phillip, saindo da sala de Ed com o arquivo Pignelli nas mãos. Estava tarde demais para ligar para a Vara de Sucessões naquele dia, já havia passado das cinco.

Phillip ficou tentado a ligar para Jane e lhe contar tudo, mas seria inapropriado discutir o assunto com ela antes de chegar a um acordo com Harriet, então precisaria esperar, embora torcesse para que os caminhos dos dois se cruzassem de novo.

No dia seguinte, como havia prometido a Ed, Phillip ligou para Harriet. Seguindo o conselho de Jane, teve uma conversa franca com ela. Disse que a Christie's estava interessada em vender as peças e informou que sua taxa seria de dez por cento do valor de arremate, com o restante indo para o Estado. O custo das fotografias para o catálogo seria coberto pela Vara de Sucessões, o que não surpreendeu Harriet — ela estava acostumava com os trâmites, pois frequentemente mandava bens para leilão. Phillip comentou que eles gostariam de usar algumas fotografias da condessa no catálogo, se Harriet não se importasse. Ela concordou e prometeu retornar a ligação com uma decisão até o final da semana. Phillip disse que eles estavam correndo contra o tempo para tentar colocar os itens no catálogo do leilão de maio. Ela falou que veria o que poderia fazer para agilizar a decisão, e Phillip se perguntou se Harriet estava pensando em fazer uma cotação com a Sotheby's também. Ele logo se lembrou de que Jane lhe contou que a própria Harriet era quem tinha sugerido a Christie's. Então provavelmente ela não estava pensando em uma segunda opção. Tudo o que Phillip podia fazer agora era esperar por uma resposta, e torcer para que a Vara de Sucessões lhes consignasse as peças. Seria uma soma fabulosa a qualquer leilão.

Na sexta-feira, ele ainda não havia tido um retorno deles, mas não queria pressioná-los, e decidiu esperar até segunda-feira para ligar para Harriet novamente, embora Ed tenha lhe perguntado sobre o caso na tarde de sexta.

Phillip passou o fim de semana em seu barco, como de costume, e deu um pulo na casa da mãe no domingo à tarde, antes de voltar para casa. Ele não pretendia ficar para o jantar, visto que Valerie havia lhe dito que ia sair com alguns amigos. Ela também fora convidada para ir a um balé, mas recusara.

Ela serviu chá, e os dois conversaram um pouco. Valerie já estava arrumada para a noite e ficou linda de jeans e um suéter preto pesado, de saltos altos e maquiada.

— Como foi a sua semana? — perguntou ela, toda interessada, e Phillip lhe contou sobre as joias que tinha visto e comentou que a Christie's tinha intenção de incluí-las em uma venda. Ele contou que ainda não havia recebido uma resposta da escrivã da Vara de Sucessões, mas que planejava ligar para ela novamente no dia seguinte.

— As joias devem ser realmente impressionantes se a Christie's quer vendê-las — ponderou Valerie, terminando seu chá.

Phillip então se lembrou da coincidência dos sobrenomes.

— Aliás, o sobrenome de solteira da falecida é o mesmo que o seu — comentou ele, com ar divertido —, embora eu duvide que a gente tenha algum parentesco com ela — acrescentou Phillip, e sua mãe concordou com a cabeça.

— É um nome bastante comum. Não acho que nós tenhamos algum parentesco com uma pessoa que possuía tanta riqueza, mas seria muito bom se tivéssemos.

Valerie sorriu para o filho, mas ambos sabiam que ela não se impressionava com esse tipo de coisa, que o dinheiro nunca havia sido uma motivação em sua vida, especialmente o de outras pessoas. Valerie, nunca fora uma mulher gananciosa e sempre se satisfez com o que tinha.

— Acho que os valores dessa venda serão exorbitantes. As peças são incrivelmente lindas, com pedras preciosas enormes de alta qualidade. Vai ser um leilão animado, se a vara nos ceder as joias.

— Tenho certeza de que eles farão isso. Por que não cederiam? — perguntou Valerie, encorajando o filho enquanto se levantava. — Agora preciso ir.

— Nunca se sabe. Eles podem receber uma proposta melhor de outra casa de leilões.

— Espero que não.

Phillip pensou por um segundo em contar a ela sobre ter conhecido Jane, mas achou que poderia parecer bobo. Ele provavelmente nunca mais veria a jovem de novo. Então levantou-se, abraçou a mãe e lhe deu um beijo de despedida, prometendo ligar em breve para ela.

— Divirta-se hoje — desejou-lhe Phillip, enquanto a mãe fechava a porta do apartamento e ele entrava no elevador.

Na manhã seguinte, ele ligou novamente para Harriet Fine. Ela pediu desculpas por não ter retornado a ligação. Estava esperando autorização de seus superiores para prosseguir com a venda e tinha recebido o aval deles fazia apenas uma hora.

— Isso é um "sim" — disse ela baixinho. — Eles aceitaram suas condições para a venda.

— Fantástico! — exclamou Phillip, todo empolgado. — Eu gostaria de pegar as peças nos próximos dias. Precisamos fotografá-las para o catálogo. Vocês podem me dar uma autorização para pegá-las no banco?

— Vou cuidar disso agora mesmo — garantiu-lhe Harriet. — Vou notificar o banco. É você mesmo quem vai buscá-las?

— Sim. Provavelmente vou levar um segurança comigo, em uma limusine. Depois eu guardo as peças no nosso cofre na Christie's até o leilão, ou vocês querem que elas sejam devolvidas?

Harriet pensou que seria uma dor de cabeça ficar responsável por joias tão valiosas. E, como essa venda era muito maior do que qualquer outra com a qual ela já havia lidado, achou que poderia confiar na Christie's.

— Prefiro que vocês fiquem com elas até o leilão. Vou mandar uma escrivã para ajudar no que for preciso no dia em que você for buscar as peças. Só me avise quando pretende ir.

Phillip pensou por um instante e olhou no calendário antes de responder. Ele estaria livre na manhã seguinte.

— Amanhã seria cedo demais? Posso chegar ao banco às nove, assim que abrir.

E, com sorte, ele conseguiria levar as peças até o fotógrafo antes das dez, para que começassem o trabalho.

— Pode ser. Vou pedir à escrivá que traga todos os documentos e as fotos de volta para a vara, mas as joias ficam com vocês.

Ele sabia que Ed Barlowe ficaria contente com aquela notícia.

— Vamos precisar escanear algumas daquelas fotografias antigas — lembrou ele.

— Tudo bem — respondeu Harriet simplesmente. Como não havia nenhum parente a quem pedir autorização, ela achava que não teria problema, e que as fotos poderiam ajudar bastante nas vendas. Tudo se resumia a negócios agora, eles estavam trabalhando em prol do Estado. Ela sempre fora diligente com relação a defender os interesses do Estado. — Vou mandar minha escrivá ao banco às nove — completou ela e, um instante depois, foi até a sala de Jane e disse à jovem que ela teria de ir ao banco na manhã seguinte para pegar os documentos do cofre e acompanhar a transferência das joias para o representante da Christie's.

Jane se perguntou se seria Phillip o encarregado de levar as joias — mas ficara sem graça de indagar isso. Havia gostado de conversar com ele e de eles terem trabalhado juntos analisando as joias e as fotos de Marguerite. A ideia de vê-lo de novo lhe agradava muito. Mas tudo bem também se os dois não se encontrassem mais. E, pelo que Harriet havia lhe dito, Jane supôs que o processo de venda das peças com a Christie's estava avançando.

Ela comentou sobre o assunto com John naquela noite. Ele tinha terminado mais um trabalho e os dois foram comer hambúrguer em uma lanchonete perto de casa. Para Jane, era como se eles não conversassem nem jantassem juntos há semanas. Ali com o namorado, ela teve a sensação de que ambos estavam distantes. Aquilo era muito triste, e ela só podia torcer para que o relacionamento deles voltasse à vida em junho. Agarrava-se àquilo e, até lá, estava tentando ser paciente e compreensiva. Mas a sensação era a de que John era um colega de quarto fantasma.

Porém, dali a três meses e meio, tudo teria acabado. Jane mal podia esperar para que eles retomassem a vida de onde tinham parado. John estava começando a parecer um estranho. Não demonstrou o menor interesse quando ela lhe contou que as joias das quais tinha falado seriam leiloadas pela Christie's. Quando acabaram de comer, ele voltou à biblioteca a fim de continuar estudando e Jane foi para casa desejando que seu relacionamento ainda fosse o mesmo de seis meses antes. Estava tudo diferente agora, a cada dia que passava, os dois pareciam mais distantes.

Na manhã seguinte, ele ainda estava dormindo profundamente quando Jane saiu e pegou o metrô até o centro. Chegou ao banco exatamente no momento em que Phillip Lawton estava saindo de uma limusine com motorista particular. Ela reparou que havia um segurança no banco da frente. Phillip estava usando blazer e calça social, uma camisa azul-clara e uma bela gravata azul-escura da Hermès sob um sobretudo azul-marinho bem-cortado, e pareceu contente ao vê-la. Eles ficaram conversando do lado de fora do banco por alguns minutos, esperando as portas abrirem. Ambos haviam chegado com cinco minutos de antecedência.

— Parece que tudo está caminhando bem para o leilão na Christie's — comentou Jane, sorrindo.

Ela estava usando uma saia cinza curta e um *peacoat*, e estava corada e levemente iluminada sob o sol da manhã, com os cabelos bem-penteados caindo pelos ombros. E Phillip reparou que ela usava pequenos brincos de ouro.

As portas do banco se abriram, e Phillip chamou o segurança para acompanhá-los. Ele havia levado duas maletas grandes de couro para transportar as joias.

Jane precisou assinar inúmeros papéis pela Vara de Sucessões assumindo a responsabilidade pelo cofre vazio. E então Phillip precisou assinar outros vários papéis para ela, reconhecendo o recebimento das 22 peças de joias que ele levaria consigo para consignar à Christie's. Eles levaram alguns bons minutos organizando a papelada toda, então Jane pegou as caixinhas de joias e as entregou, uma a uma, a Phillip. Ele também assinou uma cópia do inventário. Jane então colocou todos os documentos em uma pasta grande que ela trouxera, com o selo da Vara de Sucessões. Ela guardou também as cartas, os passaportes e os extratos bancários. Então ela e Phillip selecionaram as fotografias. A jovem escolheu meia dúzia que achava que ficariam boas. Uma delas era do conde e da condessa em frente ao *château*. Outra, dos dois com trajes de festa, na qual Marguerite estava usando o colar e os brincos de safira. Uma linda da condessa sozinha, também de vestido de gala. Outra do casal andando a cavalo, uma esquiando e a última de Marguerite ainda bem jovem usando uma coroa. As fotografias retratavam ambos como um casal de ouro e exprimiam toda a elegância e o glamour de uma era passada. Quando viu as fotografias da menininha, Jane indagou?

— Quem será que ela era?

— Uma irmã mais nova, quem sabe... — arriscou Phillip.

— Ou uma filha que morreu. Talvez seja por isso que Marguerite parecia tão triste — comentou Jane, frustrada por saber que eles jamais descobririam quem era a garotinha.

Havia muita coisa que eles não sabiam sobre a dona das joias. Por que ela havia saído dos Estados Unidos durante a guerra e ido para a Itália? Como chegara ao país, já que seu ponto de entrada na Europa havia sido a Inglaterra, via Lisboa, segundo os carimbos em seu passaporte? Como ela conheceu o conde, quando eles se apaixonaram, e o que ela tinha feito entre 1965, ano da morte do conde, e 1994, quando voltou para Nova York? E o que a fez retornar ao seu país? O endereço em seus documentos era de Roma, após 1974, então o que havia acontecido com o *château*? Jane desejou que houvesse alguém que pudesse contar-lhes toda a história. Marguerite não deixara o menor rastro de seu passado além daquelas fotografias, dos dois maços de cartas, de seus endereços em diferentes épocas e das joias.

— Acho que algumas perguntas nunca são respondidas e alguns mistérios nunca são solucionados — comentou Phillip pensativo, enquanto observava Jane colocar as fotos da menina na pasta dos documentos, juntamente com as imagens que ele não ia usar. Jane fechou a pasta com cuidado para que nenhum papel se perdesse e havia escrito o nome completo de Marguerite nela para entregar a Harriet quando voltasse ao escritório, visto que os documentos da falecida deveriam ser guardados por sete anos, caso algum parente acabasse aparecendo. Jane não sabia qual era o procedimento que a Vara de Sucessões seguia depois desse tempo, se os documentos seriam arquivados ou destruídos. Pensar nisso a deixou triste. Ela também havia reunido todos os documentos de cessão que Phillip assinara. Então o segurança da Christie's pegou uma das malas de couro, Phillip se encarregou da outra e Jane os seguiu para fora dali. O cofre, que estava em cima da mesa, ficou vazio. Hal veio se despedir dos dois. Ele parecia quase um amigo agora, nessa aventura inusitada para leiloar as joias da Sra. Pignelli na qual todos haviam embarcado.

Mais uma vez, Phillip ofereceu carona a Jane, e ela recusou. Ele prometeu ligar para devolver a fotos à vara depois de escaneá-las. Eles se despediram um minuto depois, e Jane seguiu em direção ao metrô, com a pasta nos braços. Sentia-se reflexiva pensando nos documentos que estavam com ela e nas joias que Phillip acabara de levar. Os últimos resquícios da vida de Marguerite di San Pignelli estavam prestes a ser vendidos. Abandonando aquele pensamento sombrio, Jane apressou-se em descer as escadas do metrô para voltar ao trabalho.

Capítulo 7

Na quinta-feira, Valerie ligou para Phillip e perguntou se ele queria acompanhá-la a um evento de gala no Met naquela noite. Era um jantar elegante que o Costume Institute promovia todos os anos, popularmente chamado de Baile do Met. A irmã ficara de ir com ela, mas havia cancelado em cima da hora, pois estava muito gripada. Winnie era hipocondríaca, sempre tinha alguma coisa, e não gostava de sair quando estava doente.

— Desculpe fazer o convite assim tão em cima da hora — falou Valerie. — É que eu já tenho os ingressos e iria odiar ir sozinha.

Ele pensou por um instante e então concordou. Seria legal poder fazer algo pela mãe. Valerie era muito independente, tinha uma vida agitada e raramente pedia um favor ao filho. E achava que ele ia gostar. Phillip já havia ido à mesma festa com ela uma vez alguns anos antes, logo depois da morte do pai. Era um evento impressionante, e ele sabia que os ingressos custavam uma fortuna. Era uma das coisas bacanas que ela podia fazer com o dinheiro do seguro do marido. Agora, Valerie ia ao evento todos os anos e sempre convidava a irmã. Phillip pensou que sua tia Winnie jamais gastaria aquele dinheiro, mesmo podendo bancar. Ela tinha muito mais dinheiro do que a mãe dele, na verdade.

Phillip buscou Valerie no apartamento dela aquela noite. Ela estava usando um vestido de gala preto simples, que ressaltava seu corpo esguio, e um casaco de pele de raposa cinza que tinha havia anos e ainda ficava fabuloso nela. Ao vê-la, Phillip de repente se lembrou das fotos da condessa que pegara com o fotógrafo naquela tarde. Sua mãe não era nada parecida com ela, mas as duas tinham o porte aristocrático característico de outros tempos. Phillip se sentiu orgulho por estar ali com a mãe quando ela pegou em seu braço e o acompanhou até a limusine que ele havia alugado para levá-los até o museu.

— Querido, você está me mimando! — disse ela, sorrindo para ele como uma criança maravilhada. — Achei que fôssemos pegar um táxi.

— É claro que não — respondeu Phillip enquanto se acomodava no banco de trás, ao lado da mãe. Ele estava usando um smoking de corte elegante que mandara fazer em Savile Row, em Londres, na última vez em que estivera lá para um leilão.

— Você está muito bonito — comentou Valerie.

Eles seguiram para o MET Gala e, quando chegaram ao museu, Phillip viu que a nata da sociedade nova-iorquina estava em peso lá, inclusive o governador e o prefeito. O evento era, de fato, tão fabuloso quanto sua mãe prometera.

Eles se sentaram a uma mesa junto com os curadores do Costume Institute, um estilista bastante conhecido e uma artista famosa, e a conversa estava animada. Phillip estava sentado ao lado de uma jovem que havia produzido uma peça de sucesso na Broadway e eles conversaram sobre teatro e arte a noite inteira. Phillip a achou interessante e muito atraente, mas ficou decepcionado ao descobrir que ela estava acompanhada do marido, um escritor que havia acabado de publicar seu primeiro livro. Aquilo fez com que ele se lembrasse de como sua mãe era ativa. Valerie era uma mulher despretensiosa mas tinha uma graciosidade natural que era atemporal e eterna, e Phillip reparara em mais de um homem olhando para ela com admiração. Eles foram uns dos últimos a ir embora e conversaram animadamente sobre a festa no caminho para casa.

— Eu me diverti horrores — confessou ele, falando com sinceridade. — A mulher que estava do meu lado era muito simpática,
e achei o homem que se sentou ao seu lado muito bacana também.

— É sempre muito divertido — concordou ela, ainda animada e
cheia de energia. — Eu nem sequer tive chance de perguntar a você
como está a vida. Como anda a venda das joias daquela mulher?
A esposa do conde italiano — perguntou Valerie, com um sorriso
caloroso.

— A Vara de Sucessões consignou as peças para nós na terça-
-feira. Passamos a semana fotografando tudo. Não sei bem o quê
ainda, mas tem alguma coisa muito misteriosa com relação àquela
mulher. Talvez seja porque sabemos muito pouco sobre ela. A
história dela é um terreno fértil para a imaginação. Tem certeza
de que ela não era sua parente? É muito estranho vocês terem o
mesmo sobrenome.

— Eu e mais 10 milhões de pessoas de origem anglo-saxã. Tenho
certeza de que a lista telefônica de Nova York tem umas dez páginas
com Pearson, isso sem falar em Boston. Mas, se eu alegar que sou
parente dela, fico com parte das joias?

Ela sorriu para o filho de um jeito travesso.

— Todas elas — respondeu ele alegremente.

— Qual era o primeiro nome dela?

Valerie não achava, nem de longe, que pudesse ser parente da
condessa. Como ela mesma dissera, Pearson era um sobrenome
comum, e ela não tinha nenhuma parenta que havia ido para a
Itália e se casado com um conde naquela época. Isso era o tipo de
coisa que ela saberia. Ninguém de sua família tinha nem sequer
morado na Europa. Todos tinham raízes em Nova York havia
muitas gerações.

— Era Marguerite — respondeu Phillip, enquanto eles atravessavam o centro da cidade. Valerie ficou surpresa.

— Isso, sim, é uma coincidência — comentou ela alegremente,
mas ainda nada impressionada. — Houve várias Marguerites na

nossa família. Era o nome da minha irmã mais velha, e da minha avó e da minha bisavó. Era um nome bastante popular naquela época, no início do século XX. E acho que o sobrenome Pearson é quase tão comum quanto Smith. Uma pena. — Ela riu e olhou para o filho, que também ficou surpreso. Phillip só tinha ouvido as pessoas se referirem à sua bisavó como Maggie, e nunca soube o primeiro nome da tataravó. — Você precisa me mostrar o catálogo quando estiver pronto. Eu adoraria ver essas joias — disse Valerie melancolicamente.

— Eu te dou um catálogo quando ficar pronto. Essa mulher era linda, e o conde era muito elegante. Queria saber mais sobre eles. Pena que não há como. Minha próxima tarefa é fazer uma pesquisa sobre as joias. A Cartier mantém registro de todas as peças que já fizeram. Vou pedir para eles checarem os arquivos e ver se tem alguma informação que possa ajudar na venda. Preciso ir a Paris no mês que vem. Quero ver os desenhos dos arquivos deles.

— Isso parece muito divertido! — exclamou sua mãe quando o carro parou em frente ao apartamento dela.

O porteiro abriu a porta para Valerie, que deu um beijo em Phillip, agradeceu-lhe por tê-la acompanhado e entrou no prédio. Na volta para casa, Phillip pensou novamente em Marguerite e no e-mail que pretendia enviar à Cartier, então lembrou-se de Jane. Ele havia combinado de devolver as fotografias originais para ela no dia seguinte e se perguntou se aquela seria uma desculpa adequada para convidá-la para almoçar. Queria vê-la de novo. Ainda não tinha falado dela para a mãe, mas não havia nada a dizer além do fato de que ela era uma escrivã temporária na Vara de Sucessões. A única coisa que sabia sobre a jovem era que ela estava se formando em Direito. Mas ela parecia inteligente e simpática, e ele gostaria de conhecê-la melhor.

Phillip estava sentado à sua mesa no dia seguinte, pensando em Jane, com as fotos de Marguerite à sua frente, quando decidiu ligar para ela e usar as fotos como desculpa para convidá-la para almoçar. Ele não tinha nada a perder. Na verdade, talvez tivesse algo a ganhar se ela aceitasse seu convite.

Ele ligou para o número dela na Vara de Sucessões, e Jane atendeu no primeiro toque.

— Jane Willoughby — atendeu ela com uma voz suave e, por uma fração de segundo, Phillip ficou desconcertado, mas rapidamente conseguiu se recompor e dizer a ela que tinha ligado para avisar que queria lhe devolver as fotografias.

— Posso mandar um portador levar as fotos para você hoje. Ou, se preferir — continuou, tentando parecer calmo —, posso entregá-las a você durante um almoço. — Ele se sentiu estúpido e teve certeza de que ela iria recusar o convite repentino. — Ou isso parece muito ridículo? — perguntou ele, sentindo-se com 14 anos novamente.

Ele não saía com ninguém fazia três meses, e aquele convite repentino parecia constrangedor.

— Me parece ótimo. — Jane parecia surpresa. — Ou eu posso buscar as fotos também — sugeriu ela, sentindo-se um pouco constrangida. Mas Jane tinha certeza de que era apenas um almoço de negócios. Phillip estava só sendo educado.

— Eu te entrego no almoço — arriscou ele, visto que, aparentemente, ela não hesitara. Naquele instante, desejou poder convidá-la para almoçar naquele dia, mas ele tinha uma reunião à uma da tarde para tratar das próximas vendas. — Que tal segunda-feira? Tudo bem pra você?

— Sim, está ótimo — respondeu ela alegremente, lembrando a si mesma de que seria apenas um almoço.

— Tem um restaurante ótimo aqui perto do escritório. Posso guardar as fotos no cofre até lá.

— Está ótimo — concordou a jovem em um tom melodioso e então complementou, depois que os dois haviam combinado de se encontrar na Christie's ao meio-dia: — Tenha um bom fim de semana.

— Obrigado. Um ótimo fim de semana para você também.

Eles desligaram logo em seguida, e Phillip ficou olhando pela janela, pensando em Jane, perguntando-se o que ela teria programado para o fim de semana e se era comprometida.

No dia seguinte, Jane ainda sentia-se ligeiramente constrangida por ter marcado o almoço e mencionou o encontro para Alex em tom furtivo, quando elas se encontraram para almoçar no Balthazar. Depois as amigas iriam assistir a um filme. John estava com seu grupo de estudos no Hamptons e ia passar o fim de semana lá. Jane não gostou muito de saber disso quando ele lhe deu a notícia, mas não reclamou, pois sabia que isso só aumentaria a tensão entre os dois. Ele estava ajudando no aluguel da casa onde ficava, mas nunca havia convidado Jane para ir até lá. Dizia que era exclusivamente para uso do grupo de estudos.

— Acho que talvez eu tenha feito uma idiotice ontem — confessou Jane quando as duas terminaram os hambúrgueres pecaminosamente deliciosos.

— O quê? Dormiu com o seu chefe?

Alex parecia estar se divertindo.

— Minha chefe é mulher, e ela é o diabo na Terra. Às vezes, acho que ela me odeia. A questão é que eu conheci um cara por causa de um caso em que estou trabalhando. Ele trabalha no departamento de joias da Christie's, e eles vão leiloar algumas peças que estão sob a guarda da Vara de Sucessões. Eu só o vi duas vezes, mas ele me convidou para almoçar.

— E você recusou o convite?

Alex ficou imediatamente decepcionada.

— Não, eu aceitei. Vou almoçar com ele na segunda-feira. Mas ele não é nenhum velho antiquado que trabalha em uma casa de leilões. Espero que ele não ache que eu tenha interpretado o convite para o almoço como um encontro.

— Você está brincando, não é? Ele é jovem, solteiro e atraente?

Jane confirmou com a cabeça, sorrindo.

— Ele é jovem e atraente. Não sei se é solteiro, mas suponho que sim. Bom, ele age como se fosse.

— Então por que não almoçar com ele? Por que você não iria? Vá almoçar — disse Alex com uma expressão determinada. — Você não vai fazer sexo com ele no restaurante. Você precisa de um pouco de distração e de atenção masculina. Me conte como ele é.

Alex estava curiosa para saber mais sobre o homem e sentia-se contente pela amiga. Achava que Jane precisava conhecer outros caras. De uns tempos para cá, John estava se mostrando um péssimo namorado.

— Ele é bonito, inteligente, se veste bem. A formação dele é em artes, mas ele está "preso" no departamento de joias da Christie's e não gosta de lá, só que parece fazer um bom trabalho. É um cara legal.

Jane ainda parecia ansiosa e preocupada por ter aceitado almoçar com Phillip. Afinal de contas, ela tinha um relacionamento sério com John.

— Posso ir também? — provocou Alex. — E, se esse cara estiver realmente interessado em você, não conte para o John quando ele voltar para casa no domingo à noite só porque você se sente culpada. Você não tem motivo nenhum para se sentir assim. Até onde nós sabemos, é apenas um almoço de negócios.

Mas, independentemente do que fosse, Jane estava animada para o encontro, embora estivesse nervosa.

— Talvez eu devesse cancelar — falou Jane quando elas saíram do restaurante. — Não sei se a minha chefe vai gostar de saber que eu saí para almoçar com um cara da Christie's.

— Se você cancelar, eu te mato. Vá. Ele parece ser legal. E não é da conta da sua chefe com quem você almoça ou deixa de almoçar. Vai ser bom para o seu ego.

Legal o namorado de Jane não era, Alex pensou, mas não disse nada. John vinha ignorando Jane boa parte do tempo havia meses e simplesmente presumia que ela estaria lá quando ele quisesse. Alex não gostava da maneira rude com que às vezes ele falava com Jane, apesar de a amiga parecer não notar. Alex achava John arrogante, desdenhoso e cheio de si. Mas parecia que Jane não via nenhum problema nisso.

— Você não está fazendo nada de errado — reforçou ela. — Vá se divertir um pouco. Você está precisando disso.

— É, talvez — respondeu Jane, sem estar cem por cento convencida. Mas ela iria. Gostara de Phillip e ficara lisonjeada com o convite. — Ele provavelmente só quer conversar sobre o leilão.

— Exatamente — concordou Alex, tentando encorajar a amiga para que ela não se sentisse tão culpada. — Apenas lembre-se de uma coisa: é só um almoço de negócios.

— Ele não teria me convidado se não fosse isso.

— É claro que não. Você é feia, burra e chata. Ele provavelmente tem pena de você — provocou Alex, e as duas riram.

Quando chegaram ao cinema, compraram ingressos, pipoca e Coca-Cola. Aquela era uma ótima maneira de curtir a tarde de sábado. Agora que tinha desabafado com a amiga, Jane se sentia melhor. Alex não contou a ela que estava desconfiada de que John estava dormindo com Cara. Ele passava tempo demais com ela e com o tal grupo de estudos, estava sempre na biblioteca e voltava para casa de madrugada, isso quando não passava os fins de semana nos Hamptons sem a namorada. Ela não queria deixar Jane apavorada com relação a isso, mas estava feliz pela amiga ter concordado em almoçar com Phillip. Era exatamente disso que Jane precisava, de um pouco de atenção masculina, mesmo que fosse apenas um interesse profissional. Então ambas esqueceram o assunto e assistiram ao filme. Alex estava ansiosa pelo almoço de segunda-feira da amiga e fez Jane prometer que ligaria para ela depois.

Enquanto Alex e Jane assistiam ao filme, Valerie foi visitar a irmã. A gripe de Winnie tinha evoluído para sinusite e bronquite, e ela estava péssima. Valerie prometera fazer umas compras para ela e chegou à casa da irmã com uma canja de galinha de uma *delicatéssen* próxima e uma sacola cheia de frutas frescas e laranjas para fazer um suco.

Winnie morava na 79 com a Park Avenue, bem distante do aconchegante apartamento de Valerie no SoHo. Morava no mesmo apartamento havia trinta anos. Era um tanto escuro e cheio de antiguidades inglesas sombrias. Sempre que Valerie visitava a irmã, tinha vontade de abrir as cortinas para deixar o sol entrar, mas aquela atmosfera mórbida combinava com Winnie. Ela estava se sentindo péssima, então Valerie foi até a cozinha fazer um suco de laranja. Winnie contava com uma empregada durante a semana, mas não tinha ajuda nos fins de semana e não conseguia fazer nada sozinha. Valerie colocou as compras na geladeira e orientou a irmã que esquentasse a canja no micro-ondas depois. Winnie a fitou com olhos pesarosos. O médico tinha lhe receitado alguns antibióticos, mas ela disse que não estavam adiantando muito.

— Talvez seja uma pneumonia. É melhor eu fazer uma radiografia na semana que vem — disse Winnie em um tom nervoso.

— Acho que você vai ficar bem — respondeu Valerie calmamente, entregando a ela umas revistas que tinha levado para distraí-la.

— Eu tomei a vacina da gripe antes do Natal, e da pneumonia também. Acho que não adiantou nada.

Ela ia fazer 79 anos — quase 80, como costumava dizer —, o que a deixava apavorava. Tinha muito medo de morrer e ia ao médico o tempo todo.

Winnie bebeu o suco de laranja e depois tomou um antiácido em um gole só, para o caso de ter azia. Ela tomava uma dúzia de vitaminas diferentes todos os dias e, ainda assim, ficava doente. Valerie tentava não fazer piada ou provocá-la com relação a isso. Winnie levava a saúde muito a sério, embora sua filha Penny dissesse que ela era forte como um touro e que viveria mais que todos eles.

— Então, o que você fez essa semana? — perguntou Valerie, tentando desviar a atenção dela da doença.

— Nada. Fiquei doente — respondeu ela quando as duas se acomodaram na pequena sala onde Winnie assistia à TV sozinha à noite.

Ela não saía tanto quanto a irmã mais nova, tinha poucos amigos e não havia nenhuma atividade que lhe interessasse, a não ser jogar *bridge* duas vezes por semana. E era boa nisso. Valerie achava o jogo absurdamente entediante, mas não dizia nada. Ao menos era uma atividade.

— Sentimos sua falta na festa do museu na quinta à noite. Pegamos uma ótima mesa. Levei o Phillip. — Valerie sabia que, se tivesse ido com Winnie, ela teria insistido para que fossem embora logo após o jantar. Winnie odiava voltar tarde para casa, pois dizia que precisava dormir. — Tem falado com a Penny?

— Ela nunca me liga.

O relacionamento com a filha estava abalado fazia anos, e ela reclamava que os netos nunca iam visitá-la. A verdade era que as crianças adoravam visitar Valerie e explorar seu ateliê, mas ela nunca contou isso à irmã, muito menos comentou o fato de que ela e a sobrinha volta e meia almoçavam juntas para que ela pudesse desabafar sobre a mãe. As reclamações de Penny com relação à mãe eram parecidas com as que a própria Valerie tivera, quando mais jovem. Winnie e sua mãe eram mulheres frias, que sempre enxergavam o copo meio vazio, e nunca meio cheio.

— Phillip está cuidando de umas joias abandonadas — contou Valerie para distrair a irmã.

Era difícil pensar em assuntos que não gerariam comentários desagradáveis por parte de Winnie. Ela estava constantemente irritada com alguma coisa — impostos ou taxas cobradas pelo banco, perdas no mercado de ações, netos rudes, um vizinho com o qual andava brigando. Sempre havia alguma coisa. Mas o leilão de Phillip parecia ser um assunto neutro.

— A Vara de Sucessões pediu a ele que avaliasse as peças encontradas em um cofre abandonado. As joias valem milhões. A dona do cofre morreu sem deixar testamento e nenhum herdeiro apareceu, então eles estão vendendo tudo pela Christie's, em prol do Estado.

— Com o que coleta de imposto, o Estado não precisa de milhões em joias — respondeu Winnie amargamente. — Se ela tinha todas essas joias, por que não deixou um testamento?

Aquilo parecia estúpido para ela.

— Não tenho a menor ideia. Talvez ela não tivesse ninguém para quem deixar os bens. Ou talvez estivesse doente ou confusa. Ela era americana e se casou com um conde italiano durante a guerra. É uma história bem romântica. Por falar nisso, você não vai acreditar: o sobrenome de solteira dela era Pearson, como o nosso. E tem mais: o primeiro nome dela era Marguerite. Phillip me perguntou se nós não seríamos parentes, se ela não seria alguma prima, ou algo assim, mas eu não conheço ninguém na nossa família que tenha morado na Itália ou se casado com um conde italiano. Tem sete meses que ela morreu, tinha 91 anos. Para falar a verdade — continuou Valerie, com uma expressão repentinamente reflexiva —, nossa irmã teria exatamente essa idade, se estivesse viva. Isso é ainda mais estranho. — Ao dizer aquilo, era como se peças de um quebra-cabeça estivessem se encaixando. — Nunca tinha pensado nisso, mas, e se a Marguerite na verdade não morreu quando nós duas éramos crianças e se mudou para a Itália e se casou com um conde? Não seria a cara dos nossos pais desaprovar a atitude dela e fingir que ela morreu? Não seria incrível se isso fosse verdade?! — exclamou Valerie, pensativa, enquanto a irmã apenas a encarava, horrorizada com aquela suposição.

— Você está louca? A mamãe nunca se recuperou da morte dela. Ficou de luto por Marguerite, nossa Marguerite, nossa irmã que morreu, até o último dia da vida. Ela não suportava a ideia de ver sequer uma foto dela, de tão arrasada que estava, e o papai nos proibiu de falar dela.

Valerie também se lembrava disso.

— Talvez ela estivesse arrasada pela filha ter se casado com um conde italiano. Você consegue imaginar nossos pais aceitando uma coisa dessas?

Então Valerie se lembrou de que tinha achado muito estranho o fato de não ter encontrado uma única foto da irmã mais velha em meio às coisas da mãe quando ela morreu. Valerie sempre acreditou que as fotografias dela haviam sido guardadas, mas, se elas existiam, nunca foram encontradas. Nenhuma das duas tinha fotos de Marguerite, nem de quando a irmã era criança, embora Winnie afirmasse se lembrar da aparência dela, algo de que Valerie duvidava muito. Winnie olhava para Valerie cheia de desaprovação.

— Você está tentando convencer a mim ou a si mesma de que é herdeira dessas joias que valem milhões? Está tão desesperada assim por dinheiro? Achei que você ainda tivesse boa parte do seguro do Lawrence.

Valerie olhou para a irmã, considerando o comentário ridículo.

— É claro que não. Não estou interessada no dinheiro. Mas a história é intrigante. Qual era o segundo nome da Marguerite?

— Não sei direito — respondeu Winnie bruscamente. — O papai e a mamãe nunca falavam sobre ela.

— Era Wallace? Acho que foi esse o nome que Phillip mencionou.

— Nunca ouvi esse nome antes e acho que você está ficando maluca — disse Winnie com raiva.

Ela fez Valerie se lembrar mais do que nunca de sua mãe. Sempre houvera assuntos proibidos em sua casa, e a irmã mais velha era um deles. Elas sempre ouviram que a morte de Marguerite, aos 19 anos, fora uma tragédia da qual sua mãe nunca se recuperou, e nenhuma das duas podia tocar no assunto, nem comentar absolutamente nada relacionado à irmã. Em determinado momento, passou a ser como se ela nunca tivesse existido. Como ela era bem mais velha que Winnie e Valerie, as duas nunca a conheceram. Era como se Marguerite tivesse sido a filha verdadeira de seus pais, e Winnie e Valerie fossem as intrusas, visitas indesejadas na casa deles — e Valerie ainda mais

94

que Winnie, visto que sempre fora muito diferente de todos a vida inteira, assim como era diferente da irmã até hoje.

— Como você ousa criar uma teoria como essa para manchar a memória da nossa irmã e desonrar nossos pais? — continuou Winnie. — Eles eram pessoas gentis, boas e amáveis, não importa o que tente inventar sobre eles agora.

— Não sei quem os seus pais foram — retrucou Valerie com frieza, encarando a irmã. — Os meus pais tinham gelo nas veias e coração de pedra. Principalmente a nossa mãe, e você sabe disso. Ela gostava mais de você porque era mais parecida com ela. Até na aparência você é a cara dela. Mas ela não me suportava, como você bem sabe. Nosso pai até me pediu desculpas por isso antes de morrer e me falou que ela teve dificuldades em me "aceitar" porque já era bem mais velha quando eu nasci, o que não justifica em nada a forma como ela me tratava. Eu tinha 40 anos quando o Phillip nasceu e foi o melhor dia da minha vida.

— Nossa mãe já era mais velha e passou por mudanças difíceis. Ela provavelmente estava sofrendo de depressão — defendeu-a Winnie, sempre disposta a inventar desculpas para justificar o comportamento da mãe.

A verdade era que a mãe delas fora uma mulher vil e tinha sido péssima criando-as. Era cruel com Valerie, embora tenha sido um pouco mais amável com Winnie.

— Ela esteve deprimida durante a minha vida toda? — questionou Valerie cinicamente. — Acho que não, embora seja uma boa justificativa. Eu acho de verdade que existem algumas coincidências bem estranhas aqui. A idade da mulher que deixou as joias, o fato de que nossa irmã era um assunto proibido. Pense, Winnie, essa mulher foi para a Itália e se tornou condessa mais ou menos na mesma época em que nossa irmã foi embora... e ela morreu um ano depois. O que ela estava fazendo na Itália durante a guerra? Eles nunca nos contaram, e nunca tivemos permissão para perguntar. Você não quer saber o que realmente aconteceu? E se ela estava viva todos esses anos e só morreu recentemente? Quantas Marguerite Pearsons dessa idade podem existir no mundo? E se ela fosse nossa parenta, Winnie? Você não ia querer saber?

Valerie não conseguia mais parar de pensar nas possiblidades e queria respostas, mas tudo o que podia fazer era supor.

— Você está de olho nessas joias — Winnie a acusou, e Valerie se levantou, decepcionada com a irmã.

— Se você pensa isso mesmo, realmente não me conhece. Só que você sabe quem eu sou. Está é com medo de descobrir o que eles podem ter escondido de nós esse tempo todo. Por quê? Quem você está protegendo? Eles ou a si mesma? Você tem mesmo tanto medo assim que não quer nem saber a verdade?

— Nós sabemos a verdade. Nossa irmã morreu de gripe aos 19 anos numa viagem para a Itália, e isso partiu o coração da nossa mãe. O que mais você precisa saber?

— O mundo estava em guerra naquela época, Winnie. O que ela estava fazendo lá? Visitando o Mussolini?

Sempre pareceu estranho a Valerie que a irmã estivesse na Itália durante a guerra; mas não havia mais ninguém a quem perguntar.

— Não sei e não me importo. Ela morreu faz 73 anos. Por que você sequer pensaria em remexer nisso agora? Para desonrar nossos pais? O único motivo em que consigo pensar é que você quer alegar ser herdeira das joias que serão leiloadas pela Christie's. Foi o Phillip que enfiou isso na sua cabeça? Ele também está envolvido nesse esquema? — indagou Winnie de forma acusadora.

— É claro que não. Eu disse para ele que não somos parentes dela. Mas agora estou me perguntando se isso é mesmo verdade. Talvez sejamos. Talvez ela não seja nem mesmo uma prima. Talvez seja nossa irmã que se casou com um conde italiano. Talvez a gente nunca descubra a verdade, mas, agora que nossos pais não estão mais aqui, pelo menos podemos perguntar.

— E quem é que vai te contar a verdade? Nossos pais já morreram. Não temos sequer uma fotografia da nossa Marguerite.

Ninguém mais poderia saber. E eu não quero saber. Eu tinha uma irmã que, segundo nossos pais, morreu em 1943. Isso basta para mim. E, se você não está atrás desse dinheiro ou dessas joias que não pertencem a nenhuma de nós duas, pare de insistir nessa história.

— Não se trata de dinheiro ou de joias. Trata-se da verdade. Temos direito a isso. Sempre tivemos. Nossos pais não nos deram amor, afeto nem carinho. E talvez também tenham nos enganado com relação a nossa irmã. Se ela estava viva, nós poderíamos ter ido atrás dela e a encontrado depois de adultas. E se ela esteve viva esse tempo todo? Se for esse o caso, eu quero saber.

— Você está sempre demonizando nossos pais, e eles não merecem isso. Deixe a memória deles em paz. O que foi que eles fizeram a você para merecer essa falta de respeito? Eles não podem se defender agora — esbravejou Winnie.

— Eles não me amavam, Winnie, e você sabe disso. Nem tenho certeza se amavam você, ou se sequer eram capazes de amar. Mas sei que eles não me amavam. Senti isso todos os dias da minha vida até sair de casa e me casar com Lawrence.

Valerie disse aquilo baixinho, porém com muita sinceridade. Era a maior verdade da sua vida.

— Você está mentindo — falou Winnie, levantando-se para encará-la, tremendo de raiva. — Saia da minha casa! — gritou para a irmã mais nova.

Tudo o que Valerie podia ver nos olhos de Winnie era medo, pavor de um fantasma que ela não conseguia encarar e de tudo que não queria saber.

Valerie assentiu, pegou o casaco e a bolsa e foi embora sem dizer uma palavra. Mas a voz da verdade que ela estava buscando não poderia mais ser silenciada.

Capítulo 8

Phillip passou o fim de semana no barco, como sempre. Valerie tinha planos para domingo à noite. Disse que ia jantar com amigos, e ele sabia que a mãe tinha alguns pretendentes, homens que regulavam idade com ela e que a admiravam, geralmente viúvos. Mas ela nunca se interessava por eles em um sentido romântico e os tratava como amigos. Valerie deixava claro para todos que o único homem que amou, ou que amaria, tinha sido Lawrence, o que era fácil de acreditar, visto que eles tinham sido extremamente felizes juntos. Valerie saía com amigos, mas nunca para encontros românticos.

Phillip pretendia trabalhar um pouco em casa, mas parou para dar um "oi" a sua mãe no caminho. Ligou para a casa dela a fim de saber se já havia voltado do jantar e então foi até lá. Ela fez um chá, depois de ele recusar uma bebida alcoólica, e lhe pareceu meio triste. Phillip resolveu perguntar se havia algo errado.

— Não, não, está tudo bem — respondeu ela rapidamente, mas ele não ficou convencido.

— O que você fez no fim de semana?

Ele vivia preocupado com a mãe e percebeu que havia algo de tristonho nos olhos dela.

— Fui visitar a Winnie ontem.

— Como foi?

Phillip sabia que a tia era uma pessoa muito difícil e negativa. Ele era outro confidente da prima Penny. Sua mãe sorriu com uma expressão triste e então respondeu:

— A mesma coisa de sempre. Ela está doente e não estava de bom humor.

E ela havia ficado mais irritada ainda quando Valerie sugeriu que a mãe delas nunca as amou e que talvez tivesse mentido para as duas com relação a Marguerite.

— Você é uma santa — disse Phillip, comovido.

Ele evitava a tia sempre que podia. Havia desistido de tentar conviver com ela fazia anos.

Eles conversaram sobre uma exposição de artistas sul-africanos à qual Valerie fora durante o fim de semana e da qual havia gostado muito, e sobre outra exibição que iria acontecer no Met que ela queria muito ver. Então ela abordou o assunto que não saía de sua cabeça. Não estava à vontade em falar sobre aquilo com Phillip, por isso tentou abordar o assunto como quem não quer nada.

— Eu estava pensando naquele seu grande leilão de joias, o das peças do cofre abandonado. Provavelmente vai soar ridículo, mas eu adoraria ver as fotos da Marguerite. Todas elas, para falar a verdade. Você disse que ia usar algumas no catálogo, mas eu adoraria vê-las antes. Talvez elas possam me inspirar... Talvez surja um quadro disso. A história é um mistério... A falecida chegou ao fim da vida sozinha, depois de ter vivido de uma forma tão glamorosa quando era jovem e casada com o conde.

Ela tentou levar tudo para o lado artístico e histórico, em vez do pessoal, e o filho parecia reflexivo enquanto a ouvia.

— Peguei só algumas. Eu ia devolvê-las à escrivã da vara amanhã, na hora do almoço. Tenho certeza de que ela não deve ficar repassando essas fotos para outras pessoas. A Vara de Sucessões é responsável por elas, assim como por todas as correspondências e os documentos encontrados no cofre. Mas a escrivã com quem eu tenho falado é uma mulher muito bacana, ela faz Direito, e acho que não se importaria em fazer umas cópias para você, se eu pedir. Vou falar com ela quando devolver as peças que estão comigo amanhã.

A maneira como ele descreveu a mulher capturou instantaneamente a atenção de Valerie, embora Phillip tenha falado de forma bem imparcial. Mas Valerie conhecia bem o filho.

— Está interessado em algo mais, além de devolver as fotos a essa mulher?

Phillip ficou boquiaberto. Era como se sua mãe tivesse a capacidade de enxergar dentro de sua alma. Valerie sempre fora assim, desde que ele era criança. Ela sabia que o filho estava tramando alguma coisa, parecia que podia ler sua mente.

— É claro que não. É que ela tem ajudado bastante. Eu só a vi duas vezes no banco — respondeu ele, tentando despistar a mãe, mas ela sentia que estava rolando alguma coisa.

— Às vezes, basta um encontro — disse ela, sorrindo, e ao mesmo tempo escondendo as próprias suspeitas sobre os pais terem mentido em relação a Marguerite. — Enfim, veja o que ela está disposta a compartilhar. Se der, eu gostaria de ver todas as fotos.

Valerie parecia bastante determinada, o que deixou Phillip curioso. Ele também a conhecia bem.

— Existe algum motivo maior por trás disso? — indagou, sem rodeios.

— Não. Só sinto algo forte com relação a essa mulher... empatia e compaixão. Ela deve ter sido uma pessoa muito solitária. E acho incrível o fato de ela ter guardado as joias durante esse tempo todo. As peças devem ter tido um significado muito importante para ela, ou para o homem que as presenteou. Isso me parece uma forte história de amor.

— Eu não tinha pensado nisso dessa forma. As joias são simplesmente lindas e valem muito dinheiro.

— Aposto que não foi por isso que ela as guardou, ou então as teria vendido há muito tempo, principalmente quando ficou sem dinheiro.

A história da condessa parecia tão triste. E agora, assim como Phillip e Jane, Valerie também estava sendo assombrada por aquela misteriosa mulher.

— Você não está nem um pouco intrigada com a coincidência de sobrenomes?

— Não, mas preciso reconhecer que talvez possa haver algum tipo de relação.

Ela parecia hesitante ao dizer aquilo, então se levantou para levar as xícaras de chá até a cozinha e depois mudou de assunto. Estava torcendo para que seu pedido rendesse frutos e que a jovem escrivã que o filho havia mencionado disponibilizasse uma cópia das fotos para ele. Valerie não ousou tocar no assunto novamente, não queria despertar as suspeitas de Phillip. Ela nem sequer tinha certeza do que estava procurando, uma vez que nunca tinha visto uma foto sequer da irmã mais velha, mas esperava encontrar alguma pista, se fosse o caso de as duas terem algum grau de parentesco. Bom, nunca se sabe... Valerie não conseguia pensar em mais nada desde ontem. E a reação de Winnie só aumentou mais sua curiosidade. Agora, mais do que nunca, ela queria ver Marguerite di San Pignelli da única forma que podia: nos itens daquele cofre.

Na manhã seguinte, antes de se encontrar com Jane para almoçar, Phillip mandou um e-mail para a Cartier em Paris perguntando sobre os arquivos deles. Ele sabia que a joalheria guardava os desenhos de todas as peças que fazia, especialmente das joias que confeccionavam para pessoas importantes ou para encomendas especiais. A Cartier se orgulhava de ter um histórico de tudo. Ele explicou que a Christie's iria leiloar algumas peças importantes dos anos 1940 e 1950 feitas pela joalheria e que haviam pertencido à Condessa di San Pignelli. Phillip citou o nome de Umberto também e disse que acreditava que o casal vivera em Nápoles e em Roma entre 1942 e 1965, período entre a chegada de Marguerite à Europa até a morte de seu marido. Phillip tinha quase certeza de que nenhuma das peças fora encomendada depois daquele período e disse que queria saber tudo sobre elas: quem as tinha encomendado, quando e por qual razão. Também seria interessante saber os preços originais. A origem das pedras também seria útil para eles. Qualquer informação que a Cartier pudesse fornecer agregaria valor ao catálogo e geraria mais interesse pelo leilão. Ele pediu à joalheria que mandasse por e-mail toda informação que eles descobrissem. Disse também que estaria em Paris no final de março para um importante leilão de joias no escritório local da Christie's e que ficaria feliz em se encontrar com o responsável pelos arquivos durante esse período.

Depois mandou um e-mail parecido para a Van Cleef & Arpels e ainda conseguiu retornar algumas ligações antes da chegada de Jane. Estava no último telefonema quando a jovem entrou pelo impressionante saguão da casa de leilões, com pé-direito triplo e um mural gigantesco, e pegou o elevador para encontrá-lo no departamento de joias, no sexto andar. Ela estava boquiaberta. Esperava ver um prédio comercial normal, mas o Rockefeller Center estava bem longe disso. A sede da Christie's ficava ali fazia 18 anos. Uma jovem usando um terninho preto simples e um colar de pérolas ligou para Phillip em sua sala e disse que a Srta. Willoughby o esperava na recepção. Ele sorriu e desceu imediatamente.

Phillip estava feliz em revê-la e a acompanhou de volta à sua sala, que era bem bonita e tinha uma mesa enorme.

— Então é aqui que você organiza todas aquelas vendas importantes de joias — comentou Jane, sorrindo delicadamente. Estar ali de repente tornou tudo muito real.

— Algumas delas. Não tomo decisões aqui, apenas tenho algumas ideias. E temos escritórios no mundo todo.

Phillip contou a Jane sobre o leilão que faria em Paris dentro de pouco dias. Algumas joias de Maria Antonieta seriam leiloadas por uma família que estava com elas desde a Revolução. A família pensou em vendê-las para um museu, mas não encontrou nenhum que quisesse pagar o suficiente, então resolveu leiloar as peças ao público, juntamente com outros artigos históricos importantes. E Paris parecia o local ideal para isso. Frequentemente, havia leilões tão importantes quanto esse em Londres, e alguns em Genebra, porém era em Nova York que a maioria das vendas relevantes acontecia. Ele explicou a Jane que, independentemente da localização, haveria pessoas dando lances por telefone, e também de dentro do salão, do mundo todo, na verdade.

— É bem divertido, principalmente quando os lances ficam acirrados e há muita gente decidida a levar o mesmo item. É aí que os preços disparam. Tudo depende do quanto a pessoa quer aquela peça. Joias mexem com o emocional, mas os maiores lances são mesmo pelas obras de arte. Não se trata apenas de paixão, a arte é um negócio, um investimento. Um investimento melhor que joias, na verdade. Mas as coisas podem ficar bem acaloradas nos leilões de joias também. O leilão da Elizabeth Taylor, em 2011, foi astronômico. Foi o valor mais alto pago por uma coleção que já leiloamos. Havia uma mística muito intensa em torno daquela mulher e das joias dela. São poucas as pessoas que geram essa empolgação e demanda, como a Duquesa de Windsor. Era possível vender um lenço dela e ganhar uma fortuna. — Phillip sorriu para Jane enquanto explicava. — Eu tinha acabado de ser contratado pela Christie's e ainda estava no departamento de arte na época do leilão da Elizabeth Taylor. Vendemos vários quadros dela também. Ela tinha algumas obras incríveis; a maioria, presente de Richard Burton. Os dois tiveram um relacionamento turbulento, mas ele era muito generoso com ela. Elizabeth Taylor era o tipo de mulher que inspirava isso. Até mesmo o leilão das roupas que foram dela rendeu uma quantia enorme. Era como se as mulheres sentissem que, se pudessem usar algum item de seu guarda-roupa, seriam um pouco Elizabeth Taylor. Tudo faz parte da magia do leilão, e é por isso que queremos deixar a venda das peças de Marguerite di San

Pignelli bem pessoal. É muito importante para vários compradores saber a origem das joias.

Jane ficou fascinada pelo que ouviu. Phillip fazia os leilões parecerem algo mágico. E aquilo tudo era novidade para ela.

— Eu adoraria vir ao leilão — confessou ela baixinho.

— Eu disse que você pode ficar no salão, se quiser. Ou comigo nos telefones, para ouvir o que está acontecendo no leilão. As coisas podem ficar muito loucas, especialmente com esses valores altos.

Eles ainda estavam trabalhando nas estimativas dos preços que estabeleceriam para as peças, mas os resultados finais eram sempre difíceis de prever — tudo dependia de quanto um comprador estaria disposto a pagar. Ou, melhor ainda, quanto dois ou mais compradores estavam dispostos a desembolsar, decididos a conseguir uma peça específica pelo preço que fosse, gerando uma guerra de lances. O comitente e a casa de leilões sempre torciam para que isso acontecesse. Phillip iria adorar se as peças de Marguerite provocassem esse tipo de interesse, e quanto mais informações eles pudessem inserir no catálogo para aumentar a euforia, a mística e a publicidade, melhor seria para o leilão. E, embora a venda fosse beneficiar apenas o Estado de Nova York, o profissionalismo nato de Phillip o fazia desejar que os resultados fossem excepcionais. As peças que eles estavam vendendo mereciam isso.

Ele explicou tudo isso a Jane enquanto os dois atravessavam o saguão, saíam do prédio e caminhavam por duas quadras até o restaurante. O lugar onde marcaram de almoçar era pequeno mas aconchegante, bonito e acolhedor. Phillip pediu uma mesa afastada do barulho, e Jane se acomodou no pequeno sofá, sorrindo para ele. Tudo que ele tinha lhe contado era muito interessante e a ajudou a ficar mais tranquila. Aquele almoço obviamente não era um encontro romântico. Alex estava certa, Jane não tinha por que se sentir culpada. Eles estavam ali para falar do leilão. A jovem se sentiu tola por ter ficado preocupada.

— E então, o que você fez no fim de semana? — quis saber ele.

— Fui ao cinema com uma amiga, estudei um pouco para a prova da Ordem dos Advogados e trabalhei no meu projeto final do curso.

— Não me parece tão divertido assim — comentou ele, de forma empática. Ela parecia ser uma pessoa séria, e Phillip a admirava pelo ótimo trabalho que estava fazendo em relação aos bens de Marguerite Pignelli. — Em que ramo do Direito você quer trabalhar? — perguntou ele, realmente interessado.

— Direito de Família e defesa dos direitos das crianças. Quando os pais estão no meio de um processo de divórcio, às vezes esquecem o que é melhor para os próprios filhos. Todos os acordos firmados, a guarda partilhada na qual a criança fica trocando de casa de tempos em tempos, ou as reviravoltas para que ambos os pais sintam que estão "ganhando" podem prejudicar as crianças, no fim das contas. Quero começar por aí, em um escritório especializado em Direito de Família, e ver até onde posso ir... Adoção, trabalho com crianças indigentes. Há muitas possibilidades.

— Então você não tem interesse em trabalhar com Direito das Sucessões ou Tributário? — perguntou ele, sorrindo.

— De jeito nenhum! — respondeu ela, rindo. — Não consigo pensar em nada mais chato do que isso. Esse caso foi muito interessante, mas tudo o que fiz na Vara de Sucessões foi entediante e deprimente.

Depois que Jane pediu um suflê de queijo e Phillip escolheu um confit de pato, ela perguntou:

— E você? O que fez no fim de semana?

— Passei o fim de semana com a minha amante — disse ele casualmente, e Jane ficou perplexa.

— Legal — comentou ela, tentando manter a mente aberta, mas a resposta dele só confirmava que aquilo definitivamente não era um encontro.

Alex não estava tão certa assim, afinal de contas. E pensar que Phillip parecia tão inocente, sorrindo para ela do outro lado da mesa...

— Minha amante é um veleiro que eu tenho em Long Island de 40 anos e 32 pés. "Ela" consome todo o meu dinheiro e toda a

106

minha energia e concentração, e eu passo todos os fins de semana cuidando dela. Acho que deve ser basicamente o mesmo com uma amante. Além do fato de que, quando estou com ela, é só alegria. Não consigo ficar longe dela, para imenso desgosto de todas as mulheres com quem já me relacionei. O nome dela é *Sallie*. Talvez um dia, quem sabe, você a conheça, quando o tempo melhorar. Está meio friozinho no estuário de Long Island agora.

Não que Phillip se importasse. Ele saía para velejar independentemente do tempo, fosse verão ou inverno. Jane podia ver o amor nos olhos dele e sorriu.

— Um barco é uma concorrência dura para a maioria das mulheres, mais até do que uma amante. Meu pai tem um veleiro ancorado no Lago Michigan. Minha mãe diz que é a única rival que ela já teve. Eu costumava velejar com ele todos os fins de semana quando era pequena. — Ela não contou a Phillip que o barco do pai tinha três vezes o tamanho do dele. — O barco é o amor da vida dele.

— *Sweet Sallie* é o meu — confessou Phillip, cheio de orgulho. Ele não tinha a menor vergonha daquilo. Achava que era melhor ser sincero desde o início.

— Eu adoraria conhecê-la qualquer dia desses. Passei três verões num acampamento no Maine velejando, quando era criança. Eu era meio moleca. Como não tenho irmãos, meu pai me ensinou a velejar. Mas, quando entrei no Ensino Médio, descobri saltos altos e maquiagem e acabei perdendo o interesse por velejar. Mas eu ainda passeio de barco com ele quando vou para casa. Minha mãe odeia, então meu pai sempre me chama para velejar.

— A *Sallie* foi responsável pelo término da maioria dos meus relacionamentos — confessou Phillip, com uma expressão envergonhada. — Como o casamento dos seus pais sobreviveu? Ou eles são divorciados?

Ele estava conhecendo um pouco mais sobre a vida de Jane, e gostara do que tinha ouvido até então.

— Não, eles ainda estão juntos. Acho que chegaram a um acordo faz alguns anos. Meu pai não convida mais a minha mãe para velejar, e ela não fica triste por ter que esquiar sozinha. Minha mãe foi campeã de esqui de velocidade na faculdade e ganhou uma medalha de bronze nas Olimpíadas, em esqui alpino. Ela ainda adora, mas meu pai odeia esquiar, então cada um agora só faz o que gosta. Acho que eles esperavam que eu aprendesse as duas coisas, mas não tenho a competência da minha mãe nas montanhas. Ela vai esquiar nos Alpes Franceses e no Canadá todos os anos.

— Minha mãe é artista, e ela é boa. Muito boa, para falar a verdade. Já eu não consigo nem desenhar uma linha reta. Meu pai foi professor de História da Arte, acho que herdei algumas coisas dele. Sempre fui apaixonado por arte e barcos — contou Phillip, sorrindo.

— Eu me sinto assim com relação ao Direito — comentou ela enquanto eles comiam. — Pretendo trabalhar com os menos favorecidos. Também me preocupo com as crianças. Trabalhei para uma associação que abrigava crianças na cidade de Detroit durante o verão depois que entrei para a faculdade, e fui assistente jurídica na União Americana pelas Liberdades Civis antes de começar a estudar Direito. Por fim, decidi parar de ciscar por aí e conquistar meu diploma. Esses três anos têm sido difíceis. A Vara de Sucessões é um lugar bem monótono. Tudo o que você precisa fazer é dar um fim nos bens das pessoas que não tinham para quem deixá-los, que nunca pensaram nisso ou que não se importavam, e resolver disputas entre parentes gananciosos que não estavam nem aí para o parente que morreu. Não é um trabalho muito feliz. Não me vejo fazendo isso pelo resto da vida. Mal consegui sobreviver aos últimos três meses. E a minha chefe não é uma pessoa muito amigável. Acho que você acaba ficando amarga quando lida com esse tipo de coisa o tempo todo. Ela definitivamente não é feliz, nunca se casou e mora com a mãe doente. Acho que é uma mulher muito solitária. Ela até tem sido mais legal comigo nos últimos tempos, mas o começo não foi lá muito bom.

Harriet parecia confiar mais em Jane desde o caso Pignelli, porém a jovem jamais se via amiga da chefe. Harriet mantinha distância e era sempre arredia. Jane tinha a sensação de que ela não conhecia outra vida além de trabalhar e cuidar da mãe à noite e nos fins de semana.

— Como eu disse, não ando muito contente no departamento de joias também — lembrou Phillip. — Tudo o que eu queria era voltar para o departamento de arte. Mas preciso admitir que essa venda deixou tudo mais interessante para mim. Alguma coisa nesse caso me tocou.

Phillip não comentou que o motivo de seu repentino interesse tinha sido o fato de os dois terem se conhecido. Não queria parecer idiota ou bobo, muito menos assustá-la. Jane era muito verdadeira, e isso o atraía bastante, quase tanto quanto as joias e a mulher que as possuíra. Além disso, Phillip adorava conversar com ela.

A conversa fluiu bem durante o almoço. Eles trocaram experiências sobre suas respectivas áreas e opiniões pessoais sobre uma série de assuntos, inclusive sobre relacionamentos, viagens e esportes. Phillip contou a Jane que havia gostado muito das viagens a trabalho que fizera a Hong Kong e que, depois disso, ficara fascinado por joias feitas de jade. Aquilo era um eterno mistério para ele, pois tratava-se de uma área de especialização que poucas pessoas compreendiam. E foi aí que ele se lembrou do pedido da mãe.

— Vou falar uma coisa que pode parecer bobeira... mas a minha mãe ficou completamente fascinada e envolvida pelo que contei a ela sobre Marguerite e as joias. Acho que ela sente uma espécie de conexão com a condessa, talvez pelo fato de as duas terem o mesmo sobrenome, embora não sejam parentes. Bom, como artista, ela tem uma mente muito criativa e está sempre interessada nos aspectos ocultos das coisas. Minha mãe tem uma imaginação incrível e um coração enorme. Ela me perguntou se poderia ver uma cópia das fotos do cofre, só dar uma olhadinha. Ela acha que podem ser uma inspiração para uma pintura, mas não necessariamente de Marguerite. É difícil explicar como os artistas funcionam... Será que ela poderia ver as fotos da condessa e do marido? Aquelas que a gente viu?

O pedido não parecia nada estranho para Jane. A mãe de Phillip lhe parecia uma mulher bem interessante.

— Você acha que ela iria querer ver as fotos da menininha?

Eles ainda não sabiam quem ela era, ou qual sua relação com Marguerite, se é que havia alguma, e não tinham ideia do seu nome.

— Por que não? Faz parte do mistério que a rodeia — respondeu ele, e Jane concordou com a cabeça, pensando em como atender àquele pedido. — Você quer que eu devolva as que estão comigo e depois você me manda o arquivo completo, ou é melhor eu fazer cópias dessas aqui e devolver tudo para você outra hora?

— Melhor eu levar essas aqui agora. Preciso perguntar à minha chefe se posso te dar essas cópias — respondeu ela, depois de refletir por um instante. — Posso dizer a ela que você quer dar uma última olhada nas fotos para o leilão. Acho que, se eu falar que são para a sua mãe, ela pode negar, mas, se forem para ajudar no leilão ou no catálogo, ela não veria problema, e aí eu posso te mandar o arquivo completo. Não vejo nada de errado nisso. — Ele assentiu, satisfeito. — Vou falar com a minha chefe assim que chegar ao escritório. Tenho todas as fotos no meu computador, só quero pedir a autorização dela antes de mandá-las para você, para não ter problemas depois. Ela tem me dado carta branca em relação a esse caso. E eu tenho feito tudo direitinho.

— Se você me mandar as fotos por e-mail, posso imprimi-las. Minha mãe não costuma usar o computador. Provavelmente levaria um ano para abrir os arquivos.

Os dois sorriram, e Jane contou que a mãe dela também não era muito fã de computadores. Habilidades com informática não eram algo da geração dos pais deles, especialmente para a mãe de Phillip, consideravelmente mais velha que os pais de Jane, e que tinha idade para ser sua avó, e de Phillip também, visto que já estava com uma idade avançada quando ele nasceu. Mas Phillip garantiu a Jane que a mãe tinha o espírito jovem e que possuía mais energia que qualquer pessoa que ele conhecia.

— Minha mãe tem uma irmã que é só quatro anos mais velha que ela, mas age como se tivesse 100 anos. É difícil de acreditar que as duas têm quase a mesma idade. Elas parecem ser de gerações completamente diferentes. Acho que tudo se resume à maneira como você encara a vida, se você está conectada ao mundo... Não acho que a minha tia Winnie um dia tenha estado conectada com o mundo. Minha mãe conta que os pais delas também eram assim, fechados para o mundo, antiquados e muito apegados a velhas manias e a pontos de vista ultrapassados. Mas a minha mãe é uma pessoa completamente diferente, felizmente. Nunca conheci meus avós, mas acredito nela. Minha avó materna morreu antes de eu nascer, e meu avô faleceu quando eu tinha 1 ano.

Então ele disse algo que deixou Jane assustada: falou que queria vê-la novamente, talvez sair para jantar com ela. Phillip foi muito sincero e falou que tinha se divertido muito no almoço. Jane confessou que gostou de ter saído com ele também.

— Talvez jantar não seja uma boa ideia — respondeu ela, cheia de pesar, olhando para ele do outro lado da mesa e desejando poder aceitar o convite. — Eu moro com uma pessoa há alguns anos já. Estamos passando por uma fase ruim ultimamente. Ele vai concluir o MBA em junho e só pensa nisso. Eu mal o vejo e, quando temos um tempinho juntos, não conseguimos nos conectar. — Ela não entrou em detalhes do relacionamento, pois achou que seria desleal com John. Não queria dar a Phillip a impressão de que estava disponível. Afinal, John ainda era seu namorado. — Tenho muito tempo livre agora, já que ele está sempre na biblioteca ou com o grupo de estudos, mas acho que as coisas vão voltar ao normal entre a gente depois que nós dois nos formarmos. Não acho que seria justo da minha parte sair para jantar com outra pessoa agora.

Phillip admirava Jane por sua honestidade e pelo fato de ela não querer fazer as coisas escondido do namorado, algo que claramente não fazia o estilo dela. A jovem era uma mulher inteligente, atraente e direta. Parecia ser o pacote completo, e Phillip se sentiu um azarado por ela já estar envolvida com outra pessoa. As melhores mulheres sempre estavam.

— Quem sabe não vamos ao cinema qualquer dia desses? — sugeriu ele, esperançoso. — Como amigos. Ou talvez você possa velejar comigo um fim de semana desses, quando o tempo estiver bom e o seu namorado estiver ocupado estudando.

— Eu adoraria — respondeu ela, com os olhos brilhando.

Jane ficou feliz por Phillip ter entendido sua situação e ligeiramente decepcionada por não estar solteira, mas ficou aliviada por ter sido sincera com ele. Agora ele sabia que ela era comprometida e, mesmo assim, aquilo não pareceu desencorajá-lo de querer vê-la novamente. Talvez eles pudessem ser amigos. O almoço daquele dia tinha sido maravilhoso.

Quando eles saíram do restaurante, Phillip acompanhou Jane até o metrô e ela prometeu que perguntaria a Harriet se poderia mandar as fotos para ele.

— Obrigada mais uma vez pelo almoço.

— A gente combina um cinema qualquer dia. Também quero que você conheça a *Sallie* assim que ela estiver apresentável. Vou pintar o casco dela daqui a algumas semanas.

Phillip estava sempre fazendo alguma coisa no barco, exatamente como o pai de Jane. Quando era mais nova, ela havia passado muitos fins de semana polindo, lixando, envernizando e pintando o veleiro para ajudá-lo. Ela sabia como os homens eram com seus barcos e sorriu ao ouvir o que Phillip dissera.

Quando a jovem desceu a escadaria do metrô, Phillip voltou para o trabalho. Já estava ansioso para vê-la novamente. Ficou decepcionado quando soube que ela tinha namorado, mas sempre havia uma possibilidade. Alguns relacionamentos não duravam para sempre. E ele estava disposto a esperar para ver no que o dela ia dar.

Assim que Jane saiu do metrô, seu celular tocou. Era Alex.

— Como foi o almoço?

Ela não conseguiu esperar a amiga ligar.

— Foi ótimo. Phillip é um cara muito bacana. Contei para ele sobre o John e ele entendeu.

— Por que você fez isso, Jane?

Alex ficou instantaneamente irritada. Claramente, a amiga não estava destinada a ser uma *femme fatale*.

— Eu tive que contar. Ele me convidou para jantar, aí eu disse que não podia. Mas ele sugeriu irmos ao cinema qualquer dia desses. Ah, ele tem um barco e me chamou para velejar na primavera.

Jane parecia feliz com a ideia e aquilo deu esperanças a Alex, que ficava contente pela amiga.

— Perfeito. Não dispense esse cara ainda. Nunca se sabe o que vai acontecer com o John, e esse Phillip parece ser um cara legal.

— Ele é. A mãe dele é artista, o pai era professor, e ele entende muito de arte. Talvez eu o acompanhe ao leilão da Christie's.

— Parece que ele está mesmo interessado em ver você de novo. O almoço de hoje foi uma primeira jogada perfeita.

Alex estava tratando aquilo como um jogo de xadrez, ou um plano de batalha para conquistá-lo, mas nada daquilo fazia o estilo de Jane. Ela não era o tipo de mulher que fazia nada premeditado para conquistar um homem. Para Jane, ou as coisas aconteciam ou não aconteciam, e Phillip parecia ser assim também. Alex era diferente, gostava de dar um empurrãozinho no destino para conseguir o que queria, algo que nem sempre dava certo. Quando alguns homens descobriam, saíam correndo, e os que caíam em suas armadilhas acabavam se mostrando pessoas nada interessantes.

Quando Jane voltou ao trabalho, encontrou em sua mesa uma pilha de mensagens de pessoas para quem ela precisava ligar e dois arquivos de casos novos na vara, ambos pequenos. Ela só encontrou com Harriet às quatro da tarde, quando foi lhe entregar um dos arquivos já completo, depois de ter confirmado que a pessoa em questão havia de fato falecido, como fizera com o caso de Marguerite, no início. A jovem entregou o arquivo a Harriet e a chefe lhe agradeceu. Ela parecia cansada e desanimada, e Jane quase sentiu pena dela.

— Está tudo bem? — perguntou Jane, hesitantemente.

Parecia que Harriet havia chorado, o que era estranho. Jane nunca a vira daquele jeito antes.

— Mais ou menos. Obrigada por perguntar — respondeu ela, com lágrimas nos olhos. — Tive que internar a minha mãe ontem à noite. Ela tem esclerose múltipla. O caso dela é avançado e está ficando pior. Ela estava com dificuldade para engolir e respirar. Talvez eu precise colocá-la em um asilo agora, e ela vai odiar se isso acontecer. — Não havia como reverter o quadro dela, e Harriet cuidava da mãe em casa fazia sete anos, com a ajuda de algumas enfermeiras. — Nós sabíamos que em algum momento isso ia acontecer. Ela está com dificuldade para aceitar a própria situação. Acho que eu também... Vai ser um desafio, mas prefiro ficar com ela em casa.

— Eu sinto muito — disse Jane, de forma delicada.

Ela sempre desconfiara de que Harriet levava uma vida infeliz e ouvira falar que sua mãe estava doente, mas nunca soube da gravidade do problema. E a dor e a tristeza genuínas no rosto de sua chefe partiram o coração de Jane. Algumas pessoas tinham vidas muito difíceis, e Harriet Fine era uma delas, assim como sua mãe. Ela havia aberto mão da própria vida para cuidar da mãe, e aquela senhora era tudo que Harriet tinha agora. Para ela, já era tarde demais para se casar e ter filhos. Quando a mãe de Harriet morresse, ela ficaria sozinha. Jane quase chorou conversando com a chefe.

— Tem algo que eu possa fazer? — perguntou ela.

— Não, mas é muita gentileza sua perguntar.

Harriet não contou a Jane que sentiu inveja dela quando a conheceu. Ela era jovem, livre e vivaz, tinha uma vida e uma carreira inteiras pela frente. Para Harriet, mais da metade da vida tinha se passado, e só o que ela conseguia ver adiante era um beco sem saída. Mas essa fora a vida que ela própria escolhera. As pessoas esqueciam, ao tomar essas decisões — independentemente dos motivos que as levavam a isso —, que o tempo perdido não é recuperado. E, um

114

dia, o jogo acaba. Harriet se ressentia das oportunidades que Jane ainda teria pela frente, de sua juventude. Mas, apesar disso, passou a gostar da jovem. Achava que Jane seria uma boa advogada um dia.

— Aliás — disse Jane, lembrando-se da mãe de Phillip —, o representante do departamento de joias da Christie's perguntou se eu poderia mandar uma cópia de todas as fotos do caso Pignelli para ele, aquelas do cofre. Acho que ele quer dar uma olhada nelas de novo para o catálogo. Posso fazer isso?

O pedido parecia tão inocente quanto realmente era, e Harriet não precisava saber que eram para a mãe dele.

— Claro — respondeu ela, sem fazer nenhum questionamento.

Jane voltou à sua sala, escreveu um e-mail curto para Phillip dizendo que havia conseguido a autorização da chefe para mandar as fotos para ele. Então, em um e-mail separado, Jane lhe mandou todas as fotos, inclusive as da criança não identificada.

Phillip viu quando o e-mail chegou, sorriu ao ler a mensagem que ela havia escrito e imprimiu as fotografias para a mãe e cópias para ele também. Então colocou todas em dois envelopes confidenciais e mandou um para a mãe por motoboy. Depois voltou ao trabalho e ficou a tarde toda de bom humor. De vez em quando, Phillip se lembrava do almoço com Jane e lamentava o fato de ela ter namorado, mas ele estava decidido a vê-la novamente, mesmo que sob o pretexto de amizade.

Jane também estava pensando em Phillip quando pegou o metrô a caminho de casa naquela noite. Esperava ver John, visto que ele havia lhe mandado uma mensagem avisando que chegaria cedo da biblioteca. Ela não se sentia nada culpada em relação a Phillip, já que havia sido honesta com ele, e decidira seguir o conselho de Alex e não contar nada ao namorado. A situação já estava tensa o bastante entre eles. A última coisa que ela precisava era de mais lenha na fogueira.

Assim que Jane entrou no apartamento, ficou contente em ver que John estava em casa. Ele encontrava-se esparramado no sofá, lendo alguma coisa, cheio de papéis ao seu redor e o computador em cima da mesa. Pareceu feliz ao ver a namorada, então ela se abaixou para lhe dar um beijo.

— Que bom ver você em casa, para variar um pouco.

— O que você quer dizer com isso? — retrucou ele, instantaneamente irritado.

John estava com olheiras profundas fazia meses. Aprender a se tornar um empreendedor de sucesso não era uma tarefa fácil. Jane inclusive achava que isso era mais difícil do que se tornar advogado.

— Quero dizer que estou feliz por você estar em casa — respondeu ela simplesmente. John vivia nervoso nos últimos tempos, não estava dormindo direito e obviamente se sentia culpado por não passar um tempo com a namorada. — Você já comeu? Quer que eu prepare alguma coisa?

— Não tenho tempo para comer. Vou encontrar com o pessoal na casa da Cara daqui a uma hora. Preciso ir logo.

Ele então se levantou do sofá, deixando Jane decepcionada. Além disso, o fato de a casa de Cara parecer ter se tornado o quartel--general do grupo não passou despercebido.

— Você vai para os Hamptons nesse fim de semana?

Ela parecia preocupada ao fazer aquela pergunta. Não queria passar mais um fim de semana sozinha.

Ninguém ia para os Hamptons no inverno, o local ficava deserto naquela época do ano. Eles caminhavam pela praia quando faziam uma pausa nos estudos, mesmo quando havia neve no chão. As caminhadas eram saudáveis e revigorantes, e John dizia que o ar de lá clareava a mente deles. Todos se revezavam na cozinha e ninguém levava seus parceiros, então Jane nunca havia sido convidada para acompanhá-lo.

— Preciso ir — respondeu ele, justificando-se. — Acho que até junho vou passar todos os fins de semana lá.

John parecia quase hostil ao dizer aquilo, mas era apenas culpa. Ele estava pronto para uma briga, mas Jane não daria esse gosto ao namorado, pois não queria piorar a situação deles.

— Como as pessoas conseguem se formar sem ter uma casa nos Hamptons? — indagou ela em um tom mais amargo do que o que costumava usar quando eles discutiam.

Saber que o namorado passaria todos os fins de semana com Cara e com os outros companheiros de estudo pelos próximos quatro meses não era uma boa notícia para ela. Agora, não se tratava mais de apenas ciúmes. Tratava-se de respeito. John não estava se esforçando em nada para manter o relacionamento deles vivo. Fazia apenas o que lhe interessava, deixando Jane em segundo plano. A situação estava ficando difícil para ela.

— Não precisa ser grosseira, Jane.

O comentário dele foi particularmente injusto, visto que ela não tinha sido grosseira e estava se esforçando de verdade para não o pressionar nem reclamar.

— Não estou sendo grossa. É só que você nunca está presente. Você tem ideia de quantas noites dormiu aqui no mês passado? Dez? Cinco? E agora me diz que vai passar todos os fins de semana fora? O que eu devo pensar em relação a nós?

— Que é assim mesmo quando você namora um cara que está a quatro meses de terminar o MBA — retrucou ele em um tom ríspido.

— Acho difícil acreditar que todos os outros estudantes de MBA estejam dormindo com seus grupos de estudo e passando todos os fins de semana nos Hamptons. Sabia que muitas pessoas conseguem manter seu relacionamento mesmo estudando sem parar? — Ela parou por um instante e, de repente, decidiu confrontá-lo. — Você está dormindo com a Cara, John? Talvez devêssemos ser bem francos um com o outro. Ainda existe alguma coisa entre nós? Se você estiver ficando com ela, eu saio de casa.

— É isso que você quer? Terminar? — esbravejou ele, chegando mais perto dela.

Aquilo não a assustou, nem sequer a intimidou — apenas partiu seu coração. Ela estava vendo o relacionamento deles escorrer pelo ralo feito gelatina. John não era mais o homem gentil, divertido e tranquilo pelo qual ela se apaixonara três anos antes e com quem adorava estar. Aquele homem agora era um estranho, com ou sem MBA.

— Não quero terminar. Mas quero que você esteja nesse relacionamento comigo, se você ainda quiser. Estou namorando sozinha. — Enquanto ela falava, Jane se deu conta de que ele não tinha respondido sua pergunta. E talvez pelo fato de ela estar se sentindo segura aquele dia, muito por causa do agradável almoço com Phillip, Jane decidiu pressionar. — E a Cara?

Ela continuou encarando-o, e então ele se virou e saiu.

— O que tem ela?

— Vocês estão tendo um caso?

— É claro que não — respondeu John, mas não pareceu convincente. — Não tenho tempo para dormir nem com ela nem com mais ninguém.

— Mas oportunidade você tem, já que passa muito mais tempo com ela do que comigo ultimamente.

— Passo mais tempo com Jake, Bob e Tom também e não estou trepando com nenhum deles, ou você está me acusando disso também?

John tentou fazer com que a ideia de ele e Cara juntos fosse ridícula, mas aquilo só o fez parecer ainda mais culpado. E Jane tinha mesmo sérias preocupações com relação ao relacionamento deles e à quantidade de tempo que ele estava passando com Cara e não com ela.

— Olha, por enquanto as coisas vão ser assim mesmo. Você sabe que eu tenho estudado dia e noite. — John tentou falar de uma forma mais delicada, mas não estava conseguindo. — Se você conseguir se controlar até junho sem pirar e me deixar maluco com essa besteira de ciúmes, nós vamos passar por isso. Mas, se você ficar enchendo o meu saco o tempo todo, eu não vou aguentar. Então me diga agora o que você quer fazer. Você tem que se manter ocupada até eu me formar. Até lá, não tenho tempo para você e não quero ouvir suas reclamações toda vez que nos virmos.

Ao ouvir aquilo, Jane se perguntou se não deveria ir embora. John não tinha o menor interesse em saber o que estava se passando com ela, só pensava nele. Era disso que Alex nunca gostara nele. Até mesmo em seus melhores dias, ela achava John um cara completamente egoísta. Ali, naquele momento, ele só estava provando que sua amiga estava mais do que certa.

Jane não disse uma palavra enquanto ele zanzava de um lado para outro do apartamento, pegando coisas para colocar na mala. Ela o viu colocar moletom, meias e cueca na mochila e soube que isso significava que ele não voltaria para casa.

— Suponho que você não vai passar a noite em casa.

— Você não é minha mãe, Jane. Volto para casa quando eu bem entender.

Ela não sabia exatamente quando tinha acontecido, mas ele claramente havia perdido o respeito por ela. Completamente. Jane não respondeu. Não queria dar esse gostinho a ele, muito menos perder a cabeça. Precisava tirar suas próprias conclusões. No fundo de seu coração, ela sabia que aquele relacionamento nunca seria saudável de novo.

Ele não se despediu ao sair do apartamento, nem ela disse tchau. Estava com muita vergonha para ligar para Alex e contar o que tinha acontecido. Ficou sentada no sofá, pensando naquela conversa, com o coração partido, e de repente caiu no choro. Ela sabia que tinha acabado, e mais por respeito a si mais do que por qualquer outra coisa. John não era mais o homem por quem ela havia se apaixonado. Tudo que ele conseguia enxergar em seu futuro era Cara, e não ela. Estava na hora de Jane virar a página.

Capítulo 9

Quando Valerie recebeu as fotos que Phillip imprimira, as espalhou cuidadosamente sobre a mesa de jantar e ficou olhando atentamente para as imagens. Pensou ter notado uma leve semelhança com sua família no olhar de Marguerite. Talvez com sua mãe, ou com ela mesma, mas era tão sutil que poderia muito bem ser sua própria imaginação, ou algo que ela queria ver e que não estava ali de fato. A artista ficou boquiaberta com a expressão pungente nos olhos da condessa em várias fotos, a despeito do sorriso largo. Também ficou impressionada com os registros nos quais aparecia com Umberto. O amor dos dois saltava do papel. Umberto parecia adorá-la, e a condessa aparentava estar feliz com ele. Marguerite era tão jovem nas primeiras fotos que aquilo tocou o coração de Valerie.

Contudo, sendo bem sincera, ela não podia afirmar com certeza que aquela mulher era sua parenta. Marguerite tinha um estilo bem diferente do dela, e muita personalidade. Ela era linda e tinha uma aparência distinta e, embora Valerie não se parecesse com Winnie e com seus pais, também não se parecia muito com Marguerite. Não havia motivo para pensar que elas compartilhavam qualquer coisa além de um sobrenome um tanto comum. A própria Valerie não sabia por que estava tão decidida a encontrar uma conexão entre elas duas, porém, depois de ficar olhando para aquelas fotos por dois dias, sentiu-se mais próxima do que nunca daquela mulher. Finalmente, no segundo dia, já tarde da noite, esparramou na mesa as fotos da criança, que parecia ser uma menina muito meiga. Havia fotos dela quando bebê, depois um pouco maior.

Mas foi a foto da criança com mais ou menos 5 anos que quase fez seu coração parar. Valerie pegou a foto e observou fixamente a imagem, sob uma luz forte, e focou nos olhos da menina. Quando era criança Valerie tinha os mesmos vestidos e o mesmo corte de cabelo. Bom, na verdade metade das crianças daquela época também. Mas aquele rosto lhe era familiar, e os olhos. Ela tinha certeza disso. Ficou sentada durante horas olhando para a foto. De repente ela se levantou, andou pela casa e depois voltou a encarar a imagem. Examinou todas as fotos mais atentamente e, ao observar duas ou três delas, quase teve certeza. Não absoluta certeza, pois a maioria das fotos havia sido tirada de certa distância e não estava exatamente em foco, porém Valerie foi ficando cada vez mais perplexa. Analisou novamente as imagens sob a luz do dia, na manhã seguinte. Então juntou todas as fotos, colocou-as na bolsa e ligou para Winnie, que finalmente estava um pouco melhor da gripe.

— Posso passar aí?

— Só se for agora de manhã — respondeu a irmã secamente. — Vou jogar *bridge* ao meio-dia.

— Não vou demorar.

Valerie pegou um táxi em frente ao seu prédio e chegou ao apartamento de Winnie em vinte minutos, o que era um tempo recorde para o centro da cidade. Winnie ainda estava tomando o café da manhã, com todos os seus comprimidos alinhados à sua frente, quando a irmã bateu à sua porta. Ela quase grunhiu quando olhou para Valerie. Podia ver que ela estava empenhada numa nova missão.

— O que foi agora? — perguntou ela, bebericando seu café, enquanto a empregada perguntava se Valerie queria chá.

Valerie sorriu para ela e respondeu que não, depois virou-se novamente para Winnie e então retirou as fotografias da bolsa. Era quase como se ela conseguisse sentir a conexão com a menininha através do papel.

— Não sei se Marguerite di San Pignelli era nossa parenta, provavelmente não. E não faço ideia do que essa criança era dela... Mas tenho certeza absoluta — afirmou ela, enquanto entregava as fotos para a irmã — de que essa criança sou eu. Não sei por que haveria fotos minhas naquele cofre mas... Winnie, olhe para essa criança. Sou eu.

Valerie parecia atordoada ao pronunciar aquelas palavras. Na verdade, mais atordoada ainda do que ficara na noite anterior. Porém a irmã não estava nada impressionada. Winnie olhou para as fotografias e deu de ombros.

— Todas as crianças são parecidas — soltou ela, sem querer dar o braço a torcer.

— Que comentário mais ridículo. Não temos fotos da nossa irmã. Nossos pais jogaram todos os registros dela fora, sabe lá Deus por quê.

— Porque deixavam a nossa mãe triste — respondeu Winnie bruscamente, defendendo-os mais uma vez.

— Não temos nenhuma foto dela, então não sabemos como ela era. Mas temos algumas minhas. Você não pode negar a semelhança. Essa criança é igualzinha a mim quando eu era pequena. Eu tinha um vestido exatamente assim.

— Todas as crianças que eu conheci também tinham. Naquele tempo, todas as roupas infantis eram parecidas. Usávamos os mesmos cortes de cabelo, ou era tigelinha ou tranças. Todas as crianças vestiam batas. Não dá para diferenciar nem mesmo você de mim em metade das fotos que nós temos, e nós não somos nada parecidas.

— Não mesmo — concordou Valerie. — Mas eu era igualzinha a essa criança.

Ela estava obcecada.

— Então você acha que deve ficar com as joias porque é parecida com essa criança? Ela provavelmente nem era parente dessa Marguerite.

— Então por que ela guardou essas fotos num cofre por mais de setenta anos?

— Por que você está se deixando enlouquecer por essa história? É tudo por causa do dinheiro, não é? Você está possuída.

Valerie estava deixando a irmã nervosa. Winnie estava acostumada a uma vida certinha, e as suspeitas de Valerie tiravam tudo dos eixos.

— Não tem nada a ver com o dinheiro — insistiu Valerie. Ela respirou fundo e tentou se explicar. — Winnie, a vida toda fui rejeitada pela minha própria família, eu me sentia uma estranha no meio de todos. Você e a mãe eram parecidas e se davam bem. O pai protegia vocês duas. Eu era o patinho feio, a esquisita, a que sempre foi diferente, que nunca se pareceu com nenhum de vocês. Eu nunca, nunca me senti parte daquela família, e os nossos pais me odiavam por isso. Só o que quero agora é descobrir quem eu sou, quem eu era e por que eu não me encaixava no mundo de vocês. E acho que a resposta está aqui, nessas fotografias. Não sei por que, mas acho que essa mulher sabia de alguma coisa. Talvez ela não fosse nossa irmã mais velha, ou talvez fosse, não sei. Quem sabe ela também tenha sido rejeitada? Eles arrancaram Marguerite de nossas vidas como se ela não existisse. É como se ela não fizesse parte da história da nossa família. E acho que eles teriam feito o mesmo comigo se pudessem. Eu só quero saber por quê. Se ela era nossa irmã, o que fez para merecer esse destino? O que aconteceu com ela? Será que eu paguei o preço por ser parecida demais com ela? Nossos pais só aceitavam pessoas idênticas a eles na família? Ser diferente era crime? Punível com a morte ou o banimento? Eles não sofreram por ela, eles a aniquilaram totalmente da vida deles. *Por quê?*

— Eles não mataram a nossa irmã — afirmou Winnie com uma expressão furiosa. — Nem a baniram. Ela *morreu*. E eles nunca levantaram um dedo para você.

— Mas eles me odiavam, me ignoraram a vida toda, me trataram como se eu não fosse filha deles. Eu sentia que não devia ter nascido. E me pergunto se eles fizeram isso com a nossa irmã também.

— Deixe-a descansar em paz — implorou Winnie em desespero.

124

Ela também não sabia todas aquelas respostas, nem queria saber. Ao contrário de Valerie, que estava ávida por respostas pelas quais esperara a vida toda. A diferença era que agora ela se recusava a ser silenciada.

— Não posso simplesmente esquecer isso — rebateu Valerie com tristeza. — E não sei por que, mas sinto que essa criança tem as respostas para os meus questionamentos. Eu sei disso. Sinto isso dentro de mim. Preciso saber por que os nossos pais nunca me amaram e por que nunca me senti parte da família. Veja como nós somos diferentes. Somos irmãs, mas diferentes como o dia e a noite. Se a mulher das fotografias é a nossa irmã, talvez eu seja parecida com ela.

— Você está tentando desenterrar uma pessoa — retrucou Winnie com raiva — que morreu há 73 anos. Você precisa ficar em paz consigo mesma e com o fato de nunca ter se encaixado.

— Não posso. Não sei dizer por que, mas simplesmente não posso — argumentou Valerie, com lágrimas escorrendo pelo rosto.

Depois de anos, quando já era adulta, Valerie finalmente aceitou o fato de que seus pais não a amavam e que, mesmo assim, ela conseguiu ter uma vida feliz. Casou-se com um homem que a amava, teve um filho amoroso, mas agora algo estava deixando-a inquieta, e ela precisava saber o que era. Aquilo havia ressuscitado todas as lembranças ruins de sua infância e a rejeição constante dos pais. Ela precisava saber por que e esclarecer de uma vez por todas se o motivo pelo qual se sentia assim, de alguma forma, estava ligado às fotografias que Valerie acreditava serem dela quando criança. Tinha o direito de saber a verdade.

— Você não vai encontrar respostas aqui — afirmou Winnie com frieza — maldizendo nossos pais ou transformando nossa irmã em alguém que ela jamais foi. Essa mulher que se casou com o conde italiano não tem relação alguma com a nossa família, não importa quanto você queira o dinheiro dela. Valerie, isso é cobiça. E essa criança das fotos poderia ser qualquer outra criança da época.

— Não! — exclamou Valerie, com fogo nos olhos. — Essa criança sou eu! Tenho certeza disso, não importa quanto você tente negar. Winnie, essa criança sou eu, e eu quero saber como fui parar naquele cofre.

— Mas uma mulher morta não vai te contar. Se isso que você alega for verdade, algo que eu duvido muito, ela levou o segredo para o túmulo. E ela não era nossa irmã — repetiu Winnie, enfurecida. — Nossa irmã morreu há 73 anos. Deixe-a em paz! — exclamou ela, levantando-se e encarando Valerie com olhos raivosos. — Tenho coisas mais importantes para fazer do que ficar ouvindo essa insanidade. Acho que você está ficando louca. Eu estaria preocupada, se fosse você.

Aquilo foi como um tapa na cara de Valerie, e ela foi embora alguns minutos depois, mal se despedindo da irmã. As mãos de Winnie tremiam quando ela foi se preparar para jogar *bridge*.

Quando Valerie chegou ao seu apartamento, sentou-se e caiu no choro. Depois pegou novamente as fotos da menininha. Não importava quanto Winnie negasse, Valerie sabia que estava certa, aquela criança era ela. Então ela se lembrou de algo que tinha recebido um ano antes e do qual quase se esquecera. Foi procurá-lo em meio a suas pastas, mas não o encontrou. Vasculhou um arquivo inteiro onde juntava a correspondência e nada, mas sabia que tinha guardado, por motivos sentimentais, só que não fazia ideia de onde. Provavelmente, em algum lugar nada óbvio. Era um cartão de Natal de sua antiga babá, que fora trabalhar para os Pearsons quando Winnie tinha 2 anos — dois anos antes de Valerie nascer — e que ficara com eles até Valerie completar 10, somando um total de 12 anos. Na época, Fiona era uma jovem irlandesa de 18 anos, então, hoje, estaria com 94. Ela havia se casado e se mudara para Nova Hampshire, onde vivia em uma casa de repouso, mas sua mente ainda era ótima. Sua letra no cartão de Natal estava tremida, mas ela ainda era lúcida, apesar da idade. Valerie não a visitava fazia uns vinte anos, desde que Phillip tinha 15, embora elas tivessem mantido contato por cartas. Ela a adorava de paixão e ficou arrasada quando Fiona foi embora. Mas a babá lhe mandava cartões de Natal todos os anos. Valerie torcia para que ela não tivesse morrido, já que as duas não se comunicavam desde o Natal, mas, se isso tivesse acontecido, os filhos de Fiona teriam entrado em contato com ela, certamente. Já eram duas da manhã quando Valerie encontrou o cartão, juntamente com alguns outros que ela guardara na gaveta de sua escrivaninha. Foi o último lugar onde ela procurou. Também havia guardado o envelope com o endereço do asilo. Ficava no sul de Nova Hampshire, onde Fiona vivia fazia mais de sessenta anos. Era uma viagem de seis horas saindo de carro de Nova York.

Valerie passou aquela noite em claro. Na manhã seguinte, às oito, ligou para a casa de repouso e descobriu que Fiona McCarthy estava bem viva. Passava o tempo todo na cama, por conta da artrite, mas estava totalmente lúcida e "ainda serelepe", contou, rindo, a enfermeira que atendeu ao telefone.

— Ela não dá sossego para a gente — confessou ela.

Uma hora depois, Valerie estava na garagem onde deixava o carro que raramente usava. Ela gostava de tê-lo para o caso de uma necessidade e, ocasionalmente, falava em vendê-lo. Às nove e quinze, estava na estrada. Seguiu caminho atravessando Connecticut e Massachusetts até chegar a Nova Hampshire. Ainda havia resquícios de neve, embora já fosse março, e nenhum sinal da primavera.

Eram quase três da tarde quando Valerie chegou à pequena cidade onde a antiga babá morava. Notou que a casa de repouso parecia aconchegante. Era branca e tinha uma cerca recém-pintada; havia um jardim na frente e cadeiras de balanço na varanda, nas quais os residentes se sentavam quando o tempo estava quente, mas fazia muito frio naquela época do ano para que tivesse alguém ali hoje.

Valerie tremia enquanto caminhava até a escada, perguntando-se se Fiona se lembraria dela — ou se pelo menos a reconheceria — e o que ela poderia lhe contar sobre as fotografias. Valerie era uma

127

idosa agora e estava bastante diferente das lembranças de Fiona de quase vinte anos antes.

A artista conversou com uma assistente de enfermagem na recepção, que sorriu para ela e lhe pediu que assinasse o livro de registros. Depois explicou que Fiona havia acabado de acordar de um cochilo e que aquele seria um bom horário para visitá-la. Disse que seus filhos tinham estado lá naquela manhã, mas que agora ela estava sozinha e iria gostar da visita. Valerie lhe agradeceu e foi até o quarto. Espiou pela porta antes de entrar e viu uma mulher enrugada, com o rosto todo franzido, confortável na cama, coberta com uma colcha colorida. Seus cabelos agora eram finos e brancos, mas seus olhos permaneciam os mesmos, de um azul brilhante que encararam Valerie quando ela a fitou. A mulher sorriu para Valerie, que estava parada à porta.

— Vais ficar parada aí feito uma estátua para sempre ou vais entrar? — perguntou ela, sorrindo e reconhecendo Valerie imediatamente.

— Olá, Fiona. Não sei se você sabe quem eu sou.

Ela começou a explicar e Fiona riu.

— E por que eu não saberia? Não mudaste nada, a não ser pelos cabelos loiros, que agora estão brancos. Como está o seu menino?

Ela se lembrava de Phillip — estava realmente lúcida. Phillip a adorara quando a conhecera, pois Fiona lhe contou histórias sobre a mãe que o fizeram rir e encheram os olhos de Valerie de lágrimas.

— Está crescido. É um homem bom.

— Soube que ele era um bom menino assim que o vi pela pri meira vez.

Ela apontou para uma cadeira, e Valerie se sentou, perguntando-se por onde deveria começar, mas Fiona lhe poupou o trabalho.

— Levaste muito tempo para vir até aqui. Estou esperando há anos — disse ela, cheia de mistério. — Pensei que, talvez, depois da tua última visita, tu voltarias com umas perguntas, mas não voltaste. Por que só agora?

Ela parecia interessada no que Valerie tinha a dizer, e estava plenamente desperta e alerta.

— Aconteceram umas coisas estranhas. Podem não significar nada, mas têm me deixado louca. Descobri umas fotografias em meio a uns bens abandonados de um caso em que meu filho está trabalhando. E tem uma coincidência de nomes. O sobrenome de solteira da mulher que faleceu é Pearson, e ela também se chamava Marguerite, assim como a minha irmã que morreu. Provavelmente não temos nenhum parentesco, mas encontrei umas fotos de uma criança... — A voz dela foi sumindo, e Fiona a fitava atentamente.

— Winnie acha que estou maluca, e talvez eu esteja mesmo, mas pensei que você poderia saber de alguma coisa. — Valerie pegou as fotos de Marguerite na bolsa antes de mostrar a Fiona as da menininha misteriosa. — Algumas teorias bem esquisitas passaram pela minha cabeça nos últimos dias. Talvez não tenham relação alguma com essa mulher, mas não temos nenhuma foto da minha irmã. Minha mãe destruiu todas, há muitos anos, então Winnie e eu não sabemos como ela era.

Ela entregou as fotos a Fiona, que as examinou pelas lentes bifocais uma a uma, enquanto assentia com a cabeça. Valerie estava prendendo a respiração. Seu corpo inteiro tremia, como se algo terrível estivesse prestes a acontecer ou talvez algo muito bom, que poderia livrá-la de vez de uma família que nunca a entendera nem a quisera de verdade. Durante toda a sua vida, ela sentia que devia algo a eles, e sempre fora respeitosa, independentemente de qualquer coisa.

Depois que Fiona viu todas as fotos, olhou para Valerie com uma expressão solene.

— O que você quer saber?

— Sei que parece loucura — começou Valerie, quase sussurrando —, mas essa mulher é minha irmã Marguerite, que morreu na Europa aos 19 anos?

Fiona não hesitou em responder e parecia certa daquilo.

— Não. — O coração de Valerie se partiu com aquelas palavras. Ela esperava que a resposta fosse sim. Fiona estendeu a mão enrugada e então acariciou a mão de Valerie com uma expressão afetuosa. — A mulher das fotos não é tua irmã. Ela é tua mãe — explicou Fiona com delicadeza. — Marguerite era tua mãe, criança. — Valerie se sentia mesmo uma criança ao ouvir aquilo e entrou em estado de choque. — E ela não morreu na Europa. Ela se casou.

— Quando eu nasci?

De repente, tudo ficou muito confuso. Então sua vida inteira era uma mentira? Aquilo era muito mais complicado do que todas as teorias que ela havia imaginado.

— Você nasceu antes de ela ir embora. Ela tinha 18 anos. Sempre pensei que eles te contariam um dia, mas, pelo visto, isso nunca aconteceu. Ela era apenas uma menina e estava perdidamente apaixonada por um rapaz chamado Tommy Babcock, e o pior aconteceu. Ela engravidou. Eles queriam se casar, mas os pais dela não permitiram, nem os dele. Os pobrezinhos pareciam Romeu e Julieta. Tua mãe — Fiona se corrigiu imediatamente —, a mãe de Marguerite disse que jamais a perdoaria por aquela desgraça. Alguns dias depois, eles a mandaram para um internato no Maine, famoso por receber meninas rebeldes. Foi pouco antes do Dia de Ação de Graças, em 1941, ela estava com apenas 17 anos. Tommy tinha a mesma idade, mas estava prestes a fazer 18. Acho que ninguém sabia o que tinha acontecido. E, naquele tempo, engravidar sem ser casada era uma desonra. Eles a mandaram para longe o quanto antes e contaram a todo mundo que ela iria terminar os estudos na Europa, na Suíça, acho. A guerra já havia começado na Europa, mas a Suíça estava a salvo. Só que ela não foi para lá. Estava no Maine, escrevendo cartas para mim contando quão infeliz era lá. Winnie tinha apenas 4 anos e não sabia o que estava acontecendo. Mas ela chorou quando a irmã foi embora. Marguerite era um verdadeiro raio de sol, todos a adoravam. A casa se tornou um túmulo sem ela. E sua mãe tinha sangue nos olhos. Ficou combinado que ela daria o bebê para a adoção. Eles estavam forçando a filha a abrir mão de você.

130

"Ela estava no Maine fazia umas duas semanas quando os japoneses bombardearam Pearl Harbor e todos entraram em pânico. Logo em seguida, pelo que eu soube, Tommy foi recrutado e enviado para um campo de treinamento em Nova Jersey. Acho que ele foi mandado para a Califórnia antes do Natal. Não sei se Marguerite tornou a vê-lo, duvido muito disso, mas não tenho certeza. Talvez ele tenha ido ao Maine para se despedir dela e, se realmente fez isso, provavelmente prometeu que voltaria para buscá-la. Acho que ele estava na Califórnia havia um mês quando foi morto acidentalmente em um treinamento. Marguerite me escreveu contando que Tommy havia morrido no final de janeiro. Tua mãe tinha uma personalidade forte e era uma jovem muito determinada. Então, depois que ele morreu, acho que ela falou para os pais que não abandonaria o bebê dele. Depois disso, pelo que sei, tua mãe, ou melhor, tua avó, falou para todo mundo que estava grávida e que a família ia para o interior para que ela pudesse descansar. Eles alugaram uma casa em Bangor, no Maine, e eu costumava visitar tua mãe no internato. A pobrezinha estava arrasada por causa do Tommy. Teus avós tinham concordado em não dar a criança para a adoção e dizer para todo mundo que o bebê era deles. Tu nasceste em junho, um bebê grande e lindo, e foi difícil para a tua mãe, ela era muito jovem. Passamos o verão no Maine e, em setembro, voltamos para Nova York... teus avós, legitimamente com o bebê "deles". Então, duas semanas depois de termos retornado a Nova York, eles mandaram Marguerite embora. E te tomaram dela. Nunca na minha vida vi ninguém chorar como a tua mãe na noite anterior à partida para a Europa. Eles compraram uma passagem para ela em um navio sueco chamado *Gripsholm*, que iria até Lisboa levando outros civis, porque Portugal não estava na guerra. E ela estava planejando ir para a Inglaterra assim que o navio atracasse. Eles a mandaram para a Europa em plena guerra. O navio poderia ter sido bombardeado, mas eles não se importavam. — Lágrimas escorriam pelas bochechas de Fiona enquanto ela contava a história. — Eu fui me despedir dela. Eles não lhe deram escolha, queriam que ela sumisse. Ela ficou com você no colo a noite toda, antes de partir, e jurou que, um dia, voltaria para te buscar. Então, de manhã, ela foi embora. Prometi mandar fotos tuas sempre que pudesse, e mandei, durante todo o tempo em que trabalhei para teus avós. Eles nunca quiseram que ela voltasse. Ela me disse que eles iam obrigá-la a permanecer na Europa, mesmo com a guerra.

"Ela conheceu o conde assim que chegou à Inglaterra. Não me recordo bem, mas talvez tenha sido na viagem. Ela me disse que ele era um homem bom e maravilhoso com ela, mas que sempre sentiu tua falta e falava que a vida dela não era completa sem ti. Ela deveria ter ficado na Inglaterra, mas acabou indo para a Itália com ele. O conde a ajudou a entrar no país com um passaporte italiano depois que eles se casaram em Londres. Sei que ela tentou te pegar de volta um tempo depois, acho que tu tinhas uns 7 anos. Voltou para os Estados Unidos e ficou por aqui umas duas semanas com o marido para consultar advogados sobre a possibilidade de te levar para a Itália com eles. A guerra já havia acabado. Ela encontrou teus avós e disse para eles que não desistiria de ti. Não sei bem o que eles fizeram para convencê-la do contrário, mas ela e o marido foram embora sem ti. Nunca mais a vi depois disso. Tua avó ficou furiosa e ameaçou expor Marguerite, desgraçá-la e causar um escândalo. Acho que ela e o marido tentaram ganhar tua guarda na justiça depois disso, mas não deu certo, e então ela desistiu. Os pais dela vieram com tudo. Tua avó nunca teve carinho de mãe por ti e deixou tua criação sob meus cuidados, mas eles estavam presos em uma mentira, na história que tinham inventado de que tu eras filha deles, por isso não podiam te devolver à tua verdadeira mãe. Eles a forçaram a deixá-los te adotar. Marguerite nunca teve outro filho, não quis. Só queria você. Foi cruel, mas pelo menos ela tinha um bom marido, um homem dedicado e que cuidava dela. Tua mãe ainda era jovem quando ele morreu, mas permaneceu na Itália por um bom tempo. Ela não tinha mais nada aqui. Teus avós deram um jeito de destruir a história dela."

Fiona parecia zangada ao dizer aquilo.

— Ela nunca mais quis ver os pais de novo, e eles também não queriam mais saber dela. Depois que ela foi embora, no ano seguinte, eles inventaram uma história de que a filha tinha morrido de gripe na Europa. Ela tinha 19 anos na época, e eles colocaram uma coroa de flores na porta de casa. Eu teria ficado muito triste com aquilo se ela não tivesse escrito para mim. Ela estava bem viva e não sabia o que eles haviam espalhado até eu lhe contar. Eles queriam garantir que ela nunca mais voltasse. Uma vez ouvi tua avó dizer a teu avô que tinha destruído todas as fotografias dela. Aquilo não era normal. Pessoas decentes não fazem esse tipo de coisa. Eles te roubaram dela e enterraram a própria filha viva na mente das pessoas. Eu jamais conseguia vê-los como teus pais, e eles não agiam como se fossem. Te tratavam como uma estranha que alguém tinha deixado na porta deles. Sempre tive esperança de que eles um dia te contariam a verdade, mas isso nunca aconteceu, não é? E mais ninguém sabia, a não ser os médicos do internato no Maine e os advogados. Tu tinhas uma certidão de nascimento oficial que dizia que eles eram teus pais. Eu vi, uma vez. Era tudo mentira. Com isso, tudo que eles conseguiram fazer foi partir o coração da própria filha. Fiquei muito feliz por ela ter conhecido o conde e por ele amá-la tanto. Se não fosse por ele, ela estaria sozinha no mundo. Ela te amava, Valerie, profundamente, e nunca teria te deixado se tivesse tido escolha. Ela ainda está viva? — perguntou Fiona.

Valerie balançou a cabeça, lágrimas escorriam pelo seu rosto. Agora ela tinha certeza.

— Ela morreu faz sete meses. Estava em Nova York havia 22 anos. Eu poderia tê-la procurado, se soubesse disso.

Valerie ficou chocada ao perceber que Fiona era apenas dois anos mais velha que sua mãe e ainda estava viva. Marguerite não teve tanta sorte. Levou uma vida difícil e não tinha filhos amorosos para cuidar dela, como Fiona.

— Tenho certeza de que ela teria te procurado, se tivesse tido coragem — garantiu Fiona. Valerie não conseguia deixar de imaginar por que a mãe não o tinha feito. Talvez fosse doloroso demais explicar seu retorno do mundo dos mortos. — Tu já eras uma mulher adulta. Ela deve ter achado que era tarde demais.

Valerie teria amado conhecer a mãe verdadeira, independentemente de sua idade. E era chocante, agora, perceber que ela estivera certa o tempo todo, e que seus avós, se passando por seus pais, a odiavam e se ressentiam dela. Provavelmente eles a enxergavam como um lembrete constante da vergonha da filha deles. E tinham conseguido manter as duas separadas durante a vida toda, até a morte de Marguerite, muito tempo depois de eles mesmos terem partido. O único amor de mãe que Valerie conhecera havia sido o de Fiona, até ela completar 10 anos. Então a artista olhou com gratidão para a velha senhora.

— Obrigada por me contar a verdade — agradeceu-lhe Valerie, baixinho.

— Eu sempre quis fazer isso. Pensei que tu suspeitarias de alguma coisa, ou que descobririas de alguma forma. Mas não achava que fosse demorar tanto.

Valerie tinha demorado 74 anos para descobrir quem era sua mãe e, de repente, sentia-se como uma órfã — como se sentira a vida toda, na verdade —, mas pelo menos agora ela sabia que sua mãe a amara. Também ficou abismada ao perceber que um estranho golpe do destino havia levado Phillip a avaliar aquelas peças abandonadas. Caso contrário, ela jamais teria descoberto nada sobre sua verdadeira origem. Valerie se sentia grata por tudo isso, agora.

— Os pais de Tommy eram Muriel e Fred Babcock, aliás, se um dia quiseres procurar por eles — disse Fiona. — Ouvi dizer que é possível encontrar pessoas na internet. Meu filho quis me dar um computador uma vez, mas sou velha demais para esse tipo de coisa. Mas eles também são tua família.

Essa ideia nem sequer tinha ocorrido a Valerie, mas ela gostou de saber disso. Tinha tanta coisa para assimilar primeiro... Havia acabado de ganhar uma mãe que a amava e a perdido, tudo no mesmo dia.

Fiona estava cansada depois da longa história que havia contado a Valerie. Afinal de contas, elas haviam passado duas horas conversando.

— Acho que preciso tirar um cochilo — anunciou ela, fechando os olhos.

Valerie se aproximou de sua antiga babá e, delicadamente, deu um beijo em seu rosto. Os olhos dela se abriram, e ela sorriu.

— Obrigada, Fioninha. Eu te amo — disse ela, exatamente como fazia quando era criança.

— Eu também te amo — respondeu Fiona, acariciando a mão de Valerie novamente. — Saiba que ela te amava e que, agora, é um anjo que está cuidando de ti lá de cima.

Para Valerie, aquele era um pensamento lindo, e ela saiu na ponta dos pés ao deixar o quarto de Fiona. Aquele fora o dia mais intenso de sua vida.

Valerie voltou para o carro e seguiu viagem para Nova York pensando em tudo que Fiona havia lhe contado. Parou uma vez para tomar café na estrada e ficou olhando para o nada, pensando na mãe, imaginando o quanto ela sofrera. Os pais dela haviam feito tudo que puderam para arruinar a vida da filha mais velha, queriam castigá-la por um erro da juventude, por ela ter gerado uma criança ilegítima. Pensar naquilo deixava Valerie furiosa e, à medida que a raiva diminuía, ela foi ficando cada vez mais triste. Um sentimento de compaixão pela mãe que ela nunca conheceu a dominou. Marguerite queria ter voltado para a filha, mas nunca conseguiu.

Ela chegou a Nova York à meia-noite e ficou acordada durante a maior parte da madrugada. Tinha muita coisa para assimilar. Não conseguia imaginar o que fazer agora. Ainda não estava pronta

135

para contar a verdade a Phillip, embora planejasse revelar todos os detalhes da história ao filho, só precisava ficar em paz consigo mesma primeiro. Ela não era quem passou a vida inteira pensando ser. A única pessoa com quem ela queria conversar sobre o assunto agora era Winnie. Queria provar que não estava ficando maluca. Na verdade, nunca se sentira tão sã ou lúcida em toda a sua vida. Ela colocou uma foto de Marguerite na sua mesa de cabeceira e se deitou. Finalmente tinha encontrado a mãe que nunca teve.

— Boa noite, mamãe — disse Valerie baixinho, e pegou no sono, dormindo profundamente.

Capítulo 10

Quando acordou na manhã seguinte, tudo que Valerie sabia era que precisava dar um passo de cada vez. Uma bomba fora jogada em sua vida, e ela queria controlar os estragos da melhor forma possível. Queria agir com calma e pensar em tudo cuidadosamente antes. A única coisa que sabia era que Fiona tinha lhe dado um presente incrível: a verdade sobre sua vida. Aquilo explicava muita coisa, inclusive por que ela sempre se sentira uma estranha em meio àquela família. Ela era neta dos "pais", e não filha. Aquilo fazia uma grande diferença para ela agora. Precisava conversar com Winnie. Tudo e todas as outras pessoas podiam esperar, até mesmo seu filho. Não pretendia compartilhar aquela história com ele por enquanto. Precisava assimilar tudo primeiro.

Valerie ligou para Winnie novamente aquela manhã dizendo que daria uma passada rápida em sua casa. Dessa vez, não perguntou se podia ir, pois não queria nem saber se era uma boa hora ou não. Ela já havia esperado 74 anos para dizer o que queria, e simplesmente não suportava a ideia de esperar nem mais um segundo.

Winnie vestia um terninho Chanel azul-marinho quando Valerie chegou, e tinha feito o cabelo no dia anterior. Parecia mesmo a matrona rica e aristocrática da Park Avenue que era. Valerie usava calça jeans, moletom e sapatilhas, e seus cabelos brancos estavam presos em uma trança que lhe caía pelas costas. Seus olhos brilhavam, e ela parecia descansada. Nem se lembrava da última vez em que se sentiu tão bem. De repente, estava livre dos fardos e das decepções do passado.

— Não vou demorar muito — afirmou Valerie calmamente enquanto se sentava, e Winnie pareceu preocupada.

Ela teve a sensação de que não ia gostar do que Valerie tinha a dizer. A irmã mais nova estava calma demais, e quase eufórica.

— Aconteceu alguma coisa?

— Sim. Fui visitar Fiona ontem, nossa antiga babá.

— Ela ainda está viva?

Winnie parecia surpresa. Nunca trocara correspondências com Fiona, as duas não mantinham nenhum tipo de contato.

— Está.

— Deve estar com uns 100 anos — comentou Winnie, fazendo pouco-caso da senhora.

— Noventa e quatro, e totalmente lúcida. Fui até Nova Hampshire para vê-la. Supus que ela pudesse ter as respostas que nós duas não temos. Nós éramos muito pequenas quando Marguerite foi embora. E eu tinha razão. Mas não tive as respostas que eu esperava. Mostrei uma fotografia para ela e achei que fosse ouvir que Marguerite Pearson di San Pignelli era nossa irmã. Eu tinha certeza absoluta disso, mas estava errada.

Winnie pavoneou-se toda e pareceu satisfeita e triunfante quando Valerie admitiu que estava errada.

— Eu disse que essa mulher não era nossa irmã. Você só estava querendo arrumar confusão, desonrando a memória dos nossos pais.

— Tudo o que eu queria era a verdade — retrucou Valerie baixinho —, não importava qual fosse. E foi isso que eu consegui. A mulher que abandonou todas aquelas joias no cofre e era casada com o conde italiano era, na verdade, sua irmã, mas não minha. Ela era minha mãe — contou Valerie delicadamente, com lágrimas nos olhos. — Ela engravidou quando tinha 17 anos, de um rapaz pelo qual estava apaixonada. Eles queriam se casar, mas os pais não

138

deixaram. Eles os separaram imediatamente, e os seus pais, meus avós, mandaram Marguerite para um internato de meninas rebeldes no Maine e falaram que ela teria que dar o bebê para a adoção. Eles não deram escolha para a própria filha, visto que ter uma criança sem ser casada era considerado um escândalo na época.

Os olhos de Winnie estavam arregalados, e ela parecia chocada com o que ouviu, mas não disse uma palavra, o que fez Valerie pensar se ela já suspeitava de algo assim.

— Isso foi em novembro de 1941 — continuou ela. — Duas semanas depois, os japoneses bombardearam Pearl Harbor, e o meu pai foi recrutado para o Exército e enviado para um campo de treinamento. Ele acabou sendo mandado para a Califórnia, mas morreu em questão de semanas em um acidente no treinamento. E, aparentemente, minha mãe se recusou a dar o bebê para a adoção depois disso. Então sua mãe e seu pai, não meus — enfatizou Valerie novamente —, se mudaram para o Maine, fingindo que a sua mãe estava grávida. Eles voltaram para Nova York em setembro, me levando junto, dizendo que eu era filha deles. Forçaram Marguerite a deixá-los me adotar. E, dias depois, a colocaram num navio para a Europa, em plena guerra. Baniram a filha de casa e colocaram a vida dela em risco, em um navio para Lisboa, e de lá ela foi para a Inglaterra. Basicamente, eles a forçaram a abrir mão de mim e me deixar com eles, apesar de nunca terem gostado de mim, nem me aceitado. Então, um ano depois de ela ter ido embora, eles disseram para todo mundo que Marguerite estava morta, me privando da minha mãe e privando-a da filha. Eles me criaram como filha deles para evitar um escândalo e partiram o coração dela. Enganaram todos nós alegando que ela estava morta. Aparentemente, ela se casou com um homem que a amava muito, graças a Deus, logo depois que chegou a Londres. Fiona disse que ela tentou me pegar de volta, mas que os pais dela, e seus, lutaram com unhas e dentes e ameaçaram fazer um escândalo, então ela, depois de um tempo, acabou desistindo. Marguerite nunca mais teve filhos e eu nunca tive uma mãe que me amasse, tudo por causa deles. Você pode achar que eles eram boas pessoas, mas eu não compartilho desse pensamento. Eles perpetuaram uma mentira horrível durante a maior parte da minha vida. E todas as evidências apontam para o fato de que minha mãe, sua irmã mais velha, teve uma vida solitária depois que ficou viúva, aos 41 anos. O pior é que eu poderia tê-la conhecido e amado, se soubesse que estava viva. Seus pais, meus avós, roubaram de você uma irmã, tiraram a minha mãe de mim e arrancaram a única filha dela.

"Ainda não digeri tudo e não sei o que vou fazer em relação a isso. Na verdade, não há muito o que eu possa fazer. Ninguém pode desfazer o que já foi feito, mas eu queria que você soubesse a verdade antes de qualquer outra pessoa. Não sou maluca nem estou delirando, como você sugeriu. Eu estava certa o tempo todo. Pensava que Marguerite di San Pignelli era nossa irmã. Mas nunca suspeitei, nem por um segundo, que ela pudesse ser minha mãe. Independentemente do que vai acontecer agora, achei que você deveria saber. Não consigo me imaginar perdoando meus avós pelo que eles fizeram. Fomos vítimas. Eles mentiram para nós duas a vida toda.

Valerie ficou em silêncio e olhou para Winnie, que aparentemente havia acreditado na história. Nenhum som saía de sua boca, e lágrimas escorriam pelo seu rosto. Ainda não parecia possível para ela, mas tudo que Valerie dissera fazia sentido, não importava quando Winnie odiasse aquela história. Ao que tudo indicava, era verdade. Enquanto ela ouvia, todas as ilusões que tinha quanto à sua família foram destruídas. Exatamente como Valerie havia dito. Winnie estava chocada e sentia seu mundinho seguro e ordenado desabando ao seu redor. Era difícil imaginar como Valerie estava se sentindo naquele momento.

— Acho que eles te amavam, sim, apesar de tudo — insistiu Winnie, com a voz rouca e trêmula; e Valerie ficou olhando para ela, impassível. — Provavelmente achavam que estavam fazendo o que era melhor para você.

Ela continuava sendo leal aos pais, mesmo sabendo de tudo.

— Eles arruinaram a vida da minha mãe. Da sua irmã. E fizeram da minha infância um inferno. A Fiona foi o único adulto que me deu amor, e só Deus sabe como a minha mãe deve ter se sentido, tendo a única filha roubada dela. É horrível só de pensar. E ela morreu sozinha, enquanto eu e você seguimos com nossas vidas.

Aquele era um pensamento terrível, e Winnie continuou chorando em silêncio enquanto as duas se encaravam. Então Valerie se levantou.

— Desculpe contar isso tudo desse jeito. Eu só queria que você soubesse.

Winnie assentiu, mas não se mexeu. Ela não sabia se Valerie, de certa forma, havia ficado zangada com ela ou não, e parecia assustada.

Valerie a abraçou, virou-se e caminhou na direção da porta, mas, antes de ir embora, olhou para Winnie e disse, com um sorriso torto e meio irônico.

— Aliás, você não é mais minha irmã, é minha tia.

Ela sorriu e fechou a porta com delicadeza. Então voltou para seu apartamento no SoHo, pensando no que faria em seguida. Em 24 horas, sua vida inteira havia mudado, e seu mundo jamais seria o mesmo.

Capítulo 11

Jane havia passado a semana toda pensando em se mudar. Ela sabia que seu relacionamento ia de mal a pior e que parecia não ter salvação. John tinha ido para os Hamptons outra vez. Ela contaria ao namorado que estava saindo do apartamento naquela noite, assim que ele chegasse. Passara o dia todo encaixotando seus pertences e um caminhão vinha buscar tudo na segunda-feira para levar para um depósito. Jane ficaria com Alex por algumas semanas até encontrar um lugar só dela. Ainda não havia contado para os pais — tinha vergonha de admitir que estava terminando o namoro com John. Havia acabado de encaixotar os livros, documentos, recordações e acessórios esportivos e estava prestes a começar a guardar as roupas quando ele abriu a porta.

O tempo ficara bom o fim de semana todo, e ele aparentemente tinha tomado sol, mesmo estando frio. Parecia relaxado. Jane não conseguia aceitar o fato de John deixá-la sozinha todos aqueles fins de semana enquanto ele aproveitava a vida com os amigos. Mesmo que eles estivessem estudando, conseguiam se divertir. Na noite anterior, inclusive, tinham feito um churrasco. Era uma verdadeira afronta. Mas a jovem finalmente percebeu que não fazia sentido lutar contra o inevitável. O namoro deles tinha acabado. Ela não podia mais fingir que não estava vendo isso.

Ele pareceu surpreso quando viu as caixas no corredor.

— O que é isso?

— Minhas coisas. Estou indo embora — respondeu ela simplesmente, evitando olhar para ele.

— Assim, desse jeito? Não vamos nem conversar?

Ele não parecia triste nem chateado, apenas irritado.

— Você não conversou comigo quando alugou a casa nos Hamptons com seus amigos. Não me convidou para viajar com você nem uma vez sequer.

Ela parecia magoada.

— Nós ficamos estudando o fim de semana todo. Ninguém leva seus parceiros para lá. Somos só nós, a rapaziada.

Ele parecia inocente ao dar aquela explicação.

— Cara e Michele não são rapaziada — retrucou ela com frieza, para mascarar a mágoa que estava sentindo.

No fim das contas, John tinha sido uma enorme decepção e um desperdício de três anos da sua vida.

— Elas são do meu grupo de estudos — argumentou ele, aproximando-se para colocar os braços em torno dela. — Qual é o problema?

— Eu quase não te vejo. Não temos mais vida juntos. Nosso relacionamento é um desastre. Acabou. Acabou há meses.

Lágrimas queimavam seus olhos, mas ela se recusava a chorar e parecer patética na frente dele.

— Você não pode esperar até junho?

Ele foi até a geladeira, pegou uma cerveja e encarou Jane.

— E depois o quê? As coisas não estão dando certo. Nós costumávamos gostar um do outro. Fazíamos coisas juntos. — Jane tinha a sensação de que eles não estavam conversando sobre os verdadeiros problemas. — Você está dormindo com a Cara?

Agora ela fazia questão de saber.

— Ah, pelo amor de Deus. Você está me traindo? É isso? Está tentando se sentir menos culpada?

Ele era muito bom em se esquivar e não responder à pergunta, e Jane foi ficando com raiva. Ele não estava nem chateado.

144

— Responda à pergunta — retrucou ela bruscamente.

— Desculpe, promotora. Talvez o que eu faça não seja da sua conta, se você está me deixando.

Ele estava sendo babaca de novo e brincando com os sentimentos dela. Os dois estavam em um jogo de gato e rato.

— Você se importa com o nosso relacionamento? — perguntou ela, sem rodeios.

— Claro que me importo. Mas não posso ficar aqui sentado com você dia e noite enquanto estou lutando para me formar.

— Você não precisa ir para os Hamptons todo fim de semana para estudar... Ou eu poderia ir com você de vez em quando.

Era óbvio que isso não estava nos planos dele, e Jane suspeitava do motivo. Naquele momento, alguém estava mandando várias mensagens para ele enquanto os dois conversavam, e ela podia adivinhar quem era. Jane pegou o celular de John de cima da mesa enquanto ele tomava um gole de cerveja, e seu coração parou de bater quando leu uma mensagem que dizia: "A vaca está em casa? Posso ir aí?" E estava assinado "C". Jane teve sua resposta. Ele parecia chocado e arrancou o celular da mão dela.

— E o que é isso? — perguntou Jane em um tom gélido.

— Cuide da porra da sua vida — esbravejou ele, indo como um furacão para o quarto e batendo a porta.

Ela continuou encaixotando as roupas que estavam no armário do corredor, e ele saiu do quarto alguns minutos depois. Jane estava tremendo, mas não dava para John ver.

— Olha, nós dois estamos sob muita pressão. As coisas ficam meio loucas às vezes. O que rolou com ela não significa nada. Nós estamos juntos há três anos.

— Mas você parece ter se esquecido disso. Estou indo embora. Isso não está sendo bom para nenhum de nós dois. — Então ela se virou para encará-lo. — Achei que fôssemos honestos um com o outro, e fiéis. Aparentemente, eu estava enganada.

— Então você está dando para quem? Para o cara da Christie's? Você parece gostar bastante dele.

— Sim, gosto. E não estou "dando" para ninguém. Eu falei para ele de você. Eu não saio "dando" por aí. Moro com você e pensei que a gente se amasse, seja lá o que isso signifique para você.

— Vou voltar para Los Angeles — contou ele, parecendo encabulado. — Ela também. Sei que você quer ficar aqui e tentar arrumar um emprego em um escritório grande.

Ele finalmente estava sendo honesto com ela. Mas agora era tarde demais.

— Então você simplesmente me trai e segue adiante com o seu novo romance? É assim que você me conta?

— Tive uma grande oportunidade. O pai dela vai dar uma grana para a gente começar um negócio. É uma *startup*. Pode ser um grande começo para mim.

— Ótimo. Teria sido mais honesto se você tivesse terminado comigo antes. Para que me manter na jogada? Por que isso? Qual é o seu problema?

O que ele tinha feito era uma tremenda sacanagem. Jane havia ficado sozinha em casa, esperando por ele, enquanto o namorado dormia com Cara.

— Nós não temos os mesmos objetivos — alegou ele, em um tom patético.

— Achei que tivéssemos. Entendi errado então. Você devia ter me explicado isso quando chegou a essa conclusão. E você e Cara querem as mesmas coisas?

— Nós dois somos de Los Angeles. Foi ideia dela voltar para lá.

— Que maravilha — desdenhou Jane.

Lágrimas queimavam em seus olhos enquanto ela guardava as roupas. Jane não queria olhar para ele.

— Você é de Michigan. É diferente.

John se achava legal, mas era só um imbecil. Ele tinha mudado completamente, ou finalmente estava mostrando como realmente era.

Não importava mais.

— É, nós somos pessoas burras e chatas que falam a verdade. Deve ter sido um saco para você.

— Você é certinha demais para mim — confessou ele, sendo sincero. — Cara é uma "garota má". Eu sou assim agora.

Ele parecia orgulhoso daquilo, e seu discurso já estava mudando. Ele havia parado de negar que estava dormindo com Cara e começado a se gabar daquilo.

— Não estou interessada em saber quem você é, ou acha que é agora. Por que você não me deixa em paz? Preciso terminar de arrumar as minhas coisas. Vou passar a noite em outro lugar e aí você pode falar para ela que a "vaca foi embora".

— Pare com isso, gata, não fique assim. Não vamos terminar desse jeito depois de três anos.

— Você já terminou — respondeu ela baixinho.

Jane foi até o quarto, pegou suas malas e jogou tudo o que tinha sobrado dentro delas. Tudo o que queria fazer agora era ir embora. Ela se sentia ridícula parada ali enquanto ele a chamava de "certinha demais" e tirava sarro de sua cara. Sentia-se como se John tivesse arrancado seu coração pela garganta. E ele obviamente a estava traindo havia meses, rindo da cara dela pelas costas. Ela tinha sido uma otária. Era difícil lembrar o que ela um dia havia amado naquele homem, agora que estava ouvindo aquelas coisas.

John ficou sentado no sofá, tomando cerveja e vendo TV enquanto ela guardava o restante de suas coisas. Meia hora depois, havia quatro malas na entrada com as roupas dela; o restante das caixas que havia arrumado naquela tarde seria enviado para o depósito até que ela alugasse um apartamento. Jane estava deixando todos os utensílios de cozinha que tinha comprado e não se importava. Cara podia usar, se fosse cozinhar para ele. As habilidades dela pareciam servir mais para o quarto do que para a cozinha.

Jane vestiu o casaco e pegou uma das malas. O apartamento já parecia inóspito. Ela podia ver que John estava meio bêbado, e parecia surpreso.

— Então é isso? Você vai mesmo embora?

— Vou.

— O que aconteceu com aquele papo de conversar e tentar resolver as coisas?

— Você pode resolver as coisas com a Cara. Eu já ouvi o suficiente.

Qual era o sentido de conversar, se ele já estava decidido a ir embora para Los Angeles com outra mulher? Jane abriu a porta do apartamento e levou as malas para a entrada. John se levantou para ajudá-la, mas ela ergueu a mão.

— Não. Não preciso de ajuda.

— Como sempre, não é? Faz tudo sozinha e de forma perfeita. Nem todo mundo é tão inteligente quanto você e só tira notas incríveis. Você sempre teve tudo de mão beijada na vida e esquece que algumas pessoas precisam batalhar para conquistar o que desejam. Você nunca precisou fazer isso.

Foi naquele momento que Jane percebeu que ele tinha inveja dela. Não havia amor no olhar dele havia muito tempo. Ela conseguia ver isso agora. Além disso, Cara era parte da "batalha" dele. Ela o ajudaria a montar um negócio, o pai dela bancaria o empreendimento dos dois. Jane, ao contrário, não tinha nada daquilo para lhe oferecer. O relacionamento dos dois havia chegado ao fim.

— Boa sorte em Los Angeles.

As malas eram pesadas para Jane, mas ela não queria a ajuda de John. Olhar para ele a deixava enjoada. Ela levou as quatro malas para o corredor, deixou-as em frente ao elevador e então voltou para o apartamento.

— Mando alguém buscar minhas caixas amanhã e depois te entrego as chaves. Pode avisar para ela que a barra está limpa.

— Não é por causa dela — disse ele, levemente desorientado por conta da cerveja. Jane se perguntou se John havia passado o dia todo bebendo.

— Não, não é — concordou ela. — É por causa de nós dois. Você e eu. Eu devia ter ido embora há muito tempo. Ou, sei lá, talvez a gente nunca devesse ter namorado. — Era como se John agora fosse outra pessoa. — Tchau — despediu-se ela baixinho, olhando para ele uma última vez.

— Eu te amo, gata — disse ele, tentando envolvê-la com os braços, mas ela o empurrou. John não sabia o que era amor. — Acho que a gente devia tentar fazer dar certo.

Para Jane, era muito, muito, muito tarde para isso, e ela tinha certeza de que Cara passaria a noite na cama deles, como sempre quis — e aparentemente John também. Aqueles dois eram farinha do mesmo saco, pessoas que usavam os outros, e que estavam usando um ao outro. Jane foi vítima da mentira deles.

Ela não disse mais uma palavra sequer. Apenas saiu, fechou a porta do apartamento, entrou no elevador com as malas e desceu. Arrastou-as pelo saguão do prédio, atravessou a calçada e chamou um táxi. O motorista dividiu as malas entre o porta-malas e o banco da frente, e ela lhe deu o endereço de Alex. Jane tinha dito à amiga que dormiria lá esta noite.

E, enquanto o táxi acelerava pela West Side Highway, ela recebeu uma mensagem de John. Ele estava bêbado o suficiente para escrever para a pessoa errada. Ela tinha certeza de que a mensagem era para Cara e que John a mandara para ela por engano. Tudo o que dizia era: "Ela foi embora. Vem pra cá. J.". Ele era patético, e Jane ficou tentada a enviar um "Vai se foder". Mas não fez isso. Deletou a mensagem e ficou olhando pela janela do carro enquanto passava pelo centro. Ela se sentia vazia e entorpecida, estúpida e usada. Três anos da sua vida haviam acabado de virar fumaça.

Phillip e Valerie estavam jantando em um restaurante tailandês que ela adorava. Ele notou que a mãe estava estranhamente calada.

— Você está se sentindo bem? — perguntou ele, apreensivo.

— Claro. Estou ótima.

Valerie sorriu para o filho, mas havia algo de melancólico em seus olhos que ele nunca vira antes.

— Você está muito quieta — insistiu, preocupado.

— Só estou cansada. Fui para Nova Hampshire ontem e voltei em poucas horas.

— Ah, é? E o que você foi fazer lá?

Aquilo não fazia sentido algum para ele.

— Fui visitar minha antiga babá, a Fiona McCarthy. Você se lembra dela? Você a conheceu quando tinha uns 15 anos.

— Lembro, sim. Ela era engraçada. Ainda está viva?

— Bem viva, com 94 anos. Mas achei melhor visitá-la antes que fosse tarde demais.

— Por que você não passou a noite lá?

— Queria dormir em casa.

— Você é doida, mãe. Eu nem sabia que você tinha viajado.

— Mas a viagem foi ótima — explicou ela, sorrindo para Phillip. Agora parecia mais ela mesma.

— Conseguiu dar uma olhada nas fotos?

— Consegui — respondeu ela baixinho.

— Reconheceu alguém? Ou notou algum traço familiar em Marguerite?

Phillip estava sondando a mãe, e ela não respondeu. Definitivamente, Valerie estava mais séria que de costume.

— Não exatamente — respondeu ela e tratou de mudar de assunto. — Marguerite era uma mulher tão bonita. Mal posso esperar para ver as joias na exposição para o leilão.

— Você pode ir à Christie's para ver as joias quando quiser. Estão no meu cofre. Estamos tentando estimar os valores. Acho que os preços ficarão nas alturas.

Valerie assentiu, mas não disse nada.

Eles conversaram sobre a viagem de Phillip a Paris, para um grande leilão da Christie's, e ele contou à mãe que estava planejando ir à Cartier e à Van Cleef para tentar conseguir mais informações sobre as peças que haviam sido de Marguerite. A Cartier levou três dias para responder ao e-mail dele. Estavam procurando os arquivos das peças sobre as quais Phillip tinha perguntado e prometeram dar um retorno dentro de duas semanas. Disseram também que ele poderia ver os arquivos quando estivesse em Paris. Foram extremamente gentis e garantiram a Phillip que fariam o possível para encontrar os registros e os desenhos solicitados. A Van Cleef havia respondido basicamente a mesma coisa.

— Ter os desenhos originais das peças no catálogo dará vida à exposição.

— Quanto tempo você vai ficar fora? — indagou Valerie baixinho.

— Uma semana. Preciso ir a Londres também, e talvez a Roma.

Ele queria tentar rastrear as peças da Bulgari. Queria entregar um trabalho mais completo possível. Mesmo que joias não fossem sua paixão, ele dava o melhor de si às vendas. Por essa agora, ele nutria um interesse especial. E, claramente, Valerie também.

Depois do jantar, acompanhou a mãe até o prédio dela. Ela não tinha contado a Phillip nada do que havia descoberto. Precisava de um tempo para digerir tudo e ainda não estava pronta para conversar sobre o assunto. Não fazia ideia do que poderia acontecer quando contasse a notícia ao filho, nem de como isso afetaria a venda. Não queria transformar tudo em um caos, embora isso fosse inevitável, caso ela fosse comprovado que ela era mesmo herdeira de Marguerite.

Phillip pegou um táxi de volta para Chelsea e, quando chegou ao seu apartamento, lembrou-se de Jane. Ele ainda queria vê-la, mas não sabia quando isso aconteceria. Não queria ficar enchendo o saco da jovem, pois ela era comprometida. Ele não tinha como saber que, naquele exato momento, ela estava no apartamento de Alex, contando à amiga tudo o que havia acontecido com John. Toda aquela história parecia algo sórdido e humilhante, e ela só queria deixar tudo para trás. Estava surpresa por não se sentir triste, e sim com raiva e, ao mesmo tempo, aliviada. Mas talvez a decepção e a solidão viessem mais tarde.

— Agora você pode sair com o cara da Christie's — disse Alex depois que elas haviam escovado os dentes e se deitado na cama. As quatro malas estavam agora no corredor, ainda fechadas.

— Ainda não — respondeu ela, pensativa. — Preciso de um tempo para digerir esse rompimento e superar essa história.

— Não espere demais — alertou-a Alex, e Jane riu. — Caras legais não ficam muito tempo disponíveis no mercado. São fisgados rapidinho.

— Estou bem sozinha — garantiu ela, tanto para si mesma como para a amiga.

Ela podia fazer o que quisesse agora. A melhor parte dessa história toda era que estava livre. Jane sabia que havia feito a coisa certa ao deixar John. Tinha sido a melhor decisão que ela tomara em anos, e que já devia ter tomado fazia muito tempo.

Capítulo 12

Na segunda de manhã, quando Jane chegou ao trabalho, reparou que Harriet parecia exausta e que estava com olheiras. Parecia que ela havia tido um fim de semana difícil. Então, mais tarde, Jane, com toda delicadeza, perguntou sobre sua mãe. Harriet pareceu comovida. Antes, ela achava que Jane não passava de uma riquinha mimada, mas agora ela sabia que estava errada, pois havia descoberto que a jovem era uma pessoa gentil e uma profissional competente. E gostava cada vez mais dela. Além disso percebera que podia contar com Jane fora do trabalho também e que sentiria sua falta quando ela fosse embora. A jovem emanava um frescor e uma energia que a maioria dos funcionários simplesmente não tinham. Harriet olhou para Jane com um sorriso desolador.

— Houve uma piora no quadro dela nesse fim de semana. A esclerose parece estar progredindo rapidamente. Não sei se vou conseguir levá-la para casa, e ela vai ficar arrasada se tiver que ir para um asilo.

Pior que isso: Harriet havia compreendido o quanto ela mesma dependia da presença da mãe. Precisava ter alguém de quem cuidar. Elas sempre foram muito próximas, e a ideia de voltar para casa e não encontrar ninguém à sua espera, de morar sozinha e de ter de visitar a mãe no asilo nos próximos anos a deprimia profundamente. Jane conseguia ver isso nos olhos da chefe.

— Eu lamento muito mesmo — disse a jovem com delicadeza e sinceridade.

Seus problemas pareceram insignificantes perto dos de Harriet, e ela se sentiu uma boba por ficar decepcionada com John. O fim de um romance não era nada comparado à lenta deterioração da saúde de uma mãe.

— Você também não parece muito bem — observou Harriet, reparando que Jane aparentava estar menos composta que de costume.

Ela ainda não havia desfeito as malas e fora trabalhar de calça jeans, o que era raro.

— Eu e o meu namorado terminamos esse fim de semana, e eu saí de casa — confessou ela, sentindo-se constrangida, como se, de alguma forma, aquilo fosse um indício de fracasso da parte dela por não ter percebido que John não era um cara legal.

Aquilo lhe magoava muito e a fazia se sentir estúpida. Na noite anterior, quando contou à mãe que havia terminado o namoro, sentiu a mesma coisa. Sua mãe lhe disse que a notícia não era nenhuma surpresa, pois ela "sempre soube que aquele relacionamento não ia dar em nada". Achava que todos os relacionamentos deveriam acabar em casamento e que a filha não devia ter ficado evitando um compromisso sério para focar apenas em sua carreira. Para ela, era por isso que o namoro de Jane com John tinha acabado, já que ele também só estava interessado na carreira profissional. Independentemente do que a mãe havia dito, Jane não se sentia preparada para se casar nem tinha pressa para isso. A amiga Alex tinha razão. John não era o cara certo para ela. Ele havia levado três anos para mostrar sua verdadeira face, mas agora Jane sabia quem ele era de verdade.

— Está triste? — perguntou Harriet com delicadeza, com uma expressão de empatia que Jane nunca tinha visto antes.

Ela balançou a cabeça devagar.

— Mais ou menos. Estou decepcionada, na verdade. E me sinto uma idiota. Parece que minha mãe estava certa. Ela é a mestre do "eu te avisei".

— Então ele não era o cara certo.

— Não, não era — concordou Jane, mas foi difícil de admitir isso.

Aquele tipo de conversa era raro entre as duas, e Jane podia ver que Harriet sentia mesmo pena dela.

— Tenho um projeto para você — anunciou Harriet, mudando de assunto, o que foi um alívio para as duas. — Estava pensando em uma coisa no fim de semana... Precisamos ter certeza de que esgotamos todas as possibilidades no caso Pignelli. Sei que não encontramos nenhum testamento entre os documentos da falecida, mas andei me perguntando sobre as cartas... As que estão em italiano parecem ter sido escritas por outra pessoa. As em inglês provavelmente foram escritas por ela. Quero que você faça cópias de todas e as leia, só para garantir que não deixamos passar nada, nem o nome de um parente ou de um herdeiro, uma carta de intenção de deixar as joias para alguém, até mesmo para uma amiga que fosse. Às vezes, esse tipo de informação pode estar registrada em correspondências antigas. Você pode dar uma olhada nas cartas só para garantir que checamos tudo?

Jane ficou surpresa com o pedido. Ela mesma não havia pensado nisso, então concordou com a cabeça. Em seguida, Harriet lhe deu uma autorização para que ela pudesse retirar as cartas do cofre no qual os documentos estavam guardados.

— Acho uma ótima ideia — confessou Jane, toda animada.

Embora Harriet parecesse entediada com o trabalho, era boa no que fazia, e bem detalhista.

— Provavelmente não há nada nelas, mas nunca se sabe. Já vi coisas bem estranhas por aqui.

Jane saiu da sala de Harriet e foi direto até o cofre, entregou a autorização para a funcionária responsável e, poucos minutos depois, estava com o maço de cartas em mãos. Então foi até a copiadora, fez cópias de todas as correspondências e devolveu as originais para o cofre. Era uma pilha grossa de cartas, redigidas com uma letra pequena e antiga. Jane levou as cópias para sua mesa, serviu-se de

155

uma xícara de café na maquininha do escritório e se acomodou para começar a lê-las. Deu uma olhada por alto nelas antes de começar, para ver a quem eram endereçadas. Percebeu que todas as saudações eram parecidas e que começavam com "Meu anjo amado", "Minha querida menina" ou "Minha adorada criança". Não havia nome no início de nenhuma delas. E quando Jane checou as assinaturas, a maioria estava assinada com a inicial "M", e apenas algumas com "da sua mãe que te ama". Era impossível dizer, antes de ler tudo, se as cartas tinham sido escritas por Marguerite, ou se sua mãe as havia mandado para ela. E eles tinham poucas amostras da letra de Marguerite para fazer uma comparação. Porém, instintivamente, Jane tinha a sensação de que elas haviam sido escritas por ela. E a maioria estava datada. A primeira era de 30 de setembro de 1942 e, abaixo da data, a autora das cartas havia escrito "Londres". Essa era endereçada a "Meu anjo amado".

Ainda não consigo acreditar que eu a deixei para trás. É insuportável pensar nisso, a coisa mais angustiante que poderia acontecer. Uma tragédia para mim. Eles a tomaram de mim e, agora aqui estou eu, em Londres, vivendo em um pequeno hotel. Preciso arranjar um apartamento. Mas onde morarei? Como viverei sem você? Como isso pôde acontecer? Como eles puderam fazer isso comigo? Não sei se um dia eu lhe enviarei estas cartas, mas, se decidir enviar, preciso lhe dizer que eu amo muito você e que sinto sua falta, e tenho de lhe contar sobre o buraco desolador que se abriu em meu coração no dia que a deixei.

Conheci um homem muito bom, que tem sido muito gentil comigo. Ele está aqui mediante uma autorização especial, com um passaporte diplomático da Itália, e só ficará em Londres por algumas semanas, pois tem de retornar a Nápoles, onde mora. Eu o conheci no dia seguinte à minha chegada, quando tropecei na rua e caí. Ele me levantou, me ajudou a me limpar e insistiu em me levar para jantar em um ótimo restaurante. Agiu como se fosse meu pai, então eu lhe contei sobre você. Só penso em você agora e me pergunto como está. Quero saber como você está fisicamente, se é saudável e se eles estão sendo bons com você.

156

Sei que Fiona será carinhosa, mesmo que meus pais não sejam. Por favor, saiba que, se eles tivessem permitido que eu ficasse com você, eu teria ficado. Mas eles não me deram escolha.

A carta continuava descrevendo tudo que ela tinha feito com o italiano — jantares, almoços, visita a uma mansão nos arredores de Londres. Marguerite falava o tempo todo sobre quão gentil ele era com ela. Os dois tinham ido à biblioteca e, na carta seguinte, ele já havia encontrado um lugar melhor para ela ficar e tinha lhe dado um casaco bem quente. Havia algo de extremamente jovial e inocente nas cartas, Jane percebia isso à medida que as lia, uma após a outra. Às vezes, as datas eram muito próximas umas das outras; de vez em quando, havia um intervalo de semanas, ou até mesmo de alguns meses.

No final de outubro, ela disse que o homem gentil voltaria para a Itália e tinha convidado Marguerite para ir com ele. Também relatou que ele a havia pedido em casamento e que ela aceitara e que os dois se casariam em breve, assim que tudo estivesse resolvido. Jane não sabia dizer, pelo que Marguerite tinha escrito, de modo um tanto acanhado, se realmente estava apaixonada por aquele homem ou se só estava se agarrando ao único amigo e protetor que encontrara em Londres. Havia uma guerra acontecendo, soldados americanos e ingleses andavam por todos os lados na capital britânica, e ela estava completamente sozinha. Mencionara, na primeira carta, que os pais tinham lhe dado dinheiro para sobreviver, então ela não estava desamparada, ao menos por um tempo, mas havia sido jogada em um mundo desconhecido, onde não tinha nenhum conhecido, nem amigos, família ou proteção, aos 18 anos. Pelo menos o italiano ao qual ela se referia era gentil e afável. Sentia-se segura com ele e revelou que os dois se casariam antes de partir para a Itália, e que ele estava cuidando da papelada. O casal moraria em Nápoles, na casa dele.

Ela escreveu novamente após esse fato, falando em termos vagos sobre os alemães na Itália, contando que seu novo marido havia conseguido, por meio de seus contatos no alto escalão, obter um passaporte italiano para ela, já que agora os dois estavam casados. Marguerite precisava usar o documento novo, uma vez que a Itália estava em guerra com os Estados Unidos. Ela mencionou uma viagem pela Suíça em um trem diplomático até Roma, e de lá para Nápoles. *Então agora eu sou italiana e virei condessa*, havia escrito, em tom quase brincalhão, em outra carta que começava com "Meu anjo amado". Ela relatava que era feliz com o marido e que ele era maravilhoso para ela. Mencionou um racionamento de suprimentos, confessou que amava muito a casa dele e que o *Oberführer* alemão da região ia visitá-los de tempos em tempos. Seu marido achava melhor ser cortês e entretê-lo, embora eles não concordassem com o ponto de vista dele ou com sua política.

Em julho do ano seguinte, os Aliados bombardearam Roma, e ela escreveu sobre isso, imaginando como isso deve ter sido assustador para os moradores da cidade. Contou também que Umberto não queria mais levá-la para lá. Uma semana depois, na mesma carta, que ela continuou em outro dia, Marguerite falou sobre a queda do governo italiano e da rendição aos Aliados em setembro, e da nova ocupação de Roma pelos alemães três dias depois. Em outubro, os Aliados entraram em Nápoles, e os italianos se juntaram às Forças Aliadas. Eles haviam recebido o comandante americano em sua casa. Ele inclusive mostrou-se surpreso quando descobriu que a condessa era americana. Ela mencionava vários episódios da guerra, como os bombardeios que continuaram até o ano seguinte, que era 1944. Ela morava na Europa e estava casada fazia quase dois anos nessa época.

Quanto mais Jane lia, ficava claro que aquelas cartas tinham sido de fato escritas por Marguerite. E, em todas, ela mencionava quanto amava o marido e seu "anjo amado", de quem sentia muita falta. O conde havia lhe prometido que, depois que a guerra acabasse, eles voltariam a Nova York para buscá-la. Ela parecia acreditar que aquilo realmente aconteceria, e mal podia esperar por esse dia.

Havia uma carta devastadora escrita em 1949, muitos anos depois dessa, que deixava claro que eles tinham ido para Nova York, consultado um advogado e tentado conseguir a guarda da criança — e que haviam sido ferozmente repelidos e atacados pelos pais de Marguerite. O casal não conseguiu provar que a certidão de nascimento que os pais dela tinham mandado fazer em 1942, quando a criança nascera, era falsa. Eles ameaçaram denunciar Marguerite e Umberto como simpatizantes do nazismo, o que não teria sido nada bom no tribunal. E, em outra carta de partir o coração, Marguerite lamentava o fato de não ter conseguido sequer ver a menina quando eles estavam em Nova York. O advogado que o casal consultara dissera que não havia esperança de conseguirem a guarda da criança, nem mesmo de vê-la, e sugerira que eles entrassem em contato diretamente com a menina quando ela estivesse com 18 anos. Não havia mais nada que ele ou qualquer outra pessoa pudesse fazer. Os pais de Marguerite haviam amarrado todas as pontas. Falaram para a filha que todos os seus conhecidos pensavam que ela estava morta e que gostariam que as coisas continuassem assim. Eles a tinham enterrado viva e privado-a da filha.

Já uma carta que estava mais para o fim da pilha, escrita no verão de 1960, indicava que Marguerite tentara seguir o conselho do advogado. Ela havia ido a Nova York para ver a filha e pretendia contar a ela sua verdadeira história, mostrar quem era sua legítima mãe. Por vários dias, Marguerite a seguiu pelas ruas sem ser vista. Ela ficou impressionada com a beleza da filha e notou que ela parecia muito feliz. E então percebeu, com dor no coração, que contar a verdade a ela significaria roubar a única identidade que a jovem conhecia, sua legitimidade. Seria um escândalo, uma vergonha, uma confusão generalizada. Tudo que Marguerite tinha a oferecer à filha era desgraça. Então, no fim das contas, Marguerite acabou voltando para a Itália sem contar nada à filha. Parecia errado destruir o mundo pacífico e seguro em que a jovem vivia, a identidade respeitável que ela acreditava ser sua, e forçar a presença de uma mãe que ela nunca soube que existia. As cartas que Marguerite escreveu depois disso eram profundamente tristes. Esperara tanto tempo por uma oportunidade para ver a filha e entrar em contato com ela, mas, quando finalmente pôde fazer isso, percebeu que, o que teria sido uma alegria para ela poderia ser uma tragédia chocante para a filha.

Cinco anos depois, ela escreveu sobre a morte súbita do marido, que sofrera um ataque cardíaco enquanto jogava raquetebol. Marguerite havia ficado sozinha no mundo mais uma vez, sem o pilar de conforto e proteção no qual se apoiara durante 23 anos. Com o passar dos anos, por mais de uma vez ela explicou nas cartas que ter outro filho lhe parecia uma espécie de traição pelo fato de ter sido forçada a renunciar à sua primogênita. Contou que Umberto queria filhos, pois não tinha herdeiros, mas que Marguerite não conseguia pensar na possibilidade de gerar outra criança, pois ainda sofria muito. Então, aos 41 anos, ela se viu sem filha e sem marido.

Depois disso, falou das dificuldades de administrar os bens após a morte do conde e do quanto ele gastara nos anos anteriores. Reconheceu a generosidade do marido e, pela primeira vez, mencionou as inúmeras joias, que confessou estar guardando para a filha, para quando elas tivessem a oportunidade de estarem juntas novamente — uma esperança que Marguerite ainda nutria. Quem sabe quando seu "anjo amado" fosse mais velho e aquela revelação fosse menos traumática? Sem poder ver a filha, Marguerite resolveu não mais voltar aos Estados Unidos após a visita frustrada de 1960.

Ela vendeu a casa de Nápoles em 1974, nove anos depois da morte de Umberto, pois não conseguia mais arcar com as despesas do castelo. Também não suportava mais viver ali sem ele. Com o dinheiro da venda da casa, ela se mudou para um apartamento em Roma, onde, aparentemente, viveu de forma modesta por vinte anos. Porém, depois de certo tempo, sua situação financeira começou a ficar preocupante. Havia levado uma vida modesta em Roma durante todos aqueles anos. Vendera os cavalos, os carros e a propriedade. Umberto tinha algumas outras propriedades, das quais ela também se desfez, pois era sua única herdeira.

Marguerite também falava das viagens que tinha feito com Umberto a Paris, onde ele lhe comprara presentes magníficos. E, sempre que ela mencionava algum presente do marido, declarava sua intenção de repassá-lo à filha um dia. Mas ela ainda era muito jovem naquela época e, provavelmente, não lhe parecia importante tomar qualquer medida legal em relação a isso.

Suas cartas foram se tornando mais tristes à medida que ela envelhecia. Passou a escrever com menos frequência e parecia ter perdido a esperança de um dia reencontrar a única filha. Mencionou que Fiona havia escrito para ela quando seu "anjo amado" se casou e, muitos anos depois, quando teve um filho. Na época, Marguerite tinha quase 60 anos e ainda morava em Roma. Não tinha a menor vontade de visitar os Estados Unidos, ou de tentar qualquer contato com sua família. A única pessoa que ela queria ver era a filha, mas já considerava isso algo impossível. As cartas deixavam isso bem claro. Ela havia se convencido de que o aparecimento repentino na vida da filha, depois de tanto tempo, seria quase impossível de ser explicado. Isso poderia ser visto como um problema para a filha. Para Marguerite, o momento certo havia passado e agora tudo o que ela poderia causar à filha era sofrimento — e isso era a última coisa que ela queria.

Ela escreveu com tristeza sobre ir embora de Roma. A diferença era que, agora, não tinha mais a intenção de enviar aquelas cartas à filha. As folhas passaram a ser uma espécie de diário que ela mantinha ao longo dos anos, no qual registrava coisas importantes que aconteciam em sua vida. Marguerite escrevia para a filha como se ela ainda fosse uma criança. Quando foi embora de Roma e voltou para Nova York, sentia-se como se estivesse deixando o único país que tivera como lar. Mas, aos 70 anos, expressava uma necessidade de retornar às origens, e acreditava que conseguiria viver com menos dinheiro em um pequeno apartamento em Nova York. Então alugou um apartamento e vendeu duas joias, que a bancariam por um tempo. Ela parecia viver uma vida simples, contabilizando cada centavo gasto. Não se permitia nenhum luxo. Sua energia parecia já ter se esgotado, juntamente com toda a esperança de um dia reencontrar a filha. Sua vida estava no passado. Ela falava de Umberto com frequência, sentindo-se nostálgica com relação aos anos gloriosos que ambos haviam compartilhado. E, em uma de suas últimas cartas, ela dizia que pensava em escrever um testamento, deixando todas as joias para a filha, pois eram os únicos presentes que tinha para lhe dar. Disse que, com exceção dos dois anéis que tinha vendido, havia guardado todas como lembranças do amor de Umberto.

Suas últimas cartas eram divagações, falavam do passado, remoíam o fato de ter sido forçada a abrir mão da filha. Lembravam também a vida feliz que tinha levado com Umberto e o amor que sentiam um pelo outro. Mas Jane tinha a sensação de que sempre houvera uma sombra à espreita: a ausência da filha.

Nas últimas duas cartas, Marguerite contou sobre algumas viagens a Paris com o marido, como se tivessem acontecido havia pouco tempo, então Jane percebeu que a demência já tinha tomado conta dela naquela época. Eram datadas de quatro anos antes, e a letra parecia tremida. Marguerite se referia à filha como se ela ainda fosse uma menininha, e se perguntava em que escola ela estudava. Era triste observar o declínio da condessa nas cartas e ver como ela se sentia solitária. Marguerite parecia viver rodeada pelas lembranças de pessoas que não estavam mais em sua vida. Lentamente, ela perdia a conexão com o mundo. Entretanto, ficava cada vez mais claro o imenso amor que nutria pela filha e, embora não tivesse conseguido fazer o testamento do qual falou por tantos anos, notava-se ali sua intenção de deixar as joias para ela. Marguerite tinha plena consciência de que as peças não substituiriam os anos que lhe haviam sido roubados. Nunca chegou a mencionar a filha pelo nome, mas era óbvio que a enxergava como sua única herdeira. E, na última carta, ela mais uma vez mencionou, pela primeira vez depois de muitos anos, seu desejo de ver a filha, de finalmente encontrá-la e tentar lhe explicar tudo o que aconteceu. Ela viveu com aquele tormento até o último dia de sua vida.

Quando terminou a última carta, lágrimas escorriam pelo rosto de Jane. Marguerite tinha pintado o retrato de um amor perdido, de uma mãe que tivera sua filha roubada, mas que nunca havia deixado de amá-la, nem por um instante. A única questão em aberto, agora, era quem seria essa filha. Não havia nome, nenhuma pista sobre a identidade dessa mulher. E, dada a idade dela agora, era possível que não estivesse nem mais viva.

Jane voltou à sala de Harriet no final do dia com o coração apertado.

— Encontrou alguma coisa? — perguntou a chefe, cheia de expectativa.

Ela estava torcendo para que Jane encontrasse um testamento escondido, perdido entre as inúmeras cartas, que tivesse passado despercebido por todos.

— Muita — respondeu Jane com tristeza. — Acho que ela tem uma filha que foi obrigada a abandonar quando tinha 18 anos, antes de ir para a Europa. Ela nunca mais a viu. Tentou conseguir a guarda da menina sete anos depois, mas os pais não deixaram. Ela mencionou alguma coisa sobre uma certidão de nascimento falsa que dizia que os pais dela eram os pais da criança. Marguerite pretendia entrar em contato com a filha quando ela completasse 18 anos e chegou a vir para Nova York para isso, mas acabou mudando de ideia, com medo de atrapalhar a vida da jovem. Marguerite nunca mais a viu, nem tentou entrar em contato com ela. Nas cartas, ela deixa claro que guardou as joias para filha e que pretendia fazer um testamento para deixar isso registrado, mas nunca o fez. Pelas últimas cartas dela, dava para perceber que a demência já estava em estágio avançado. Ela tinha quase 90 anos na época. Não faço ideia de quem seja essa filha, ela nunca cita o nome dela nas cartas. Pode ser que nem more mais em Nova York, ou talvez já tenha até morrido. Bom, se estiver viva, tem mais de 70 anos hoje. A história dela é triste demais. Tem uma vida inteira naquelas cartas, mas nada que possamos usar para encontrar a única herdeira dela.

— Então vamos torcer para que ela tenha visto um dos nossos anúncios e entre em contato.

Mas tanto Harriet como Jane achavam que isso parecia bem pouco provável. Não havia muitas pistas, e era impossível encontrar a criança que Marguerite Pearson abandonara e à qual se referiu por mais de setenta anos como seu "anjo amado" sem ter um nome.

Jane só conseguia pensar naquela história no caminho de volta para a casa de Alex naquela noite. A amiga tinha um encontro, e Jane ia trabalhar em seu projeto final, pois precisava terminá-lo para se formar. Mas as palavras "anjo amado" ficaram bailando diante de seus olhos enquanto ela olhava para a tela do computador. A jovem não conseguia imaginar nada mais doloroso do que ter de abrir mão da própria filha. Não importava quanto Marguerite e Umberto se amassem, a ausência da filha maculava a vida da condessa. E era a explicação para sua expressão trágica em algumas fotos. O pior era que todas as joias que ela tinha guardado para a filha por tantos anos agora seriam leiloadas e acabariam nas mãos de estranhos, e não na de sua legítima herdeira. Era uma daquelas injustiças e ironias terríveis da vida.

Capítulo 13

Phillip pegou o voo da Air France para Paris que saía de Nova York pouco antes da meia-noite. Chegaria ao Charles de Gaulle por volta do meio-dia, horário local. Seu dia, então, começaria só à tarde, visto que provavelmente chegaria à cidade perto das duas horas, levando em conta o tempo de pegar a bagagem, passar pela imigração e tomar um táxi. Mas ele ainda teria tempo de fazer várias reuniões até o fim do dia. Phillip preferia voar à noite para dormir no avião por umas cinco ou seis horas e chegar ao destino descansado. Ele sempre pegava aquele voo quando a Christie's o mandava a Paris — o que acontecia uma ou duas vezes por ano — para leilões importantes.

O avião decolou no horário, e ele fez um lanche rápido. Comeu só queijo e frutas e dispensou o restante do jantar, embora a comida sempre fosse boa. Outros passageiros preferiam aproveitar todas as regalias que lhe eram oferecidas, mas Phillip preferia dormir a fazer uma refeição completa depois da meia-noite. Ele se acomodou no assento com uma coberta e um travesseiro uma hora depois que o avião decolou. Segundo o piloto, o voo duraria seis horas e meia, meia hora a mais que o normal, devido aos fortes ventos. Phillip caiu no sono antes de o avião alcançar o Atlântico Norte, na altura de Boston.

Ele dormiu profundamente até o piloto avisar que o avião estava iniciando a descida e que pousaria no aeroporto Charles de Gaulle, em Roissy, em trinta minutos. Phillip mal teve tempo para tomar uma xícara de chá, comer um croissant, escovar os dentes, pentear o cabelo e ajeitar a barba. Quando voltou ao seu assento, estava com uma aparência apresentável e descansada para o pouso. O tempo estava cinzento e chuvoso, mas Phillip não se importava. Adorava ir a Paris, fosse por joias ou por obras de arte, e planejava visitar alguns velhos amigos do departamento de arte quando fosse a Londres, depois do leilão na capital francesa, onde tinha muito trabalho a fazer até lá.

Conseguiu pegar um táxi com facilidade após passar pela imigração e disse ao motorista, em um francês vacilante, que estava indo para o Four Seasons da Avenida George V. A Christie's sempre pagava acomodações confortáveis para seus funcionários, e, depois de passar pelos arranjos de flores espetaculares do saguão, chegou ao quarto bonito e agradável que havia sido reservado para ele. Tomou um banho e, pouco depois das três da tarde, estava no escritório da Christie's, na Avenida Matignon. O leilão de Joias Magníficas, que incluía as joias históricas de Maria Antonieta, estava marcado para a noite seguinte, e o funcionário que ocupava a mesma posição de Phillip no escritório parisiense, Gilles de Marigny, que inclusive regulava idade com ele, disse que havia muito interesse pelo leilão e que a casa já havia registrado inúmeros lances por telefone. Contou ainda que todos os museus importantes da Europa tinham mandado representantes para ver as joias, pois também dariam lances por elas.

Eles conversaram sobre trabalho por um tempo e depois trocaram uma ideia sobre a administração da matriz, em Nova York, e então Phillip foi para as salas ver o que estava sendo exibido. Era uma coleção realmente impressionante, e as peças o fizeram pensar novamente nas joias de Marguerite. Ele não teve tempo de ligar para o departamento de arquivos da Cartier até as seis horas. Eles estavam felizes em informar que haviam encontrado os registros das oito peças sobre as quais Phillip havia perguntado, e os desenhos originais de várias delas também, com exceção das que tinham sido compradas diretamente na loja, e não encomendadas. Disseram que seria um prazer mostrar a ele os arquivos e os esboços no dia seguinte. Mas, como Phillip estaria no leilão da Christie's, marcou uma reunião para um dia depois. Ele estava bastante satisfeito quando desligou o telefone. Então, ligou para a Van Cleef & Arpels, mas a pessoa com quem ele queria falar, que era responsável pelos arquivos, estava fora do país e só retornaria dali a duas semanas. Porém, eles prometeram enviar cópias de tudo que encontrassem em seus arquivos sobre as peças que Umberto havia comprado na joalheria.

Detalhes sobre a procedência e até mesmo esboços que pudessem incluir no catálogo seriam ótimos para a venda, especialmente para os colecionadores de joias, que queriam saber o máximo possível sobre a história das peças que adquiriam, tanto sobre o dono quanto como o processo de criação delas.

— Alguma notícia boa? — perguntou Gilles, quando entrou na sala que Phillip estava usando em sua curta estada na cidade.

— Acho que sim. Vamos fazer um leilão de bens muito interessante para a Vara de Sucessões de Nova York. Uma fortuna em joias magníficas foi encontrada em um cofre abandonado num banco. As peças pertenceram à mulher de um conde italiano. São lindas. A Cartier ainda tem boa parte dos desenhos arquivados. Oito joias foram compradas lá entre os anos 1940 e 1950. São 22 peças no total. Vamos incluí-las no leilão de maio.

— Parece ser um dos bons — comentou Gilles, com simpatia.

Gilles tinha uma jovem e bela esposa e três filhos, que Phillip havia conhecido em viagens prévias a Paris, mas nenhum dos dois tinha tempo para socializar naquele momento.

— Espero que seja mesmo — disse Phillip.

Eles então revisaram os lances, que já tinham sido feitos por arrematantes que não estariam lá no dia seguinte, e lembraram que haveria muito mais por telefone e no salão. Eles esperavam que as vendas rendessem milhões de euros e atraíssem compradores importantes do mundo todo.

Phillip saiu do escritório da Christie's às oito e, como estava voltando a pé para o hotel, decidiu continuar caminhando. A torre Eiffel estava iluminada e havia um clima de primavera no ar. Ele se sentou em um pequeno e agitado bistrô e pediu uma taça de vinho e um prato leve. Acabou chegando ao hotel às dez horas. Tirou aquele tempo para observar as pessoas nas ruas e curtir a atmosfera charmosa da cidade. Sempre adorou Paris. Era a cidade mais linda do mundo em sua opinião.

Phillip assistiu às notícias na CNN pela televisão do quarto, leu os documentos que tinham sido enviados a ele por fax de seu escritório após o horário comercial de Paris e checou suas mensagens. Eram apenas quatro e meia da tarde em Nova York, então não estava tarde para retornar ligações ou trabalhar um pouco, se houvesse necessidade, mas ele não tinha nada de importante para resolver e, às onze da noite, já estava dormindo profundamente. Acordou no dia seguinte às sete, sem ter certeza de onde estava por um minuto. Então se lembrou de que estava em Paris e que era o dia do leilão. Pediu café da manhã no quarto, leu o *International Herald Tribune* e o *New York Times* e foi andando até o escritório da Christie's. Antes das dez já estava lá.

O dia foi agitado. Ele e Gilles comeram sanduíches no escritório mesmo, revisando os últimos detalhes do leilão e já estavam no salão antes das sete da noite, quando as vendas estavam programadas para começar. Um leiloeiro conhecido comandaria a sessão, com a presença de vários especialistas em joias para verificar a autenticidade das peças. Também havia uma dúzia de telefones num dos lados do salão, em uma mesa comprida. Os homens e as mulheres responsáveis por atender as ligações já estavam entrando em contato com alguns dos arrematantes mais importantes para checar se as linhas estavam funcionando perfeitamente, e se os números de telefone registrados estavam corretos.

Gilles e Phillip se acomodaram em seus lugares nos fundos do salão para assistir ao leilão e, após o aviso de que havia uma correção no catálogo — duas peças tinham sido removidas —, o show começou. As joias históricas de Maria Antonieta foram deixadas para o final, a fim de criar expectativa, mas os lances iniciais já eram altos. As primeiras três peças foram arrematadas pelo triplo do valor estimado, o que não era incomum para um leilão importante, no qual havia grande interesse. Então, meia hora depois, um antigo colar de diamante foi arrematado por dez vezes o valor estimado, causando um efeito cascata no salão, pois dois clientes começaram a travar uma guerra de lances pelo telefone. Isso era excelente tanto para o comitente como para a Christie's. O valor de arremate foi de quase 1 milhão de dólares. Gilles e Phillip trocaram um olhar de satisfação. Aquele seria um ótimo leilão.

Quando finalmente chegou a vez das peças de Maria Antonieta, um bom tempo depois de o leilão ter começado, elas foram arrematadas pelo valor esperado. Duas delas foram adquiridas por colecionadores particulares. Gilles contou a Phillip, sussurrando, que outras cinco foram levadas por museus. Mas a melhor peça havia sido deixada por último. Era uma elegante coroa de diamantes que, dizia-se, havia sido usada pela jovem Maria Antonieta na corte, logo que se tornou rainha. Foi vendida por 2,5 milhões de euros à Tate Gallery, de Londres. E o leilão terminou com uma surpresa. Phillip, ao contrário de Gilles, nunca tinha visto aquilo antes.

No instante em que o martelo foi batido, um homem baixo e barbudo na terceira fileira que usava um terno marrom se levantou e declarou, em uma voz firme que preencheu todo o salão:

— Reclamo esse item para os museus da França, pelo poder investido a mim pelo governo!

Um silêncio mortal tomou conta do salão, enquanto os novatos tentavam entender o que havia acabado de acontecer. Mas Phillip já conhecia o procedimento. Quando um item era historicamente importante, um representante do governo era mandado ao leilão. Ele costumava esperar a disputa de lances terminar, até que o martelo fosse batido, para estabelecer o valor de mercado, e então reivindicava o item para o governo da França, e o arrematante perdia a peça — neste caso, para o Louvre. Era sempre uma grande decepção para o arrematante perder o objeto desejado no último minuto, mas era um risco, e a Christie's sempre avisava seus clientes mais importantes que havia essa possibilidade. O representante do governo havia permitido que as outras peças fossem leiloadas, mas não a coroa. O Louvre já possuía um quadro da jovem rainha usando aquela coroa, obra da qual a Christie's tinha conhecimento. Depois disso, o leilão continuou e ficou ainda mais agitado e dramático. Todas as peças foram vendidas, algumas a preços exorbitantes, e, quando acabou, às dez horas, os arrematantes pegaram suas compras ou acertaram os pormenores do envio posterior. Muitas das joias tinham sido arrematadas por joalheiros conhecidos de Londres e Nova York. E um dos maiores lances tinha sido dado por um comprador particular de Hong Kong. Naquela noite, Phillip não se ressentia nem um pouco de não estar no departamento de arte. O leilão tinha sido excelente e era incrível fazer parte daquilo, especialmente quando viu a coroa ser reivindicada pelos museus da França, embora nem ele nem Gilles tivessem ficado surpresos com aquilo.

— Belo leilão — disse ele a Gilles quando os dois saíram do salão já meio vazio.

Aquele fora um dos leilões mais bem-sucedidos da Christie's em anos, embora as peças tivessem sido consignadas por várias pessoas, não apenas uma pessoa famosa, como no leilão de Elizabeth Taylor, cuja coleção inteira foi vendida. As vendas de peças de um único dono, especialmente quando são celebridades, geralmente eram as mais importantes. Porém, às vezes, os leilões com peças de várias proveniências também eram um sucesso, como esse.

Phillip ainda estava eufórico quando chegou ao hotel e, na falta de outra pessoa com quem conversar, ligou para a mãe para contar sobre o sucesso do leilão, mas ela não estava em casa. Valerie era uma pessoa muito ocupada, ainda fazia aulas de arte, participava de alguns conselhos e saía bastante com os amigos. Às vezes era difícil falar com ela, então deixou uma mensagem na caixa postal. Pensou em tentar ligar para Jane, mas se sentiu meio idiota ao se imaginar fazendo isso. Ele não a conhecia tão bem assim e, naquele horário, ou ela estaria trabalhando ou indo para casa, então acabou desistindo.

O dia seguinte foi emocionante. Depois de ajudar Gilles com alguns documentos e acordos relacionados ao leilão da noite anterior, que não era pouca coisa, Phillip foi para a reunião na Cartier, às onze da manhã, na Rue de la Paix, que havia marcado com o chefe do departamento de arquivos. O homem estava esperando por Phillip com uma pasta em cima da mesa. Tinha o inventário de peças que Phillip havia mandado e revisou a lista em ordem cronológica, e não na ordem listada, visto que não fazia ideia de quando as joias tinham sido criadas. Ele já era um senhor de idade e sabia muito sobre as peças que a Cartier confeccionava para clientes importantes, quando tinham sido feitas e o diferencial de cada uma. Ele adorava compartilhar essas informações e mostrar os desenhos a quem demonstrasse interesse. Orgulhava-se muito do trabalho da empresa. Trabalhava na Cartier fazia trinta anos.

Explicou a Phillip que o anel de esmeralda de 30 quilates tinha lapidação esmeralda — ou seja, retangular. Esse estilo de lapidação poderia se referir a qualquer pedra, não apenas a esmeraldas, o que Phillip, é claro, já sabia depois de dois anos no departamento de joias da Christie's. Também contava com esmeraldas de lapidação trillion nos dois lados, com 4 quilates cada. Essa fora a primeira peça que o conde di San Pignelli havia encomendado. E as anotações nos esboços imaculadamente bem-feitos indicavam que se tratava de um presente de casamento para sua noiva. Ele havia encomendado a joia no final de 1942, e o anel levou seis meses para ficar pronto. Era uma peça magnífica, Phillip sabia, pois a tinha visto ao vivo em Nova York. Umberto havia comprado a gargantilha de pérolas e diamantes um ano depois, para o aniversário de Marguerite, e as medidas do pescoço da condessa estavam devidamente anotadas nos rascunhos.

— Ela tinha um pescoço bem longo, fino e aristocrático, como um cisne — comentou o arquivista da Cartier, com um sorriso.

Havia uma foto da condessa usando a gargantinha no arquivo, que Phillip queria reproduzir no catálogo, com a permissão da empresa, dando os devidos créditos aos arquivos da Cartier. Marguerite estava sorrindo no registro, usava um vestido de gala de cetim branco e estava maravilhosa nos braços do marido.

— Nós também vendemos ao casal esse colar de pérolas importantíssimo da sua lista. Aparentemente, tínhamos essa peça na loja, então ela não foi feita exclusivamente para a condessa. Eram pérolas naturais, algo extremamente raro hoje em dia.

Phillip se lembrava perfeitamente do colar. As pérolas eram de um tamanho incomum e de um tom creme suave, imaculado e impecável.

— Vendemos essa ao conde — continuou o arquivista — um ano depois da gargantilha, e quase na mesma época, então deve ter sido um presente de aniversário também.

Havia um belíssimo broche de diamantes anotado como presente de aniversário de casamento depois da guerra. E um dos famosos braceletes de pantera da marca, com diamantes brancos e ônix, também tinha sido para um aniversário de casamento. O anel de rubi birmanês "sangue de pombo" 25 quilates fora um presente de bodas de madeira e levara um ano para ficar pronto, segundo as anotações no arquivo.

— Provavelmente fora o tempo previsto para encontrar a pedra, que era bem grande para um rubi birmanês dessa cor — explicou ele.

O anel de diamante de 40 quilates e lapidação esmeralda tinha sido presente de dez anos de casamento, e o conde havia comprado o anel com o grande diamante amarelo para celebrar seus vinte anos de casados, em 1962, três anos antes de ele morrer.

— A condessa ganhou algumas das nossas melhores e mais memoráveis peças. Às vezes, nos perguntamos por onde elas andam, então, de repente, elas ressurgem. Imagino que renderá um leilão e tanto — comentou o arquivista. — Você gostaria que eu lhe enviasse uma cópia dos nossos arquivos com os desenhos e as datas?

Era exatamente isso que Phillip queria. As informações que a Cartier estava fornecendo agregariam ainda mais valor e significado às peças, e seriam relevantes para as pessoas que as comprassem, fossem joalheiros, para revendê-las, ou colecionadores, que iriam querer saber tudo sobre a origem das joias.

— O conde era um homem muito generoso — comentou Phillip antes de ir embora.

— Ele devia amar muito a esposa — concordou o funcionário discretamente.

Aquele homem era mesmo apaixonado pela história das peças e havia dedicado boa parte de sua carreira aos arquivos da Cartier e a reunir informações sobre as novas criações. Era o trabalho de uma vida inteira.

Phillip lhe agradeceu e deu a ele o endereço de e-mail para o qual os desenhos poderiam ser enviados, e então ambos apertaram a mão um do outro e se despediram. Ao sair da Cartier, Phillip parou para almoçar em um café, pensando no que havia descoberto na joalheria, então foi até a Van Cleef & Arpels, mesmo sabendo que o chefe do departamento de arquivos não estava lá. A visita foi mais breve, porém frutífera. A pessoa que lhe atendeu lhe contou que o conjunto de colar e brincos de safira de cravação invisível, criados em um estilo típico dos anos 1940, tinha sido um presente de aniversário, um broche de diamante simples fora um presente de Natal, assim como um anel e uma pulseira de safira. As pedras das peças da Van Cleef não eram tão grandes, mas as estruturas eram memoráveis, a qualidade, excepcional. As joias eram realmente lindas.

Ele não tinha entrado em contato com a Boucheron para falar das peças menos relevantes de Marguerite. Umberto parecia ter uma preferência distinta pela Van Cleef e pela Cartier. E, na coleção, tinha também peças de outras joalherias parisienses que não existiam mais.

173

Os próprios especialistas em joias da Christie's concluíram que a pequena coroa de diamantes de Marguerite era uma antiguidade e, portanto, impossível de ser rastreada. Eles tinham certeza de que era francesa, mas disseram que talvez tivesse sido comprada em Londres. O restante das joias tinha sido feito na Itália, e havia dois anéis da Bulgari, com quem Phillip ainda não tivera tempo de entrar em contato. Mas sua viagem a Paris tinha rendido frutos. Agora ele detinha um monte de informações sobre as joias de Marguerite, inclusive os preços originais, que pouco tinham a ver com seus valores atuais. Os preços haviam sido astronômicos naquela época, porém, mais de setenta anos depois, os valores daquelas joias e pedras preciosas tinham se multiplicado exponencialmente. E pedras do calibre das joias de Marguerite eram quase impossíveis de serem encontradas atualmente.

Phillip retornou ao escritório da Christie's depois da visita à Van Cleef e percebeu que não tinha mais nada a fazer. Estava ali apenas como observador, para dar uma mão ao leilão, se precisassem dele. Pegaria o trem para Londres naquela noite basicamente para marcar presença e ver como andavam as coisas no escritório de lá, já que estava na Europa. Além disso, adorava ir a Londres e rever os amigos do departamento de arte. Ele se despediu de Gilles, que lhe desejou boa sorte com o leilão de maio.

Phillip ficou no Claridge's em Londres e desceu a New Bond Street a pé, admirando a vitrine da Graff e de outras joalherias importantes. A Christie's vendia várias peças da Graff em leilões. As pedras deles eram impecáveis, e os desenhos, lindos. Essas joias eram sempre arrematadas por valores altos, e o próprio Laurence Graff costumava comprar pedras da Christie's para usar em suas criações. Ele era famoso por comprar pedras incrivelmente valiosas de cores raras, como diamantes cor-de-rosa e azuis, nos maiores tamanhos que pudesse encontrar. Havia se tornado o Harry Winston dos tempos modernos, responsável por peças memoráveis a preços extraordinários. Phillip gostou de ter tido a oportunidade de ver a vitrine da Graff durante sua caminhada, as peças deles eram sempre as melhores.

Então, no caminho de volta ao hotel, ele passou por várias galerias de arte também. Na manhã seguinte, foi ao escritório da Christie's, onde discutiu os próximos leilões com seus colegas britânicos. Era muito bom falar com eles cara a cara, pois costumavam conversar apenas por e-mails. Phillip lhes contou os detalhes do leilão de maio em Nova York. Todos ficaram interessados em ouvir sobre as joias de Marguerite di San Pignelli. E, quando voltou para o hotel a fim de fazer as malas naquela tarde, decidiu, no calor do momento, ir a Roma para completar sua pesquisa. Então pediu ao concierge que comprasse para ele uma passagem no voo das nove da noite. Era fácil ir de Londres para Roma. O concierge ainda reservou um quarto no Hassler para Phillip. Ele não pretendia ficar muito tempo lá, só queria visitar algumas joalherias.

Devido a um pequeno atraso no aeroporto de Heathrow, ele chegou ao hotel de Roma pouco depois da meia-noite. Seu quarto era pequeno porém confortável. Tinha uma pequena sacada e era decorado com cetim amarelo exuberante e algumas antiguidades, e ainda oferecia uma bela vista da cidade. A capital italiana estava animada e fervilhante àquela hora, com todo o caos e a energia que ele adorava, e com muita gente na rua. Phillip se serviu de um pouco de conhaque e foi para o terraço, onde ficou admirando a paisagem sob a lua cheia. A vista era tão bonita quanto a de Paris. Para Phillip, Roma era a cidade mais romântica do mundo. Era um pouco deprimente o fato de ele estar ali sozinho. Aquilo o fez pensar que sua mãe estava certa, ele deveria se esforçar mais para conhecer uma mulher legal, talvez não devesse passar tantos fins de semana no barco. Teria sido legal ter uma companhia em Roma, embora ele estivesse na cidade a trabalho.

Dormiu profundamente depois da dose de conhaque, em uma cama com dossel, e acordou às oito da manhã do dia seguinte. Tomou um espresso italiano forte e já estava em frente à Bulgari, na Via Condotti, quando eles abriram, às dez. Tanto a pulseira de esmeralda e diamante quanto a de diamante rendilhado do cofre de Marguerite eram de lá, mas eles disseram a Phillip, com pesar, que não tinham mais os registros antigos. Muitos haviam sido destruídos na guerra. Ter ido até a Bulgari havia sido um tiro no escuro, mas uma boa desculpa para ir a Roma, uma vez que ele já estava na Europa. Então deu uma volta pela Via Condotti, parou na Prada para comprar uma camisa e, à uma hora, quando a maioria das lojas fechava para o almoço, ele já tinha resolvido tudo.

Foi a uma *trattoria* pois estava a fim de comer uma massa e tomar uma taça e vinho e, enquanto observava o cenário vivaz ao seu redor, outro pensamento lhe ocorreu. Ele não precisava daquela pesquisa para o catálogo, mas sentiu uma vontade irresistível de ir até Nápoles para ver o *château* onde os Pignellis moraram. Havia um endereço de Roma em algumas das correspondências de Marguerite também, e Phillip pediu ao taxista que passasse por lá no caminho para o hotel. Era um prédio bonito porém simples. Mas o endereço principal dela, durante 32 anos, tinha sido em Nápoles, que Phillip supunha ser a residência principal do conde e de sua família. Estava morrendo de curiosidade para ir até lá agora. Não tinha nada de muito importante agendado para fazer em Nova York e estava tentado a acrescentar mais um dia à viagem para fazer um desvio e ir até Nápoles. Quando chegou ao hotel, às duas e meia da tarde, perguntou sobre os horários dos voos para lá. O concierge lhe informou que havia um voo partindo do aeroporto Fiumicino às seis da tarde, que ele conseguiria pegar com tranquilidade, e se ofereceu para reservar um quarto no Grand Hotel Vesúvio também, que garantiu a Phillip ser perfeitamente agradável. Sentindo-se um aventureiro, Phillip aceitou a oferta.

Sua missão de descobrir mais sobre Marguerite Pearson di San Pignelli estava começando a tomar conta de sua vida, e ele sentia-se ligeiramente envergonhado por essa obsessão. Mas era irresistível. Uma hora depois, estava em um táxi a caminho do aeroporto, rumo a Nápoles, sem nenhuma ideia concreta do que esperava encontrar por lá. Tudo o que sabia era que se sentia impelido a ir. Algo estava lhe chamando, mas ele não sabia o que era. Phillip queria muito poder conversar com Jane e se perguntou se ela o entenderia, ou se o acharia doido. Nenhum dos dois tinha ligação alguma com aquela mulher, mas, ainda assim, ela havia fisgado os corações de ambos.

O avião pousou no Aeroporto Internacional de Nápoles, em Capodichino, e Phillip pegou um táxi até o hotel e fez *check-in*. Seu quarto tinha uma sacada e uma vista espetacular do Golfo de Nápoles. Ele não se sentia muito confortável caminhando pela cidade, que tinha fama de perigosa, então resolveu jantar no excelente restaurante Caruso, no nono andar de um hotel. Acabou alugando um carro, que seria entregue no hotel, para o dia seguinte. Era um Fiat sedã simples, e Phillip pegou todas as orientações necessárias com o concierge sobre como chegar ao endereço de Marguerite, que ele supunha ser o do *château*. O concierge lhe disse que ficava bem no limite da cidade, em um local lindo, embora um tanto fora de mão. Enquanto dirigia até lá, Phillip podia ver o Vesúvio ao longe, e pensou em Pompeia. Ele havia visitado a cidade com os pais uma vez quando era pequeno e ficara fascinado não apenas pelas relíquias e pelos artefatos, como também pelas pessoas que haviam perdido suas vidas naquele desastre, cobertas de lava, mumificadas na exata posição em que morreram. Ele ainda se lembrava perfeitamente dos detalhes, pois aquilo o havia marcado muito. Na época, quis saber se existia algum vulcão perto de Nova York, e ficou aliviado ao descobrir que não. A lembrança o fez sorrir.

Phillip levou cerca de meia hora para chegar ao limite da cidade com o trânsito de Nápoles, onde as pessoas dirigiam de modo ainda mais errático do que em Roma. Estava lendo as coordenadas quando virou uma esquina e, de repente, avistou o pequeno e lindo *château*. A construção tinha uma estrutura elegante, com um muro alto ao redor e velhas árvores enormes no jardim. Havia um grande portão duplo, e ele podia ver um pátio de pedras na parte de dentro. Checou o endereço que tinha anotado e confirmou que havia chegado ao lugar certo. Estacionou o carro e saltou para dar uma olhada. Hesitou diante do portão aberto, mas logo viu dois jardineiros e um homem que parecia lhes dar orientações. O homem era alto e parecia ter por volta de 60 anos. Tinha abundantes cabelos brancos e se virou para Phillip com uma expressão confusa e, então, quando terminou de falar com os jardineiros, caminhou em sua direção. Phillip não sabia o que dizer, e seu italiano não era bom o suficiente para explicar por que estava lá.

— *Posso aiutarlo?* — perguntou o homem, articulando exageradamente as palavras, em uma voz melodiosa e grave.

O rosto dele era enrugado, mas seus olhos eram vivos, e ele não se parecia nada com o conde das fotos, que tinha feições alongadas e aristocráticas, e era muito magro e alto. Aquele homem parecia gostar de uma boa refeição e de dar boas risadas. Seus olhos eram amigáveis, porém questionadores ao fitar Phillip.

— Você fala a minha língua? — perguntou Phillip com cautela, sem saber ao certo o que diria se o homem respondesse que não.

Seria muito complicado explicar com mímica por que estava ali. Ele pareceria no mínimo suspeito, mas na verdade estava só curioso.

— "Pequeno" — respondeu o homem, erguendo dois dedos para indicar que sabia muito pouco, e então sorriu.

— Eu queria ver o *château* — explicou Phillip devagar, sentindo-se levemente estúpido. — Conheço uma pessoa que morou aqui há muito tempo.

Isso também era um pouco forçado, visto que ele de fato não conhecia Marguerite, apenas sabia sobre a existência dela.

O homem acenou positivamente com a cabeça, indicando que havia entendido.

— "Pairente"? Avó? — perguntou ele.

Phillip pensou que ele tivesse se confundido, misturando "pai" com "parente", mas entendeu o que o italiano quis dizer e balançou a cabeça, pois não podia simplesmente dizer: "Não, é só uma mulher cujas joias vamos leiloar na Christie's que eu nunca conheci mas pela qual estou fascinado." Então, quando subitamente se lembrou das cópias das fotos guardadas na maleta do laptop dentro do carro, pediu ao homem que aguardasse e foi buscá-las.

Retornou um instante depois, mostrando a ele as fotos de Umberto e Marguerite na frente do *château*, nos jardins e nos estábulos, que Phillip supunha ficarem atrás da residência, ou talvez nem existissem mais. Quando viu as fotos, o rosto do homem se iluminou imediatamente, e ele assentiu com a cabeça, animado.

— Umberto e Marguerite di San Pignelli — disse Phillip, apontando para eles, e o homem assentiu novamente.

— *Il conte e la contessa.*

Phillip concordou e sorriu.

— Vocês eram parentes? — perguntou ele, e o homem balançou a cabeça.

— Não, eu compra dez anos atrás — respondeu o italiano articulando as palavras. — Ele morre muito tempo antes. Sem família, sem filho. Ele morre, ela vende casa, vai para Roma. Outras pessoas compra, quebra casa toda, então vende para mim. Eles não têm dinheiro, então vende para mim.

A fala dele era sofrível, mas Phillip não teve dificuldade alguma em compreender o que tinha acontecido. Marguerite havia vendido a casa após a morte do marido, se mudado para Roma, e as pessoas para quem ela tinha vendido o imóvel haviam sucateado a residência por falta de dinheiro e então vendido-a para aquele homem, que parecia estar cuidando bem do lugar. E a Ferrari e o Lamborghini no quintal indicavam que ele tinha dinheiro para isso.

— *Il conte era molto elegante, e lei belissima* — disse ele, falando que Umberto era muito elegante e Marguerite, linda, enquanto olhava as fotos. — Muito triste, sem criança para casa — comentou ele.

Ele agora estava curioso sobre o interesse de Phillip pelo lugar, mas não tinha conhecimento linguístico suficiente para expressar aquilo. Mesmo assim, convidou Phillip para entrar e conhecer a propriedade. Sentindo-se grato pela recepção calorosa, Phillip acompanhou o italiano. E, assim que estavam dentro do *château*, ele se viu caminhando por cômodos lindos, cheios de belas antiguidades e peças de arte moderna maravilhosas, que combinavam perfeitamente com a decoração. As paredes estavam pintadas em tons claros e suaves. Dos andares superiores, aonde o homem levou Phillip para um tour, tinha-se uma vista espetacular do mar.

— Eu amo muito esta casa — confessou o homem, tocando no peito, na altura do coração. Phillip assentiu com a cabeça. — Bom sentimento, muito calorosa. Pertence à família de *il conte* por quatrocentos anos. Eu sou de *Firenze*, mas agora de *Napoli* também. Às vezes, Roma. *Galleria d'arte* — disse ele, apontando para as pinturas e, depois, para si mesmo, então Phillip presumiu que ele estava querendo explicar que era um marchand.

Os quadros nas paredes eram impressionantes, de artistas famosos que Phillip reconheceu com facilidade. Então Phillip pegou um cartão de visitas, que o apresentava como funcionário da Christie's, que o dono do *château* reconheceu imediatamente, ficando visivelmente impressionado.

— *Gioielli*? — perguntou ele, apontando para a palavra *joias* no cartão de Phillip, que confirmou com a cabeça.

— Antes, *prima* — Phillip usou uma das poucas palavras em italiano que conhecia —, arte, pinturas. — Ele apontou para os quadros nas paredes. — Agora, *adesso, gioielli*, mas eu prefiro arte.

O homem riu, entendendo, e pareceu concordar. Então se referiu a Umberto e a Marguerite novamente.

— *La contessa aveva gioielli fantastici* — comentou ele, apontando para as fotos de Marguerite usando algumas de suas joias. — Eu escuto isso. Joias muito famosas, mas nenhum dinheiro quando *il conte* morre. Muitos carros, cavalos, *gioielli*, então ela vende casa. E talvez muito triste aqui depois que ele morre, especialmente sem criança.

180

Phillip concordou com a cabeça. O dono do *château* estava criando uma visão, mesmo que com poucas palavras, de um casal que havia esbanjado muito dinheiro, que talvez tivesse começado a acabar na época da morte de Umberto. Talvez por isso Marguerite tivesse sido obrigada a vender o *château* e se mudar para um apartamento no prédio pelo qual ele havia passado, em Roma. Ela provavelmente viveu do lucro da venda da casa por um bom tempo e então voltou para os Estados Unidos. Pelo que Phillip tinha visto até aí, considerando o pequeno apartamento onde ela morava em Murray Hill, e o asilo no Queens, ela tinha levado uma vida simples em Nova York. Seus dias de glória haviam sido ali, enquanto Umberto ainda estava vivo. Depois que ele morreu, tudo que havia restado eram as joias, que eram de um valor considerável. Mas ela nunca vendera as peças para conseguir dinheiro para viver — com exceção de dois anéis —, talvez por amor ao marido. O casal claramente viveu uma grande história de amor, cuja lembrança perdurara por toda a vida de Marguerite, que vivera bem mais que ele.

Dava para ver que o italiano pensava a mesma coisa, pois ele apontou para as fotos do casal e tocou o próprio peito com uma expressão afetuosa. Phillip apenas concordou com a cabeça. Era exatamente isso que o tinha levado ali, e o homem com quem estava conversando, por mais estranha que fosse aquela interação, parecia compreender. Ele também pegou seu cartão de visitas e o entregou a Phillip, que confirmou sua suspeita. O nome dele era Saverio Salvatore, e ele era dono de uma galeria de arte que levava seu nome, com endereços em Florença e em Roma. Que encontro fortuito! Phillip gostou bastante de ter conversado com ele. Quando voltaram ao jardim, Phillip lhe agradeceu nos dois idiomas. Saverio olhou para ele de forma calorosa e apontou para uma foto particularmente encantadora de Marguerite e Umberto.

— Você manda para mim? Eu gosto para esta casa. Foi casa deles por muitos anos.

Phillip concordou na mesma hora e disse que mandaria várias fotos para ele. Ficou tocado pelo fato de o novo dono querer fotos do casal. A história de amor de Marguerite e Umberto cativava a todos.

Os dois trocaram um aperto de mão, e Phillip foi embora. Ele não chegou a passear pelo jardim, mas viu o suficiente dele. Além disso, conseguiu ter uma boa noção da casa do conde e da condessa e de como havia sido a vida deles. O casal levou uma vida majestosa. E o fato de o homem que agora vivia lá se importar com a história deles aquecia seu coração. A memória de Marguerite e Umberto não tinha sido esquecida. Phillip sentiu uma paz inundá-lo ao ligar o carro e voltar para o hotel.

A viagem para Nápoles não tivera utilidade nenhuma para a Christie's, nem para o leilão das peças de Marguerite, mas Phillip sabia que fizera a coisa certa ao ir até lá. Tinha certeza disso. Guardaria o cartão de Saverio. Esperava que eles se encontrassem novamente e tinha total intenção de cumprir sua promessa e mandar para ele as fotos do conde e da condessa.

Capítulo 14

Phillip ligou para a mãe naquele fim de semana, quando retornou a Nova York. Queria jantar com ela no domingo à noite e contar tudo o que havia descoberto sobre Marguerite e suas joias. Estava louco para contar também que visitara a casa onde ela e o conde havia morado, pois sabia que a mãe se interessaria pelo assunto. Marguerite não era mais um mistério completo para eles, ela fora uma mulher que levara uma vida privilegiada, cujo marido a amava e lhe proporcionara um lar. Marguerite não era apenas um nome em um cofre de banco no qual guardava joias valiosas. Saber agora que ela havia ficado sem dinheiro, que tinha apenas 2 mil dólares quando morreu, que havia morado em um apartamento minúsculo por muitos anos, passado os últimos dias de sua vida em um asilo modesto no Queens, e que se recusava a vender as joias era ainda mais tocante e intrigante. As joias que Umberto lhe dera claramente significavam muito para Marguerite.

Phillip também queria falar para a mãe sobre o leilão em Paris, inclusive sobre o momento mais dramático: quando a coroa de Maria Antonieta fora reivindicada pelo governo da França. Ele sabia que ela iria adorar aquele detalhe. E ficou surpreso ao percebê-la um tanto séria quando ligou. Ela disse que também queria vê-lo. Parecia ter algo a lhe contar.

— Você está bem, mãe? Aconteceu alguma coisa?

— Não, só quero conversar com você. Preciso tomar uma decisão.

— Algo a ver com a sua saúde? — indagou ele, sentindo um leve pânico.

— Não, querido, eu estou bem. É outra coisa. Preciso dos seus excelentes conselhos.

Ele sabia que, de vez em quando, a mãe costumava vender algumas ações que seu pai havia deixado para ela. Valerie investia em aplicações sólidas, para não precisar se preocupar com o dinheiro do seguro que herdara quando o marido morreu. E gostava de pedir conselhos ao filho.

— Domingo à noite?

— Pode ser. Um ótimo fim de semana para você.

Phillip, contudo, ficou preocupado. Parecia que alguma coisa séria estava acontecendo. Ele só esperava que a mãe não estivesse mentindo sobre sua saúde. Como filho único, ele se sentia responsável por ela e se preocupava muito com Valerie, mesmo ela sendo uma mulher independente, no auge de seus 74 anos.

Ele pensou novamente em Jane Willoughby naquele fim de semana. Queria ligar para ela, mesmo sabendo que a jovem era comprometida, e lhe contar o que havia descoberto sobre Marguerite na Europa, então decidiu convidá-la novamente para almoçar.

Enquanto ele trabalhava no veleiro, Jane estava fazendo sua mudança para a nova casa. Era um apartamento de apenas um quarto no Meatpacking District, perto da casa de Alex, e ela estava superanimada. Seus pais iam ajudá-la a pagar o aluguel até que ela conseguisse um emprego. Jane não tivera nenhuma notícia de John desde que os dois terminaram. Seu mundo desabara, mas não havia vestígio algum disso. Era como se ele tivesse esquecido que ela existia, o que era, no mínimo, doloroso. Jane supunha que ele estivesse com Cara, mas na verdade não se importava. Havia aprendido uma dura lição. Agora só lamentava não ter terminado o relacionamento bem antes. Os últimos seis meses tinham sido uma perda de tempo total, e a forma como ele a tratara fora uma afronta.

Jane havia tirado um dia de folga no trabalho e ido à IKEA para comprar o essencial para sua nova casa, visto que não tinha móvel algum. Alex a ajudou a montar tudo. Ela era boa com a chave de fenda e o martelo. Então, no domingo à noite, Jane já estava instalada, e o apartamento estava lindo. Aquilo era um recomeço. Ela e Alex comeram pipoca e assistiram a um filme naquela noite para comemorar o novo lar.

Phillip saiu de Long Island no domingo à tarde um pouco antes do horário de costume. Estava chovendo, ele sabia que o trânsito estaria ruim, mas estava ansioso para ver a mãe. Parou para comprar uma garrafa de vinho rosé no caminho, pois sabia que a mãe ia gostar e, às cinco horas, tocou a campainha do apartamento dela. Valerie pareceu surpresa ao vê-lo.

— Você chegou cedo! — exclamou ela, contente, quando ele lhe entregou a garrafa de vinho, o que a fez abrir um sorriso ainda maior.

— Parece que temos muito o que conversar, então pensei que seria bom termos um pouquinho mais de tempo.

Phillip sabia que a mãe estava trabalhando — podia sentir o cheiro das tintas a óleo, o aroma familiar que ele adorava e sempre associara a ela durante a vida toda.

Ela serviu uma taça de vinho para cada um, e os dois se acomodaram na aconchegante sala de estar. Valerie se sentou em sua poltrona de couro preferida e Phillip, no sofá. Ele a fitou com olhos questionadores.

— Então... Você primeiro.

Phillip passara os últimos dois dias preocupado com ela.

— É uma história meio longa — começou ela com um suspiro, tomando um gole do vinho. — Eu já sabia disso quando nos vimos antes de você viajar, mas precisava de um tempo para pensar. Foi um baque.

Foi então que Phillip teve certeza de que a mãe estava com algum problema de saúde e mal conseguiu respirar enquanto ela falava. Contudo, Valerie parecia bem saudável.

— Eu contei a você que fui visitar Fiona, minha antiga babá... Queria que ela me ajudasse a entender algumas coisas. Quando vi as fotos que você me mandou de Marguerite, não percebi nada de muito revelador. Mas identifiquei algo familiar. O problema é que ela tem o estereótipo de uma anglo-saxã americana e, convenhamos, esses branquelos são todos parecidos — disse ela, divagando, e Phillip riu da irreverência típica da mãe.

— Bem, nem sempre — comentou ele, e Valerie sorriu.

— Eu não vi nada de significativo nela em termos de aparência. Mas o que mexeu mesmo comigo foram as fotografias da menininha. Não tenho muitas fotos minhas de quando eu era criança, pois meus pais não eram muito amorosos, para dizer o mínimo... Então, quando vi aquelas fotos, tive certeza de que era eu. Não havia nenhum nome escrito nelas, mas eu tinha a mesma idade daquela criança naquelas datas e, em algumas, tive certeza absoluta de que era eu. O que eu não conseguia entender era por que havia fotos minhas naquele cofre, o que elas estavam fazendo lá?

"Fui conversar com Winnie sobre isso e tive uma ideia. Fiquei subitamente intrigada pelo fato de não existir foto alguma da minha irmã mais velha, Marguerite. Minha mãe, supostamente, ficou tão arrasada com a morte dela que destruiu todas, além de todas as evidências físicas de sua existência, o que sempre me pareceu muito estranho. Não era esquisito uma mãe não querer preservar cada pedacinho da memória da filha que perdeu? Seus avós eram insuportavelmente severos, frios, julgavam todo mundo. Aí de repente comecei a me perguntar: e se Marguerite não morreu? E se ela na verdade se apaixonou por um conde italiano? Eles certamente teriam desaprovado isso, tenho certeza. E se eles apenas falaram para todo mundo que Marguerite havia morrido, mas na verdade ela estivesse viva e casada com um italiano durante todos esses anos? E se não fosse apenas uma coincidência de nomes e Marguerite di San Pignelli fosse, na verdade, minha irmã mais velha? Elas tinham a mesma idade... Talvez por isso eu tenha ficado cismada de que elas poderiam ser a mesma pessoa. Winnie tinha só 4 anos quando ela foi embora, e eu era apenas um bebê. Fui perguntar para Winnie se ela algum dia suspeitou de que Marguerite estava viva, ou se tinha escutado alguma coisa que a tivesse feito questionar a história que contaram para nós.

Valerie encarou o filho atentamente.

— E o que ela falou?

Phillip estava intrigado.

— Que eu estava senil. Que sou louca, que nossos pais jamais fariam algo assim. Ela gostava muito mais deles do que eu, e eles eram mais gentis com ela. O mais importante de tudo era que ela era igualzinha a eles, já eu, não. Então eles sempre tentaram me forçar a pensar e a me comportar como eles, mas eu não conseguia. Ela falou que minha teoria era absurda, que nossos pais nunca mentiriam para a gente, e que é claro que não era eu naquelas fotos, que todas as crianças da época eram meio parecidas, o que não deixa de ser verdade. Mas o rosto daquela menininha era muito parecido com o meu, e ela tinha os meus olhos. Não tive sucesso nenhum com Winnie, e nós brigamos feio.

"Naquela noite, me ocorreu que eu deveria visitar Fiona para tentar descobrir o que ela sabia. Presumi que ela talvez tivesse mais detalhes da época em que minha irmã foi embora. Anos mais tarde, nos disseram que ela havia ido estudar na Europa, na Suíça mais especificamente, pois estávamos no meio de uma guerra. Mas por que alguém permitiria que a filha fosse para a Europa com uma guerra acontecendo lá? E, se ela foi para a Inglaterra, por que morreu na Itália? Nunca tivemos permissão para fazer perguntas sobre ela, nem sequer mencionar seu nome, e eu sempre tive curiosidade em saber mais sobre minha irmã. Então pensei que talvez Fiona pudesse saber de alguma coisa, que talvez reconhecesse as fotos de Marguerite, se fosse mesmo ela, pois tinha ido trabalhar para minha família dois anos antes da minha irmã ir embora. Então fui até Nova Hampshire para falar com ela."

Valerie parecia sem fôlego ao contar a história, e Phillip apenas ouvia, sem ter ideia do que viria depois.

— Mostrei a Fiona as fotografias e perguntei se Marguerite di San Pignelli era minha irmã. E fiquei muito triste quando ela disse que não. Mas eu não estava preparada para o que ela falou em seguida. Ela me contou que Marguerite era minha mãe. Que ela havia engravidado de um rapaz que amava, aos 17 anos. Ele tinha quase 18 na época. Os pais dos dois ficaram furiosos e não permitiram que eles se casassem. Fizeram de tudo para separá-los. Marguerite foi mandada a um internato para meninas rebeldes no Maine, para ter o bebê escondido e deixá-lo para a adoção. Algumas semanas depois que ela saiu da cidade, os japoneses atacaram Pearl Harbor, o rapaz foi recrutado e enviado para um campo de treinamento e depois para a Califórnia, e foi morto quase que imediatamente em um acidente durante um treinamento. Ao que tudo indica, Marguerite se recusou a dar o bebê para adoção, então os pais dela, meus avós, a mandaram para algum lugar e voltaram para Nova York alguns meses depois que o bebê nasceu, fingindo que a criança era deles, mas, obviamente, odiando cada minuto daquele teatro. Eles embarcaram Marguerite em um navio de guerra sueco neutro para Lisboa, de onde ela foi para Londres. A intenção nunca foi mandá-la para a Suíça. Então, um ano depois, eles anunciaram que ela havia morrido de gripe e se livraram dela para sempre, ou pelo menos era o que pensavam que estavam fazendo. Na verdade, ela conheceu o conde em Londres assim que chegou à Europa. Ela tinha apenas 18 anos, estava sozinha em um país estrangeiro e em plena guerra. Ele foi muito gentil com ela, e os dois acabaram se casando logo depois. Ele a levou para a Itália para viver na casa de sua família, em Nápoles. Os pais dela haviam banido a própria filha, Phillip, a filha primogênita, só para evitar um escândalo. — Valerie disse aquilo com lágrimas nos olhos, sentindo-se revoltada. — Eles simplesmente a cortaram da vida deles para sempre e ficaram com o bebê, mesmo sem querer a criança, que nunca amaram. Fiona disse que Marguerite e o conde tentaram recuperar a criança muitos anos depois, mas que os pais dela fizeram tudo que podiam para que ela desistisse da ideia. Eles ameaçaram a própria filha, queriam manter a história por baixo dos panos a todo custo, aí uma hora ela desistiu. E tudo que Fiona podia fazer era mandar fotos da menina para ela de tempos em tempos, até o dia em que foi embora da nossa casa, dez anos depois. Mas, Phillip — continuou Valerie, com os olhos se enchendo de lágrimas, que não paravam de cair —, aquela criança era eu. Marguerite era minha mãe, não minha irmã, e meus avós me roubaram dela e fingiram ser meus pais, e sempre me odiaram porque eu era a lembrança de uma desgraça. Eu vivi uma mentira durante toda a minha vida, e fui privada da minha mãe por causa deles. Marguerite Pearson di San Pignelli era minha mãe. Não tenho ideia do que fazer em relação a isso, ou a quem recorrer, se isso importa, a essa altura. Ela já está morta. — Valerie se sentiu uma órfã novamente ao dizer aquilo, exatamente como no dia em que descobrira tudo. — Mas não há dúvidas. Ela era minha mãe. Isso tudo é uma coincidência muito estranha. E eu que pensava que ela poderia ser minha irmã. É como se estivesse escrito pelo destino que eu deveria encontrá-la. É muita coincidência eles terem chamado você para fazer aquela avaliação para a Christie's. Ela era sua avó, Phillip. E a mãe que eu nunca conheci.

Lágrimas escorriam pelas faces de Valerie, enquanto Phillip a abraçava. Ele nunca tinha visto a mãe tão desolada, a não ser quando seu pai morrera. Valerie chorava baixinho nos braços do filho.

— Você contou para a Winnie? — perguntou ele, e ela apenas assentiu.

— Dessa vez ela acreditou em mim. Continuou inventando desculpas pelos pais terem feito o que fizeram e disse que tem certeza de que eles pensaram que estavam fazendo a coisa certa, mas manter minha mãe longe de mim a vida toda, me tratar como uma intrusa indesejada, banir a própria filha do convívio com a família e fingir que ela tinha morrido dificilmente poderia parecer a coisa certa, até mesmo para eles. Winnie implorou que eu não criasse um alvoroço, me pediu até que não contasse nada a ninguém. No início, ela me acusou de estar atrás das joias, mas essa história toda é muito mais chocante do que alegar ser herdeira de uma fortuna em joias. Meus avós propagaram uma mentira terrível. Aqueles dois arruinaram a vida de Marguerite, roubaram sua única filha. E a pobrezinha morreu sozinha.

Valerie secou as lágrimas e parecia profundamente emocionada. Phillip ainda estava tentando digerir aquilo tudo.

— Eu não estava pensando nas joias. Queria apenas entender o que tudo aquilo significava para a sua mãe e para você. Eu concordo, é uma história horrível. — Mas, agora, precisamos levar as joias em consideração. — A verdade, mãe, é que você é a herdeira das joias. Você é a única filha de Marguerite. E, se provarmos isso, você tem que ficar com elas.

— Winnie também deveria ter direito, ela era irmã de Marguerite. Mas eu realmente não me importo com as joias. Isso não vai trazer minha mãe de volta.

— Não, mas ela queria que você ficasse com elas. Acho que existe um motivo pelo qual ela as guardou durante todos esses anos. Ou foi por amor a Umberto ou ela esperava dá-las a você um dia.

— Se isso fosse verdade, ela teria feito um testamento, mas não fez — lembrou Valerie.

— Você não sabe o que se passou na cabeça dela ou quais eram suas condições no fim da vida. O fato é que as joias eram de Marguerite, e você é a única filha dela. Não sei ao certo o que devemos fazer agora. Mas tem muito mais nessa história do que os olhos podem ver. Isso sem falar no comportamento horrível dos seus avós. Sua mãe deixou uma fortuna em joias, e elas são suas.

Aquela era uma situação que Phillip jamais, nem em seus sonhos mais loucos, poderia imaginar. Ele não sonhava com nada parecido com aquilo quando perguntou sobre a coincidência dos sobrenomes. Pensara que Marguerite pudesse ser uma prima distante da mãe, mas nunca sua avó. Havia sido uma grande revelação para todos. E a história não podia acabar assim. Eles precisavam fazer a coisa certa. Phillip ainda não sabia o que era exatamente a coisa certa, mas queria pensar com calma no assunto e tomar a decisão mais apropriada.

Quando ele se recuperou do choque, contou à mãe que havia visitado a Cartier e a Van Cleef e o que descobrira sobre as joias, a origem das peças e as ocasiões especiais para as quais haviam sido encomendadas. Relatou também que fizera uma visita à casa deles e sobre o encontro com Saverio Salvatore em Nápoles, o atual dono do *château*, um homem encantador e que sabia pouco sobre Marguerite e Umberto. Tudo se encaixava agora, um quebra-cabeça perfeito, com apenas poucas peças faltando.

— Eu gostaria de ir até lá um dia — disse Valerie melancolicamente, referindo-se à casa onde sua mãe morara por 32 anos com o padrasto que ela nunca conheceu.

Ela estava lentamente adquirindo uma família que nunca soube existir; que, mesmo postumamente, parecia mais real para ela do que os pais que a criaram.

Eles ficaram um bom tempo conversando, comendo na cozinha e encaixando as peças do quebra-cabeça da vida de Marguerite enquanto analisavam novamente as fotos. Valerie admitiu para Phillip, quando eles terminaram o vinho, que queria pintar um retrato da mãe pelas fotos que ele havia lhe dado. Ela parecia querer se sentir mais próxima da mãe agora e remediar as trágicas perdas do passado.

Phillip ainda estava profundamente emocionado com aquela história quando foi embora para casa. Tinha muito no que pensar: sobre o passado, o presente e o futuro. Além disso, precisava tomar uma importante decisão a respeito das joias. Porém, antes de qualquer coisa, ele sabia que precisava ligar para Jane logo pela manhã. Ela provavelmente não saberia muito mais do que ele a respeito do que Valerie precisava fazer agora, mas, claramente, eles precisavam fazer alguma coisa. Restava saber o quê.

Capítulo 15

Phillip ligou para Jane logo de manhã cedo, assim que ela chegou ao escritório, antes que a jovem tivesse tempo de tirar o casaco. Ele ainda estava em casa.

— Como foi a viagem? — perguntou ela, obviamente feliz por ter notícias dele. Ela estava pensando nele aquela manhã.

— Muito interessante — respondeu Phillip, sentindo-se relaxado, porém com uma voz séria. Ele passara boa parte da noite acordado, pensando no que sua mãe havia lhe contato e no que precisaria fazer para ajudá-la. Então foi direto ao ponto. — Estava aqui pensando se poderíamos almoçar hoje de novo. Tem um assunto que eu gostaria de discutir com você.

Dado o tom de voz dele, parecia ser algo relacionado a trabalho, nada romântico, e Jane não conseguia nem imaginar o que poderia ser.

— Sim, é claro. Onde você quer que eu te encontre?

Ele sugeriu um restaurante diferente dessa vez, perto do escritório da Christie's, que não era muito barulhento e tinha apetitosos sanduíches, hambúrgueres e saladas. Ele não queria ser distraído por comidas requintadas, garçons invasivos ou clientes baderneiros. Combinaram de se encontrar ao meio-dia e meia, e ele já estava sentando à mesa quando ela chegou. Phillip estava usando blazer, suéter e uma calça cinza, e Jane também vestia um traje casual, visto que não esperava ter um almoço de trabalho. E ela podia ver, pela expressão nos olhos de Phillip, que ele estava preocupado com alguma coisa.

Ambos pediram sanduíches de frango e concordaram em dividir uma salada. Assim que o garçom anotou os pedidos e foi atender outra mesa, Phillip se virou para Jane e contou sobre a viagem à Europa, as visitas à Van Cleef e à Cartier, e ao *château* em Nápoles. Ela ficou emocionada ao saber dos detalhes. Então Phillip respirou fundo e decidiu contar a história toda para ela. Era uma história muito pessoal, mas, depois de terem entrado juntos naquela aventura, ele achava que Jane deveria saber.

— Jane, minha mãe andou dando uma de detetive também e acabou descobrindo umas coisas fascinantes. No fim das contas, não era apenas uma coincidência de nomes. Era bem mais que isso. — Ele contou a ela tudo o que Valerie descobrira com Fiona e o que ela havia lhe contado na noite anterior. — Foi incrível, e ao mesmo tempo muito estranho, você ter ligado para a Christie's solicitando uma avaliação e que isso tenha levado minha mãe a descobrir a verdade sobre o passado dela, solucionando um mistério bem diante dos nossos olhos. A vida real é, definitivamente, muito mais estranha que a ficção. E o mais esquisito de tudo é que a minha mãe é, no fim das contas, a herdeira direta de Marguerite di San Pignelli, que é minha avó. Isso não é muito esquisito?

Ele mal parecia acreditar na história que estava contando. Jane estava pasma, porque o relato da mãe de Phillip tinha várias semelhanças com o que ela havia lido nas cartas. A jovem mal conseguia acreditar no que estava ouvindo.

— Não sei bem o que devemos fazer agora, ou como podemos provar para a justiça que minha mãe é a herdeira legítima de Marguerite. Ela não pode simplesmente entrar na Vara de Sucessões e dizer: "Oi, ela era minha mãe." E, como os avós dela falsificaram a certidão de nascimento alegando que ela era filha deles, acho que não será fácil provar nada. Sem contar que o leilão é daqui a dois meses. Tenho certeza de que tudo vai dar certo no final, mas não sei exatamente o que fazer agora e queria o seu conselho. O que você acha?

Por um instante, Jane mal conseguiu encontrar as palavras para responder, e então instintivamente acionou seu lado jurídico. Não havia dúvidas em sua cabeça quanto ao que fazer.

— Você precisa ligar para um advogado, e rápido. Não vai conseguir resolver isso sozinho. Precisa avisar à Vara de Sucessões que uma herdeira foi localizada. Sua mãe terá que se apresentar oficialmente e, depois, vocês precisarão apresentar provas. Quanto tempo isso vai levar e que tipo de evidência eles vão exigir eu não sei. Mas um advogado vai saber. Essa não é minha área. Como sua mãe está lidando com tudo isso, aliás? Deve ter sido um choque descobrir que as pessoas que ela pensava que eram os pais dela na verdade a roubaram da mãe verdadeira. É de partir o coração. Sei que esse tipo de coisa acontece, mas deve ser uma sensação horrível para ela — disse Jane com os olhos cheios de compaixão.

A história pungente de Marguerite e da mãe de Phillip era uma realidade para ela agora e a tocara profundamente.

— Ela está bem chateada, mas não é para menos, não é? Ela realmente não está pensando nas joias nesse momento, apenas na mãe que perdeu, e, pelo que sei, a avó nunca foi boa com ela. Sempre foi uma mulher fria, e acho que culpava minha mãe pelas circunstâncias de seu nascimento, por mais injusto que seja. Bom, agora temos que lidar com a questão das joias. As peças não podem ser vendidas sem a permissão da minha mãe, agora que sabemos que ela é a herdeira legítima. Só precisamos provar isso antes. Mas, se isso vai levar dias ou meses, não faço ideia.

Ele parecia preocupado, e Jane também.

— Eu também não faço ideia — admitiu ela. — Isso pode variar muito, e os tribunais nunca são muito ágeis, especialmente quando lidam com bens de pessoas falecidas que não podem reclamar da demora.

Ambos sorriram.

— Também não sei se minha tia Edwina vai reivindicar os bens. Marguerite era irmã dela, e talvez ela queira uma parte.

— Você precisa ligar para um advogado imediatamente — reforçou Jane. — Posso recomendar alguém, se você quiser.

— Já tenho uma pessoa em mente.

— Então ligue para essa pessoa hoje mesmo — insistiu ela.

Phillip assentiu e pagou a conta, grato por Jane ter lhe ouvido.

Jane estava perplexa com o fato de o destino ter feito com que ela ligasse para Phillip, cuja mãe era a criança sobre a qual Marguerite escrevera em suas cartas e pela qual chorara a vida toda. A força daquilo tudo era avassaladora.

— Quando Harriet me pediu que lesse as correspondências que estavam no cofre, eu ainda tinha esperanças de encontrar um testamento. Isso não aconteceu, só havia cartas no cofre, mas a história está toda lá. Tudo que você acabou de me contar, só que do ponto de vista de Marguerite. Ela fala sobre ter deixado o bebê que chamava de "anjo amado" em Nova York, sobre ter sido forçada a desaparecer, sobre a chegada a Londres durante a guerra, o encontro com o conde, seu casamento e a vida com ele e também sobre a tentativa de recuperar a filha quando ela tinha 7 anos. Eles fizeram tudo o que puderam, mas os pais dela foram implacáveis todas as vezes. Marguerite voltou para os Estados Unidos a fim de procurar a menina quando ela completou 18 anos, para contar toda a verdade para ela mas, assim que a viu, apenas de longe, ficou com medo de arruinar sua vida, e de manchar sua história respeitável com um escândalo. Então Marguerite voltou para a Itália sem falar com a filha e, em algum momento, acabou desistindo.

"Ela escreveu cartas para a filha perdida por mais de setenta anos. Eram cartas de amor para seu bebê. Marguerite nunca mencionou nenhum nome e sempre dizia que ia deixar as joias para ela. Pretendia escrever um testamento, mas, obviamente, nunca conseguiu fazer isso. E dá para dizer, pelas cartas, que ela não estava mais tão lúcida nos últimos anos. Andava perdida no passado. Não há nada nas cartas que possa ser usado como evidência legal, a menos que a sua mãe consiga provar que Marguerite é mãe dela. Mas está tudo lá, toda essa história triste, do começo ao fim, porém com alguns momentos felizes também. Ela foi feliz com o conde, mas o que movia sua vida era a criança que havia perdido. Ainda tenho as cópias das cartas. Vou escaneá-las para você. É uma história triste, mas talvez mostre à sua mãe quanto Marguerite a amou durante todos aqueles anos que elas estiveram separadas."

As cartas significariam muito para Valerie. Eram a voz de Marguerite falando com ela.

Phillip parecia atordoado com o que Jane acabara de lhe contar. Aquilo seria um testemunho importante para Valerie, saber como a mãe dela se sentia.

— Eu ficaria muito grato se você puder me mandar as cópias das cartas. Pode ser que seja difícil para minha mãe ler todas, mas talvez também a ajude a superar o trauma. Tudo o que ela sabe até agora foi o que ouviu de outras pessoas. Mas "ouvir" isso nas cartas da mãe seria um presente incrível.

— Fico muito feliz por ter lido as cartas — confessou Jane baixinho, mesmo que não contivessem um testamento, o que teria sido mais útil para Phillip.

Eles saíram do restaurante um tanto zonzos pelo que haviam acabado de compartilhar. E, para distraí-los das fortes emoções de suas descobertas recentes, Phillip decidiu perguntar como Jane estava, imaginando que nada teria mudado, que ela ainda estava namorando.

— Para falar a verdade — começou a jovem, sorrindo para Phillip assim que eles chegaram à calçada —, aconteceram algumas coisas recentemente. Eu saí de casa. Acabei de me mudar para um apartamento só meu no Meatpacking District e estou amando.

— Você ainda está namorando? — quis saber Phillip, torcendo para que ela não estivesse.

— Não, não estou — respondeu ela baixinho. — Meu namorado estava me traindo, e eu acabei descobrindo. Devia ter terminado seis meses antes, quando o relacionamento azedou, mas achei que tudo se resolveria. Só que não se resolveu. E agora ele vai voltar para Los Angeles. Com ela.

Aquilo fora um golpe traiçoeiro, e Phillip torcia para que o rompimento não tivesse sido doloroso demais para ela. Jane parecia calma e introspectiva, e até mesmo aliviada.

— Posso te convidar para jantar qualquer dia desses? — perguntou ele, como fizera na primeira vez e, agora, a resposta foi diferente. Ela concordou com a cabeça.

— Eu adoraria — respondeu Jane com um sorriso caloroso.

Ele prometeu mantê-la informada quanto à situação de sua mãe e o que eles fariam para provar que Valerie era herdeira de Marguerite. Ele tinha a sensação de que seria complicado e, talvez, estivessem embarcando em um longo processo. Jane ficou de mandar as cópias das cartas de Marguerite para Phillip naquela tarde mesmo. Ele também queria lê-las. Sentia uma compaixão enorme por sua mãe, por tudo que ela havia passado.

— Eu te ligo — prometeu ele, dando um beijo no rosto de Jane.

Phillip voltou correndo para o escritório pensando em ligar para sua prima Penny. Ela era a advogada que ele tinha em mente. Penny trabalhava para um grande escritório, era uma das sócias, na verdade, e sempre lhe dava bons conselhos. Ele pegou o telefone assim que se sentou à sua mesa. Penny saiu de uma reunião para atendê-lo. Como primos e filhos únicos, eles sempre foram muito próximos. Penny tinha 45 anos e três filhos adolescentes, um menino de 13 anos, uma menina de 15, que a deixava louca, e um rapaz de 18, que estava no último ano do Ensino Médio. Eles eram os netos dos quais Winnie vivia reclamando.

— O que aconteceu? Você foi preso? — perguntou ela em tom de brincadeira, e ele riu.

— Ainda não. Mas continuo trabalhando nisso. Olhe, aconteceu uma coisa. E você não vai acreditar. Posso dar um pulo no seu escritório?

Ela trabalhava em Wall Street, era especialista em Direito Tributário e das Sucessões, então era a pessoa ideal para o caso.

— Que horas você está pensando em vir?

— A hora que você puder me receber?

— Droga, tenho algumas reuniões até as seis horas. Se for muito importante, posso pedir à minha empregada que fique até mais tarde lá em casa para dar comida aos monstrinhos.

— Se você puder fazer isso, será ótimo.

— Te vejo às seis então. Você não está encrencado, né? Fraude fiscal? Peculato?

— Obrigado por ter tanta fé em mim.

— Nunca se sabe. Já vi coisa muito mais doida acontecer.

— Não tão doida quanto o que realmente aconteceu. Te vejo mais tarde. Ah, obrigado.

— Sem problema. Te vejo às seis.

Phillip tinha três horas até o horário marcado. Meia hora depois, Jane lhe enviou as cartas escaneadas de Marguerite, que ele passou o resto da tarde lendo, com lágrimas escorrendo pelo rosto. Foi uma tragédia Marguerite ter sido privada da filha. Era ainda pior para ela do que para Valerie, que não fazia ideia do que estava perdendo. Marguerite sabia exatamente o que havia perdido e sofrera a vida toda por isso.

O escritório onde Penny trabalhava carregava um nome de peso e uma grande reputação, e ela tinha uma bela sala. Era sócia do escritório fazia anos e, quando Phillip entrou em sua sala, ela se levantou para abraçá-lo. Sua prima era uma bela ruiva que tinha um marido louco por ela.

Ela voltou a se sentar depois de cumprimentá-lo, então Phillip se acomodou de frente para ela e contou toda a história: o segredo em relação ao nascimento da mãe, que os avós a tomaram para si, que falsificaram uma certidão de nascimento que dizia que a avó de Valerie era, na verdade, mãe dela, o "sumiço" da filha mais velha — que acabou privando-a da própria cria —, e a coincidência de ele ter sido chamado para fazer a avaliação dos bens de Marguerite, que morrera sem deixar um testamento. Relatou também tudo o que Valerie havia descoberto pela antiga babá: informações precisas mas não oficiais. Phillip também contou à prima sobre as cartas de Marguerite, que confirmavam aquela história toda em detalhes.

— Então, o que fazemos agora para apresentar minha mãe como a herdeira legítima dela?

Penny pensou por um instante e escreveu algumas coisas em um papel. Ela já estava tomando notas desde o início daquele surpreendente relato. Mas, depois de anos trabalhando como advogada, nada mais a surpreendia. Ela já tinha ouvido histórias bem mais estranhas, porém aquela era realmente extraordinária.

— Primeiro, precisamos mandar alguém pegar o depoimento da babá. Como ela já tem 94 anos, não podemos demorar. Se ela morrer dormindo essa noite, a história e o testemunho vão embora com ela. Vou tentar mandar alguém amanhã. Você acha que ela estaria disposta a falar?

— Pelo que me lembro de Fiona, ela gosta bastante de conversar. Além disso, ela queria que minha mãe soubesse da história. Não sei por que não a procurou antes. Mas pelo menos agora minha mãe sabe de tudo. Se eu não tivesse feito aquela avaliação, minha mãe nunca teria visto aquelas fotos e provavelmente jamais teria descoberto quem eram seus verdadeiros pais.

A história era tão fantástica que Penny mal podia acreditar.

— O destino traça caminhos estranhos — comentou ela, e realmente acreditava naquilo. — Minha próxima sugestão pode ser algo que sua mãe talvez não queira fazer, mas facilitaria muito o processo. Quero que ela faça um exame de DNA. Vamos precisar de um pedido para exumar o corpo da mãe dela, minha tia e sua avó, eu acho — disse a advogada, parando para refletir. — Vamos precisar da aprovação da justiça para isso. Mas acho que eles não teriam motivos para relutar, desde que estivéssemos dispostos a bancar os custos, o que suponho que seja o caso.

Phillip confirmou com a cabeça.

— E, se o resultado for positivo, é bastante simples — continuou Penny. — A justiça vai apontar sua mãe como a herdeira legítima. O resultado do exame de DNA leva seis semanas para sair e, se der positivo, está tudo resolvido.

— E a sua mãe? Ela também seria uma herdeira direta enquanto irmã de Marguerite?

Penny pensou por um instante, ela sabia como as pessoas poderiam se mostrar imprevisíveis quando se tratava de dinheiro, mas achava que não seria o caso da mãe. O pai de Penny havia deixado uma fortuna considerável para a esposa, e os pais do falecido, por sua vez, haviam legado uma boa poupança para a neta. Não havia motivo para que Valerie e Winnie brigassem pelo dinheiro.

— Minha mãe certamente poderia reivindicar os bens — admitiu Penny —, mas acho que devemos deixar essa questão para as duas. Vamos deixar que elas se entendam em relação a isso. Acho que a minha mãe não vai querer nada e vai ficar feliz pela sua mãe, pois ela merece. Principalmente depois de tudo o que aconteceu. Vamos ver o que nossas mães decidem entre si. As joias valem muito?

— Pela nossa avaliação, de 20 a 30 milhões, sem descontar os impostos, é claro, que vão reduzir esse valor praticamente pela metade.

Ao ouvir a quantia impressionante, Penny assobiou.

— É um bom dinheiro. — Valerie ficaria com algo entre 10 e 15 milhões de dólares, depois de pagar os impostos. Estaria segura financeiramente. Aquele valor era muito mais do que o seguro do marido falecido. — Que história incrível. Parece que a mão do destino esteve metida nisso. Às vezes a gente esquece que coisas boas acontecem a pessoas boas, e não só coisas ruins. Isso seria ótimo para a sua mãe.

— Também acho — concordou Phillip, e para ele também, um dia, mas não estava pensando nisso naquele momento.

— Bem, vamos trabalhar então. Vou mandar uma pessoa procurar a antiga babá da tia Valerie amanhã. Me mande um e-mail com o endereço dela depois. Ah, pergunte à sua mãe sobre o teste de DNA e peça para ela me ligar. Vou preparar o pedido para a exumação do corpo de Marguerite. É mais simples do que parece. E, se não houver oposição quanto à legitimidade dela, não teremos problema nenhum.

Pelo menos o fim da história seria mais simples e mais feliz que o início, e Valerie ainda teria uma espécie de consolo, embora as joias e o dinheiro não substituíssem a presença de uma mãe.

Eram sete e meia da noite quando Phillip saiu do escritório da prima. Ele ligou para a mãe assim que entrou em casa. Valerie estava pintando. Ele lhe contou o que Penny havia dito e na hora ela concordou em fazer o exame de DNA. Ela também lhe deu o endereço da casa de repouso em Nova Hampshire e disse que ligaria para lá antes avisando que alguém iria conversar com Fiona. Quando Valerie ligou, Fiona disse que ficaria feliz em contar a história ao investigador quando ele chegasse.

Valerie agora estava ansiosa para receber o resultado do exame de DNA. Planejava ligar para seu médico no dia seguinte para tratar do assunto. Parecia sentir uma necessidade visceral de provar que Marguerite era sua mãe, o que ninguém estava negando. Pelo menos não agora, não mais. Mas ela queria uma confirmação oficialmente para provar a si mesma, de alguma forma, que tivera uma mãe que a amara.

Finalmente, Valerie ligou para Winnie. Ela só queria lhe contar o que pretendia fazer. Winnie ouviu com atenção e pareceu um tanto irritada quando respondeu.

— Que confusão... — disse ela, parecendo chateada. — Exumação, teste de DNA... Queria que pudéssemos deixar isso tudo pra lá.

Mas aí os bens de Marguerite iriam para o Estado, o que parecia errado para Winnie. Por outro lado, ela não suportava ouvir falar de toda aquela confusão, pois a forçava a encarar a realidade de que seus pais haviam mentido. Winnie não estava mais com raiva de Valerie, apenas gostaria que nada daquilo tivesse acontecido, ou que essa história nunca tivesse vindo à tona. Estava ligeiramente irritada com Fiona por ter contado a verdade a Valerie. Winnie sempre preferira ignorar as coisas. Assim como seus pais. E era doloroso para ela admitir que eles haviam mentido.

— Eu sei que você pensa que estou fazendo isso por causa do dinheiro — disse Valerie com tristeza —, mas pode acreditar que não estou. Eu só quero provar que ela era minha mãe. Passei a vida inteira sentindo que não tinha uma mãe de verdade. Agora eu tenho.

Mas era tarde demais para mudar qualquer coisa. Para Winnie, Valerie estava sendo infantil, porém, no fundo, percebia quanto aquilo significava para a mulher que ela considerava uma irmã, e nada no mundo seria capaz de interromper o processo agora. A Caixa de Pandora havia sido aberta.

— E você tem direito a parte das joias também — comentou Valerie. — Ela era sua irmã.

— Não quero nada — afirmou Edwina com firmeza. — Henry me deixou mais do que o suficiente. Eu não saberia o que fazer com tanto dinheiro. E os pais dele deixaram o futuro de Penny garantido também. Ela e os filhos já têm tudo o que precisam. Fiz um bom investimento para cada um deles. Preocupe-se com você e com Phillip. Se ela realmente era sua mãe, o certo é você herdar os bens dela. — Winnie não era uma pessoa fácil, nem muito extro-vertida, mas era honesta e justa e não tinha intenção nenhuma de brigar com Valerie por dinheiro. — Se descobrirmos que sou sua tia, e não sua irmã, você pode me levar para jantar — acrescentou Winnie com um sorriso triste.

— Se você quiser, eu te levo para a Europa — prometeu Valerie.

— Quero conhecer a casa onde minha mãe morou. Phillip foi visitar o *château* em Nápoles.

Valerie parecia melancólica ao contar aquilo.

— Eu sempre fico doente na Itália. A comida de lá é gordurosa demais. Na última vez, tive diverticulite — contou Winnie, fazendo Valerie rir.

— Bom, pense no assunto.

— Você pode tirar fotos para mim — rebateu Winnie, e Valerie admitiu para si mesma, em silêncio, que seria bem mais fácil viajar sem ela.

No dia seguinte, Valerie foi coletar sangue para o teste de DNA. Penny entrou com um pedido pela exumação do corpo de Marguerite e enviou um investigador para pegar o depoimento de Fiona em Nova Hampshire. Tudo estava encaminhado. E Jane estava na sala de Harriet naquela manhã assim que ela chegou.

— Encontramos a herdeira de Marguerite di San Pignelli — anunciou a jovem, animada. Os olhos de Harriet se arregalaram.

— Alguém respondeu ao anúncio?

Harriet parecia perplexa, porém contente.

— É bem mais complicado do que isso.

Jane contou à chefe toda a história em detalhes, e Harriet ouviu tudo, maravilhada.

O formulário chegou à mesa de Harriet dois dias depois, solicitando a exumação do corpo de Marguerite para um teste de DNA, e ela o enviou ao tribunal imediatamente para agilizar o processo. Quando Jane saiu de sua sala naquele dia, não conseguia deixar de pensar que, se tivesse conseguido a vaga que queria na Vara de Família, e não na Vara de Sucessões, ela jamais teria conhecido Phillip, e talvez Valerie nunca tivesse descoberto a verdade sobre a própria história.

Phillip havia convidado Jane para jantar naquele fim de semana. Também planejava levá-la para conhecer seu barco quando o tempo estivesse mais quente. O convite deixara a jovem animada. Sua vida estava ficando interessante. E tudo graças a Marguerite Pearson di San Pignelli e às joias que ela abandonara no cofre do banco. Tudo começava a parecer um milagre para todos eles.

Assim que Phillip recebeu as cartas de Jane, naquela mesma noite, imprimiu cópias para Valerie. Em algum momento, ela teria as originais em mãos, porém ele sabia que a mãe iria querer ler tudo o quanto antes.

Ele explicou a ela com toda calma o que havia nas cartas, e Valerie começou a chorar antes mesmo de tirá-las da pasta na qual o filho as tinha colocado. Valerie lhe agradeceu e disse que preferia ler as correspondências sozinha. Sabia que seria algo doloroso, mas não fazia ideia do quão excruciante seria ler sobre as décadas de sofrimento da mãe... Era terrível deixar para trás a única filha. Valerie soluçou por horas, enquanto lia e relia cada carta atentamente, mas, quando terminou, ela soube quanto tinha sido amada. Ela gostaria que a mãe tivesse tentado se aproximar dela na época em que veio aos Estados Unidos. Valerie tinha certeza de que Marguerite não teria arruinado sua vida, pelo contrário — ter conhecido a mãe que a amava a teria feito imensamente feliz. Lamentou o fato de Marguerite não ter entrado em contato com ela nos anos seguintes, ou quando retornou a Nova York, 22 anos depois. Valerie a teria recebido de braços abertos. Agora, porém, nunca mais teria essa chance. Mas pelo menos sabia toda a verdade. Isso aliviava a dor de algumas feridas antigas. Valerie nunca conhecera o amor maternal, a não ser por parte de Fiona. A mulher que fingia ser sua mãe não tinha nenhum sentimento por ela. No mínimo, ressentia-se de Valerie. Ela tinha rejeitado Marguerite, sua própria filha, e roubado seu bebê. Duas filhas haviam sido perdidas nessa história.

Valerie ainda não conseguia acreditar naquilo, e tudo o que ela desejava, ao terminar de ler as cartas, era ter tido a oportunidade de abraçar sua mãe uma única vez, para que elas pudessem dizer uma à outra o quanto se amavam. Valerie teria dado qualquer coisa por isso. Como isso não era mais possível, ela teria de se contentar com as cartas. Afinal de contas, eram um presente incrível. A artista percebia agora que Marguerite sempre a amara, com todo o seu coração.

Capítulo 16

Na noite seguinte após Valerie ter coletado sangue para o exame de DNA, ela estava pintando em seu estúdio quando de repente percebeu que o retrato no qual trabalhava, de uma mulher desconhecida, ficava cada vez mais parecido com o que viu de Marguerite nas fotos. Havia na pintura um aspecto enigmático, melancólico, uma espécie de mistério emergindo na neblina. O quadro tinha algo de triste, pois Valerie não conseguia deixar de pensar no que Fiona lhe contara sobre seus pais biológicos: que eles viveram como Romeu e Julieta. A velha babá lhe disse que os pais de Tommy tinham ficado tão chateados quanto os de Marguerite com a gravidez, então Valerie concluiu que eles também não deviam nutrir bons sentimentos com relação à neta. Se eles quisessem conhecer a criança, teriam tentado entrar em contato de alguma forma, mas isso nunca aconteceu — bom, não que Valerie soubesse, ou talvez os avós tenham escondido isso dela também. Além disso, a essa altura, ela tinha certeza de que seus avós paternos estariam mortos, ou teriam mais de 100 anos. Porém Valerie não conseguia deixar de se perguntar se algum outro membro da família do pai estaria vivo. Como Tommy tinha morrido pouco tempo depois de Valerie ter sido concebida, ele certamente não tivera outros filhos, mas talvez tivesse irmãos ou primos. Ela agora sentia uma vontade inexplicável de conhecer esses parentes. Queria saber tudo sobre eles. Já conhecia metade da equação, agora queria o restante.

Valerie largou os pincéis e saiu do estúdio. Sentou-se diante do computador e digitou os nomes dos pais de Tommy em uma ferramenta de buscas na internet. Procurou por eles de várias formas, usando a data de nascimento de Tommy e chutando a data de sua morte. Thomas, Muriel e Fred Babcock — ela acabou confirmando que todos estavam mortos. Então pesquisou "Thomas Babcock", pensando que talvez algum parente tivesse batizado o filho com o nome de seu pai, já que ele havia morrido em plena guerra. Encontrou um Thomas Babcock em Nova York, dez anos mais novo que ela, o que fazia sentido, se Tommy tinha um irmão que havia resolvido dar esse nome para o filho.

Sentindo o coração acelerar, a mão trêmula, Valerie ligou para o número de celular que encontrou e prendeu a respiração enquanto esperava alguém atender. Seria incrível demais se ela acertasse logo na primeira tentativa. A possibilidade era emocionante. Ela já ouvira histórias como essa antes, de pessoas que procuravam os pais "perdidos". Muitas vezes, os pais entregavam os filhos para a adoção e, anos depois, eles acabavam se reencontrando com a ajuda da internet. Ela agora era uma dessas pessoas, uma dessas crianças que haviam nascido fora do casamento e que só queriam conhecer suas raízes. Mas será que era tarde demais para Valerie? Será que todos os parentes de Tommy já haviam morrido? Será que ele era filho único?

Uma voz masculina atendeu após o terceiro toque. Seu tom era simpático, e Valerie desatou a falar, toda nervosa sobre Tommy Babcock e sua mãe, e sobre o que os dois viveram 75 anos antes. A história de dois jovens apaixonados, da gravidez indesejada e da morte prematura de Tommy parecia estranha até mesmo para ela. O homem do outro lado da linha permaneceu em silêncio enquanto ouvia.

— Você tinha algum tio ou parente chamado Thomas Babcock? — perguntou ela, cheia de esperança, e aguardou ansiosamente pela resposta dele.

— Sim, eu tinha. Tive um tio Tom, e meu avô também se chamava Thomas. Mas não acho que meu tio seja o homem que você está procurando — respondeu ele, achando graça.

— Por que não?

— Meu tio era gay. Ele foi um dos primeiros ativistas dos direitos dos homossexuais e se mudou para São Francisco nos anos 1960. Ele era um cara ótimo e morreu de Aids em 1982. Acho difícil ele ter tido filhos. Era um cenógrafo muito talentoso, trabalhava na Broadway e depois tornou-se um designer de interiores bem conhecido em São Francisco. — Thomas parecia orgulhoso do tio, mas aquele homem claramente não era a pessoa que Valerie estava procurando. — Espero que você encontre algum parente do seu pai. Que história triste. Por que você demorou tanto tempo para procurar a família dele?

— Eu só fiquei sabendo da história há alguns dias. Naquela época, era uma vergonha ter filhos sem ser casado, e ninguém tocava no assunto.

— É, isso é verdade — concordou ele gentilmente. — Bom, boa sorte então.

Eles desligaram logo depois, e Valerie ficou se perguntando para quantos Babcocks errados ela precisaria ligar e se um dia de fato encontraria alguém que fosse parente de seu pai.

Ela procurou pelo mesmo nome novamente e dezenas apareceram na tela à sua frente, de vários estados. Alguns Tommys tinham apenas 4 anos. Finalmente, um deles lhe pareceu mais verossímil. O homem em questão tinha 70 anos, nascera um ano depois do fim da guerra e morava em Santa Bárbara, Califórnia, com a esposa, Angela, e um Walter Babcock, que tinha 94 anos. A possível relação lhe ocorreu imediatamente. Será que poderia ser filho de Tommy? Para Valerie agora tudo era possível. Ela gostaria de poder ligar para Fiona e perguntar, mas já era tarde, ela provavelmente estaria dormindo.

Então ficou olhando fixamente para aqueles nomes e números, morrendo de vontade de telefonar. Não estava mais nem aí se as pessoas pensassem que ela era louca. Então ligou. Ainda eram sete da noite na Califórnia, e o máximo que podiam fazer era desligar na cara dela. Valerie estava decidida a perguntar por Thomas Babcock, e não pelo pai dele. Thomas seria sobrinho do pai biológico dela, se estivesse certa. Então uma mulher com um leve sotaque sulista atendeu, e Valerie disse que queria falar com Thomas Babcock. Fechou os olhos enquanto esperava. Não tinha nada a perder, a não ser seu tempo e sua dignidade, mas não se importava com nenhum dos dois.

Um instante depois, ela ouviu uma voz intensa e vibrante do outro lado da linha. O homem não pareceu incomodado por receber a ligação de uma estranha. Então Valerie lhe explicou rapidamente, com o máximo de clareza possível, o motivo de seu contato.

— Sei que isso pode parecer loucura, mas eu nasci em junho de 1942, e meus pais não eram casados. Minha mãe se chamava Marguerite Wallace Pearson e meu pai era um rapaz chamado Tommy Babcock. Os pais deles eram Muriel e Fred. Meus pais tinham 17 anos quando eu fui concebida, em Nova York. Minha mãe foi mandada para o Maine para ter o bebê em segredo. Meu pai foi para o Exército logo depois de Pearl Harbor e foi morto em um acidente em janeiro de 1942, na Califórnia, antes de eu nascer. Meus avós me criaram e me registraram como filha deles. Mandaram minha mãe para a Europa depois que eu nasci, e nunca mais a vi de novo. Fiquei sabendo de tudo isso apenas recentemente, não desconfiava de nada. Só agora descobri onde minha mãe estava, mas infelizmente ela morreu tem sete meses.

"Agora que eu tenho um pouco mais de informações sobre o meu pai, estava me perguntando se alguém da família dele ainda estaria vivo. Talvez algum parente conheça a história dos meus pais. Walter, seu pai, teve algum irmão que morreu na guerra?"

210

Silêncio do outro lado da linha. Thomas Babcock ouvira toda a história com gentileza e educação. Algo na narrativa de Valerie havia tocado seu coração. Ela parecia ser uma pessoa sensata, e ele ficou sensibilizado pelo fato de uma mulher de 74 anos estar procurando os pais. Sua suposição, embora incorreta, era de que ela devia ter tido uma vida solitária. Pensou no que poderia fazer para ajudar.

— Para falar a verdade — começou ele, de forma muito gentil —, fui batizado com o nome de um tio que, de fato, morreu durante a guerra, exatamente nessa mesma época. Ele tinha 18 anos, mas não tinha filhos. Era irmão mais novo do meu pai, e eles eram muito próximos, como se fossem gêmeos, pelo que meu pai conta. Ele ainda chora toda vez que fala do irmão, e está com 94 anos. Você pode conversar com ele, mas ele está muito frágil, vai cedo para a cama e agora, inclusive, já está dormindo.

— Existe a possibilidade de que ele não soubesse de uma gravidez indesejada, ou que não tenha contado a você sobre o assunto, para não manchar a reputação de um irmão amado?

O homem do outro lado da linha riu.

— É possível, mas não provável. Meu pai é um cara bastante direto, às vezes é até inconveniente. Acho que ele teria me contado, se soubesse de algo assim. Mas posso perguntar para ele, é claro. Quer me dar o seu número? Posso conversar com ele amanhã e ligar para você depois, se descobrir alguma coisa.

— Obrigada — disse Valerie, sentindo-se agradecida e aliviada. — Sei que isso deve parecer uma loucura e não sei por que é tão importante para mim a essa altura da vida, mas gostaria muito de saber. Acho que, de alguma forma, eu estive procurando pela minha família a vida toda.

— Todos nós precisamos conhecer nossas raízes — comentou Tom Babcock, com empatia.

Valerie lhe deu seu nome completo e seu número de telefone, e Tom lhe prometeu telefonar de volta. Então os dois desligaram.

— Quem era? — perguntou Angie, sua esposa, enquanto terminava de lavar a louça do jantar.

Eles viviam em Montecito, Santa Bárbara, e o pai de Tom morava com eles. Ele estava em uma cadeira de rodas agora, mas o filho não queria colocá-lo em um asilo. O casal havia concordado que o senhor moraria com eles. Tom e Angie tinham quatro filhos já adultos e seis netos e queriam dar o exemplo de que pais idosos não devem ser descartados como sapatos velhos, e sim valorizados e respeitados, mesmo que, às vezes, a rotina fosse trabalhosa. E ele era um senhor amável, embora tivesse decaído muito rápido no último ano.

— Era uma mulher de Nova York, mais velha que eu. Alegou ser filha de um homem chamado Tommy Babcock, que morreu durante a guerra, aos 18 anos, e de uma adolescente pela qual ele estava apaixonado. Ela ficou sabendo da história agora. A mãe dela também já morreu, e ela está tentando encontrar os parentes do pai. Mas acho que não temos nada a ver com essa história. Falei com ela que ia perguntar ao meu pai, mas acho que ele teria me contado essa história, se tivesse acontecido com a nossa família. Ele nunca foi de guardar segredos — disse Tom, abraçando a esposa.

Angie era do sul da Califórnia, e eles estavam casados fazia 43 anos. Ambos eram muito felizes. Seu pai tinha se instalado na Califórnia, em La Jolla, depois de ter sido alocado em San Diego logo após a guerra. Tom nascera lá e morara a vida toda na Califórnia, embora seus pais fossem de Nova York. Ele e Angie haviam se conhecido na Universidade de San Diego, se casaram logo depois da formatura e se mudaram para Santa Bárbara, onde viviam desde então. E seus filhos, já adultos, moravam em Santa Bárbara e em Los Angeles, e eles os viam com frequência.

Tom era arquiteto e ainda estava em atividade. Sempre dizia que aposentadoria não era para ele. Seu pai tivera uma empresa bem-sucedida e se aposentara aos 83 anos. Angie era designer de interiores e volta e meia trabalhava com Tom. Ambos eram realizados na vida e no trabalho. Tinham muitos amigos e eram pessoas simpáticas e encantadoras. A simpatia de Tom era notável até mesmo pelo telefone, o que havia encorajado Valerie a lhe contar sua história. No final da ligação, ela sentiu-se tão esgotada emocionalmente que resolveu não ligar para nenhum dos outros Thomas e foi para a cama.

Na manhã seguinte, depois de ter ajudado o pai a tomar banho, se barbear, de tê-lo vestido e colocado na cadeira de rodas, Tom comentou sobre a ligação que recebera na noite anterior.

— Ligou uma mulher para cá ontem à noite procurando pelo senhor, pai. Ela era de Nova York. Disse que ficou sabendo que o senhor é um cara bonitão — brincou Tom, fazendo Walter Babcock dar uma gargalhada. — Ela disse que a mãe dela engravidou em 1941, quando tinha apenas 17 anos. O pai dela tinha a mesma idade. A menina acabou mandada para longe para ter o bebê e, pelo que entendi, os avós criaram a criança e nunca permitiram que ela visse a mãe. Ela nem sequer sabia dessa história toda até recentemente. Disse que o pai morreu com 18 anos, em um acidente logo após ter sido recrutado para o Exército, em janeiro de 1942, antes de ela nascer. Quando descobriu quem era sua mãe, ficou sabendo que ela já estava morta, então agora está procurando a família do pai. Ela me pareceu ser uma pessoa legal. Tem 74 anos, então não é nenhuma criança. Essa história toda bate com a do tio Tommy, tirando a parte do bebê. Ela falou que o nome da mãe dela era Margaret Pearson, algo assim. O senhor soube de alguma coisa? — perguntou Tom ao pai, e de repente Walter pareceu agitado e mal-humorado.

— Eu saberia se meu irmão tivesse engravidado alguma menina. Tommy jamais teria feito uma coisa dessas. É claro que não é ele. Qual o problema dessa mulher? Com essa idade manchando a reputação de pessoas que já morreram? Ela deveria ter vergonha disso. Espero que você não fale com ela novamente.

Walter estava franzindo a testa e parecia bravo sentado na cadeira de rodas. Tom começara o dia com o pé esquerdo. Para o pai dele, a memória do irmão era sagrada. Walter estava furioso com aquela mulher.

— Eu disse que ligaria para ela de qualquer forma — respondeu Tom serenamente. — Ela pareceu estar falando sério. Deve ser muito triste chegar aos 74 anos e descobrir que você não sabe quem são seus pais.

— Na idade dela, isso não deveria ter mais importância. Ela não tem filhos?

— Não perguntei. Talvez não tenha. Bom, mesmo se tiver, não é a primeira vez que vemos isso acontecer. Quantas pessoas de 80 anos vemos em programas de televisão procurando pela mãe que deu seu bebê para a adoção? Acho que essas coisas assombram as pessoas pelo resto da vida. Fico feliz por esse cara não ser o tio Tommy. Mas deve ser horrível para aquela mulher nunca ter conhecido os pais.

Ele também nunca conhecera o tio, mas seu pai passara a vida toda falando dele. Walter nunca conseguira superar a morte do irmão mais novo.

Tom levou o pai até a cozinha para tomar o café da manhã e, logo depois, a empregada e um enfermeiro chegaram para tomar conta dele. A família nunca deixava Walter sozinho. Então Tom e Angie saíram juntos para trabalhar. Tom ligou para Valerie do escritório de arquitetura.

— Lamento muito, Sra. Lawton. Eu teria adorado aparecer com uns parentes na sua casa. Sua história é muito tocante, mas receio que não somos parentes. E espero que você encontre quem está procurando.

Ele não contou a Valerie que o pai ficara ultrajado com a história, o que ele próprio havia considerado de partir o coração.

— Muito obrigada por ter tentado me ajudar — disse Valerie, grata por Tom ter falado com o pai e por retornar a ligação. E também por não tê-la tratado como se ela fosse uma lunática. — Eu sabia que a chance era pequena. Foi um tiro no escuro. Não sei que rumo tomar agora. — Embora ainda houvesse muitos outros Thomas Babcocks para quem ela poderia ligar.

— Talvez seja uma boa ideia contratar um detetive particular, se você achar que vale a pena?

— Nunca tinha pensado nisso. Isso tudo ainda é muito recente para mim. Sempre pensei que sabia quem eu era. No fim das contas, eu estava enganada.

— Bem, boa sorte — desejou-lhe Tom, antes de desligar.

Ele acabou não pensando mais no assunto e, nos três dias seguintes, a empregada e o enfermeiro reclamaram do comportamento de Walter. Queixaram-se de que ele estava mal-humorado, difícil, agitado, e que mal tinha comido. Então, um dia, quando Tom voltou do trabalho e entrou no quarto do pai, o encontrou chorando. Ele ficou apavorado. Nunca o vira daquele jeito. Walter se virou para o filho com lágrimas escorrendo pelas bochechas.

— O que foi, pai? Está passando mal? Quer que eu ligue para o médico? Joe e Carmen me contaram que o senhor não está comendo.

Ele também tinha recusado o jantar de Angie na noite anterior.

— É aquela mulher — respondeu ele em uma voz engasgada.

— Que mulher? Carmen? — A empregada estava com eles desde que as crianças eram pequenas e sempre fora gentil com Walter. — Ela tem sido muito rígida com o senhor?

— Não. — Ele balançou a cabeça dramaticamente e parecia ter encolhido nos últimos dias. — É a mulher que ligou para você e contou aquelas mentiras sobre Tommy. Por que ela faria uma coisa dessas? Ele era um rapaz tão bom.

Ele estava genuinamente incomodado com aquilo, e Tom ficou preocupado, pensando que poderia ser um sinal precoce de demência, embora o pai nunca tivesse manifestado nada do tipo antes. Mas Walter estava visivelmente perturbado e agitado.

— Claro que ele foi um rapaz bom, pai — tentou apaziguar Tom, mas Walter estava inconsolável com o que, para ele, era um insulto a seu falecido irmão. — Ela só está procurando a família do pai. O senhor não pode culpá-la por isso. Ela não tinha a intenção de causar mal a ninguém.

— Ele nunca engravidou ninguém — insistiu Walter, ainda chorando.

— Ela nos encontrou na internet, pai. Nunca conheceu o tio Tommy.

— Ela é tão ruim quanto a mãe — disse ele subitamente, em um tom ríspido que seu filho nunca tinha escutado antes. — Nunca gostei dela. Ela só queria enganar o Tommy e teve o que mereceu. Eles a mandaram para uma espécie de internato para meninas rebeldes em algum lugar da Nova Inglaterra. Meus pais nunca mais permitiram que Tommy a visse. Ele achava que estava apaixonado por ela, falava até em se casar com essa garota, mas meu pai não deixou. E aí ele morreu. Não sei o que aconteceu com ela. Mas não importa.

Walter estava se acabando em lágrimas, enquanto Tom apenas o fitava.

— O senhor a conhecia?

Walter não respondeu e olhou na direção da janela.

— Ele mal falava comigo depois que conheceu essa menina. Ela o enfeitiçou. Ele disse que ia se casar com ela.

Era óbvio para Tom que o pai tinha ciúmes da moça e do amor que os dois jovens compartilhavam. E parecia que eles haviam pagado um preço bem alto por isso, tinham sido separados, punidos pelos pais. Os pais arrancaram o bebê da jovem, que nunca mais viu a criança. E o rapaz que ela amava acabou morrendo antes de a filha nascer. Tom agora sentia pena dela, ao passo que seu pai ainda estava bravo e com ciúmes. Além disso, Walter mentira para o filho, para proteger a memória do irmão.

— Pai, por que o senhor nunca me contou isso? Essas coisas acontecem. Ainda mais naquele tempo. Deve ter sido um escândalo e tanto na época.

216

— Teria sido, mas nossos pais nunca deixaram que a notícia viesse à tona. Eles varreram tudo para debaixo do tapete, e os pais dela também. Ninguém queria aquela criança. Não sei o que aconteceu com ela, deve ter tido o que merecia, assim como a mãe dela. Marguerite. Eu a odiava.

— Acho que foi com essa "criança" que falei ao telefone. E não concordo com o senhor quando diz que ela teve o que mereceu. O que ela fez pra merecer isso? Anos depois de tudo ela ainda está procurando pelos pais e tentando descobrir quem eles eram. Isso não me parece justo. Só porque dois adolescentes se apaixonaram? Ora, pai. O senhor é tio dela. E se ela for uma boa pessoa? É isso que Tommy gostaria que o senhor fizesse com a garota que ele amava? Ou com a filha deles? E se fosse sua filha e o senhor tivesse morrido? Ele fingiria que não sabia nada sobre ela e a ignoraria? Estou com vergonha do senhor, pai. O senhor é melhor que isso. Bom, mas pelo menos podemos dizer a essa mulher que ela encontrou a família do pai. Tenho certeza de que ela não vai lhe pedir dinheiro.

Tom sorriu para o pai, tentando melhorar o clima.

— Como você sabe disso? Os Pearsons eram bastante ricos, embora tenham perdido boa parte do dinheiro durante a Depressão. Eles se achavam melhores do que todo mundo, e aí veja só o que aconteceu. A filhinha adorada deles engravidou. Nossa mãe queria matá-la. Quando ela descobriu, proibiu Tommy de vê-la. Ele chorou a noite toda por causa disso, e aí os pais dela a mandaram para longe no dia seguinte. Acho que ele foi visitá-la uma vez no internato e então foi mandado para a Califórnia, mas acabou morrendo logo depois.

Tom nunca tinha visto o pai sendo tão ríspido, e toda aquela história parecia um pesadelo, especialmente para os dois jovens, que foram tratados como criminosos pelos pais. Tom sentia pena dos dois. Valerie claramente havia tocado em uma ferida.

— Não quero nada com ela — esbravejou Walter.

Tom saiu do quarto em silêncio após alguns minutos, para que o pai se acalmasse. Então foi contar a Angie tudo que tinha acontecido. Ela também ficou perplexa. Walter havia mentido para proteger a memória do irmão e não se arrependia disso.

— O que você vai fazer agora? — perguntou ela, enquanto os dois jantavam em silêncio na cozinha aquela noite, depois que Walter já estava dormindo. Ele tinha finalmente se acalmado um pouco com o desabafo. E Tom não tocou mais no assunto.

— Vou ligar para ela amanhã assim que chegar ao escritório. Espero não ter jogado fora o papel no qual anotei o número. E vou contar a ela que meu pai mentiu para mim. Ele nunca tinha feito isso antes.

— Você sabe como ele é sensível quando se trata do irmão — ponderou Angie com delicadeza, mas Tom parecia decepcionado.

— Você consegue imaginar o pesadelo que deve ter sido essa história para aqueles dois jovens, principalmente naquela época? E aquela mulher nunca viu a mãe, nem sequer sabia quem ela era, nem o pai. Quem sabe se o tio Tommy não tivesse morrido ele não acabasse se casado com Marguerite? — Tom lembrou que o pai o corrigira quanto ao nome dela. — Só que, em vez disso, ela foi banida, e a filha deles virou uma alma perdida. Que história horrível!

Conforme prometido, a primeira coisa que ele fez no dia seguinte foi ligar para Valerie, assim que encontrou o papel com o número dela em sua mesa.

Ela estava pintando, olhando fixamente para o retrato de Marguerite, quando o telefone tocou. Era meio-dia em Nova York, de um dia tempestuoso de março. Valerie não reconheceu a voz quando atendeu.

— Sra. Lawton?

— Sim.

— Tom Babcock. Nós conversamos há alguns dias.

Ela soube quem era no momento que ouviu o nome.

— É claro. Não reconheci sua voz. — Ela sorriu ao falar aquilo. — É muita gentileza sua retornar a ligação. Sinto muito por tê-lo incomodado. É que eu esperava que vocês fossem as pessoas que eu estava procurando.

Ela parecia levemente envergonhada agora, lembrando-se de que o pai dele não sabia nada sobre a história de sua mãe.

— Eu lhe devo desculpas — falou Tom sem rodeios. Ele sentia-se realmente arrependido. — Meu pai mentiu para mim. Ele nunca tinha feito isso antes. Não sei o que dizer, a não ser que lamento muito. Não quis enganá-la. Meu pai conhecia sua mãe, sim, e sabia da história toda. Ele só não sabia o que tinha acontecido com o bebê, e acho que ninguém mais na família falou sobre o assunto. Deve ter sido muito difícil para a sua mãe e o meu tio.

— Meu Deus. — Parecia que ela tinha acabado de ganhar na loteria. — Seu pai é irmão de Tommy Babcock? Ele é meu tio?

Lágrimas enchiam seus olhos e os olhos de Tom Babcock também. Valerie estava tão emocionada que ele ficou tocado.

— E eu sou seu primo. Não sei se isso é uma bênção para você ou não, ou algo a se comemorar, mas você encontrou a família que estava procurando. Meu pai venerava o irmão, e acho que nunca superou a morte dele. A ideia de macular a memória do meu tio por causa de uma gravidez indesejada era demais para ele.

— Eu entendo. Era uma vergonha enorme na época. Os pobrezinhos devem ter ficado desesperados. É difícil até de imaginar. E depois o seu tio morreu e a minha mãe deve ter ficado ainda mais perdida. Os pais dela a baniram para sempre depois que eu nasci e falaram para todo mundo que ela havia morrido. Eles a mandaram para a Europa em plena guerra, quando ela completou 18 anos, e nunca mais a viram. E meus avós me criaram como filha deles. Isso tudo é muito pesado.

— Com certeza. Sinto muito por você não ter conhecido sua mãe.

— Eu também. Tenho algumas fotos dela, que recebi faz pouco tempo. Foi aí que fiquei sabendo de mais detalhes sobre a vida dela. Ela nunca teve mais filhos. Só eu.

— Você tem filhos? — perguntou Tom, curioso para descobrir mais sobre aquela mulher, agora que sabia que era sua prima.

— Tenho um filho que se chama Phillip. Ele é maravilhoso, tem 34 anos e trabalha na casa de leilões Christie's, no departamento de joias. Ele é mestre em História da Arte. O pai dele era professor de arte, e eu sou artista, sou pintora.

— Eu sou arquiteto, e minha esposa é designer de interiores. Nós temos quatro filhos já adultos e seis netos.

De repente, eles haviam se tornado uma família. Valerie e Tom estavam muito animados. Mas ela pareceu envergonhada ao fazer a pergunta seguinte.

— Você acha que, um dia, poderíamos nos conhecer?

— É claro. Somos primos de primeiro grau.

— Seu pai não precisa me ver, se for um incômodo pra ele.

Ele era bem velhinho, e Valerie não queria matá-lo do coração.

— Acho que não dá para esperar muita coisa dele — afirmou Tom. — Tenho certeza de que o irmão "santinho" dele ia querer conhecer a filha do meu pai se fosse o contrário. Se o que meu pai fala dele é verdade, meu tio foi um homem incrível. É triste pensar que ele morreu com apenas 18 anos.

Valerie concordou.

— Se não for inconveniente, talvez eu vá visitá-los nas próximas semanas. Posso me hospedar no Biltmore — acrescentou ela rapidamente. — Já fiquei lá algumas vezes.

— Vou conversar com a minha esposa e aí combinamos — prometeu ele. — E, Valerie, fico feliz que você tenha nos encontrado.

— Eu também — confessou ela, com lágrimas escorrendo pelo rosto.

Não era exatamente como encontrar o próprio pai, mas era muito bom também. Ela mal podia esperar para conhecê-los. Estava aguardando o resultado do teste de DNA para oficializar tudo, mas sabia, em seu coração, qual seria o resultado. Era muito importante para ela encontrar a família do pai.

Angie entrou em contato com Valerie dois dias depois, e elas combinaram um fim de semana em que todos estariam disponíveis. Seria dali a dez dias. Valerie estava ansiosa para encontrar a família que nunca conhecera, mas que ela sabia que era mil vezes melhor que aquela com a qual havia crescido.

Capítulo 17

Na semana seguinte, quando Phillip ligou, Valerie mencionou, como quem não quer nada, que ia passar o fim de semana na Califórnia, o que o surpreendeu.

— O que você vai fazer lá? Alguma exposição de arte?

— Não, vou visitar meus primos — respondeu ela de um jeito travesso. Estava de ótimo humor desde que encontrara os parentes.

— Que primos? Não temos primo nenhum na Califórnia.

A única prima que ele tinha era Penny.

— Agora temos. Passei um tempão dia desses fuçando na internet. Estava tentando encontrar os parentes do meu pai. Tentei algumas combinações e dei sorte na segunda tentativa. Encontrei o irmão mais velho do meu pai. Falei com o filho dele no telefone. Num primeiro momento, o pai dele negou tudo. Estava tentando proteger o irmão. Mas aí ele descobriu que o pai estava mentido e me ligou. Agora nós vamos nos conhecer.

Ela parecia uma criança ganhando presente de Natal.

— São boas pessoas?

Phillip estava preocupado — não queria que ninguém fosse rude com sua mãe. Achou que ela estava sendo um pouco ingênua. Afinal de contas, o irmão do pai dela havia sido desonesto e hostil em um primeiro momento.

223

— Parecem ser. Tom, o meu primo, é arquiteto, casado com uma mulher muito gentil. Eu conversei com ela, é designer de interiores. Eles têm quatro filhos adultos. Os dois moram em Santa Bárbara. Eles também têm netos. Tom tem 65 anos. A mulher dele é alguns anos mais nova. Walter, o irmão do meu pai, tem 94 anos e, aparentemente, já está bem fragilizado.

Ela sabia tudo sobre eles, enquanto Phillip, até então, não tinha ouvido nada sobre o assunto.

— Bem, você certamente se manteve ocupada. Quer que eu vá com você?

Ele tinha planos para aquele fim de semana, mas estava disposto a acompanhar a mãe, se ela lhe pedisse. Não estava muito animado com a ideia de deixá-la ir sozinha, mas Valerie não tinha ressalva alguma quanto a isso.

— É claro que não. Vai dar tudo certo, mas obrigada por perguntar. Só vou passar um fim de semana lá. A semana que vem vai ser agitada, com a reunião da diretoria no Met.

— Bom, me ligue quando chegar. Onde você vai ficar hospedada?

— No Biltmore.

Ela falava como se aquilo tudo fosse uma aventura, e Phillip estava sorrindo quando desligou o telefone.

Ele contou a história toda a Jane durante o jantar naquela noite. Era o segundo encontro deles. Tinham ido ao cinema e saído para jantar na semana anterior, e tudo havia corrido bem. Planejavam passar o fim de semana no barco dele. Jane estava ansiosa por isso.

Ela ficou emocionada ao ouvir sobre os planos de Valerie. Achava muito corajoso da parte dela conhecer os parentes.

— Parece algo importante para ela. Acho que ela deve ter se sentido muito excluída quando jovem. Deve estar ansiosa para conhecer os parentes que nunca soube que tinha. Se é que isso faz algum sentido.

— Faz, sim. Ela deve ter tido uma infância bem difícil.

— Não deve ter sido fácil mesmo. Ela é muito diferente da irmã e dos avós, que fingiram ser os pais dela. Minha mãe é uma pessoa muito calorosa. A mãe dela provavelmente era mais parecida com ela. É uma pena que as duas nunca tenham se conhecido. Eu gostaria que você a conhecesse qualquer dia desses.

Jane pareceu gostar da sugestão.

— Preciso conhecer a *Sweet Sallie* primeiro — respondeu ela, referindo-se ao barco de Phillip.

— Você precisa estar ciente de que ela será sempre meu primeiro amor. Ela tem sido a mulher da minha vida até agora.

— Acredite, eu entendo. Meu pai abriria mão de toda a nossa família pelo barco. Deveria ser proibido se intrometer entre um homem e seu veleiro.

— Então está tudo bem — disse ele, satisfeito.

Eles estavam se divertindo até então, e Phillip havia conseguido dar uma espiada no pequeno e agradável apartamento de Jane quando foi buscá-la para jantar. Ela tinha feito milagre com as coisas que comprara na IKEA e transformara o lugar em um lar aconchegante em pouquíssimo tempo. Era o tipo de coisa que a mãe dele faria.

Eles conversaram um pouquinho durante o jantar. Ambos estavam ansiosos para o resultado do exame de DNA. O pedido para exumar o corpo de Marguerite e fazer o teste de DNA tinha sido aprovado e assinado pelo juiz na semana anterior, e o resultado sairia em cinco semanas, mas ninguém parecia ter dúvidas quanto a qual seria. Estava claro, pelo que Fiona havia contado, que Marguerite era a mãe de Valerie. E Jane comentou que não estaria mais na Vara de Sucessões quando o resultado saísse. Ela ainda teria mais dois meses de aula e, em junho, estaria formada em Direito.

— E o que você vai fazer quando se formar?

— Primeiro preciso passar no exame da ordem e depois arrumar um emprego em um escritório de advocacia. — Ela já tinha enviado currículos para vários dos melhores escritórios, mas ainda não havia tido nenhum retorno. E precisava focar em estudar para o exame da ordem dos advogados, que seria em breve. — E quero passar alguns dias em Michigan para ficar um pouco com os meus pais antes de começar a trabalhar.

Parecia um plano razoável para Phillip.

O tempo passava rápido quando ele estava com Jane, agora que os dois já se conheciam melhor. Ele nunca havia conhecido uma mulher tão fácil de conviver. Tudo parecia simples e natural quando estava com ela. E Phillip tinha a sensação de que sua mãe iria adorá-la.

O verdadeiro teste aconteceu quando eles foram de carro até Long Island naquele fim de semana. Phillip a buscou em seu apartamento às nove da manhã e ficou aliviado por ver que ela estava usando jeans, uma jaqueta quente e tênis. A última garota que ele tinha convidado para passear de barco havia aparecido de minissaia e saltos altos. E ele ficou ainda mais impressionado quando ela o ajudou com as velas e a soltar as amarras. O pai a ensinara direitinho. Phillip tinha planejado um piquenique para o almoço e soltou a âncora em uma pequena enseada onde havia abrigo, sol e uma brisa suave.

— É perfeito! — exclamou Jane, sorrindo para ele, obviamente adorando o passeio. Velejar fazia com que as pessoas esquecessem seus problemas e simplesmente curtissem o vento e o mar.

Depois, eles se esparramaram no deque, sob o sol. Ainda estava frio demais para nadar e, enquanto ela estava deitada com os olhos fechados, curtindo o calor do sol, Phillip se aproximou e a beijou. Jane jogou os braços ao redor do pescoço dele e sorriu. Nenhum dos dois disse uma palavra, ambos apenas desfrutaram o momento, e então ele se deitou ao lado dela, apoiando-se sobre um cotovelo.

— Como pude ter tanta sorte? — indagou ele, todo feliz. — Achei que fosse fazer mais uma avaliação chata, mas aí encontrei você.

Para Phillip era como se aquilo estivesse escrito nas estrelas. Para Jane também. Ela sabia que estaria infeliz ao lado de John, se não tivesse tido coragem de terminar com ele.

— Você só gosta de mim porque eu sei velejar — provocou ela, e ele sorriu.

— É, isso também. Gosto de você porque você é inteligente, gentil e uma ótima pessoa, sem contar que é linda.

Phillip a beijou de novo e depois os dois ficaram deitados abraçados, mas não passou disso. Ambos sabiam que era cedo demais para dar um passo além e não queriam botar a carroça na frente dos bois. Queriam curtir o início do relacionamento e ver aonde iriam chegar. Não tinham pressa. Pouco tempo depois, eles içaram as velas novamente e curtiram a tarde no *Sweet Sallie*. Estavam cansados e relaxados quando finalmente voltaram para a marina. Jane ajudou Phillip a prender o barco e eles caminharam de volta para o carro de mãos dadas.

— Obrigada por esse dia maravilhoso — disse Jane, e Phillip sentiu que era sincero. Tinha sido um dia perfeito para ambos.

Eles fizeram um jantar no apartamento dela naquela noite e assistiram a um filme. Ficaram sentados lado a lado, e ele a beijou. Já passava da meia-noite quando Phillip foi embora. Ele havia prometido ligar no dia seguinte. Os dois iriam sair no próximo fim de semana. Ela estava começando a parecer a mulher perfeita para ele.

Capítulo 18

Valerie ligou para Winnie contando que estava indo viajar e perguntou se ela estava precisando de alguma coisa. As duas sempre sabiam da vida uma da outra.

— Para onde você vai? — quis saber Winnie, parecendo desconfiada.

— Para a Califórnia — respondeu Valerie, vagamente. Ela não tinha certeza se queria contar mais algum detalhe.

— O que você vai fazer lá?

— Vou para Santa Bárbara visitar uns amigos.

— É muito longe para passar um fim de semana. — Winnie odiava sair de casa, dizia que não gostava de dormir numa cama que não fosse a dela. Nunca fora muito aventureira, nem quando jovem. — Que amigos de Santa Bárbara são esses? — Ela não se lembrava de Valerie ter mencionado que conhecia alguém lá. Ela parecia muitos anos mais velha que a artista, e agia como tal, mas sua memória ainda estava tinindo.

Valerie percebeu que não tinha como escapar e resolveu lhe contar tudo.

— Você encontrou essas pessoas pela internet? Está louca? E se eles forem assassinos ou pessoas horríveis?

— Aí eu não falo mais com eles. Bom, se precisar entrar em contato comigo, estarei no Biltmore. E talvez eles estejam pensando a mesma coisa em relação a mim. Não fazem ideia de quem eu sou. Liguei para eles do nada e contei minha história. Eles foram extremamente gentis comigo. Só quero conhecê-los.

Ela tinha outra família e estava embarcando em uma vida totalmente nova.

— Por que você precisa deles? Com a sua idade, que diferença faz?

Winnie achava aquilo tudo muito perturbador — primeiro as descobertas chocantes que Valerie fizera sobre Marguerite, depois sua insistência em fazer um exame de DNA, que fora inclusive ideia de sua própria filha, Penny. E agora ela estava prestes a encontrar a suposta família de seu pai. Por que ela não podia simplesmente deixar os mortos descansar em paz? Que situação desconcertante!

— Não sei ao certo — respondeu Valerie com sinceridade. — Apenas sinto que preciso fazer isso. Aquele jovem era meu pai, e essas pessoas são a família dele. Quero conhecê-los. Estou curiosa para saber se vou sentir algum tipo de conexão com eles. Eu nunca senti nenhuma ligação com as pessoas que eu pensava que eram meus pais, os meus avós, na verdade.

— E você acha que vai sentir alguma coisa por um tio e um primo que nunca nem viu? O que você poderia ter em comum com eles?

— Não sei. Mas é justamente isso que quero descobrir.

Valerie tinha uma missão, e aquela viagem seria uma espécie de peregrinação para honrar o passado. Não tinha contado a Winnie sobre as cartas que sua mãe havia escrito, era um assunto pessoal demais, e Winnie sempre tinha algo negativo a dizer sobre tudo.

— Talvez você também não sentisse nenhuma conexão com seu pai biológico. Eles eram apenas adolescentes quando você nasceu. Tome cuidado, Valerie. Se cuide.

— Vou me cuidar. Não precisa se preocupar. Ficarei bem.

Winnie resmungou um "tchau" de má vontade, e Valerie partiu para o aeroporto alguns minutos depois. Sentia-se em paz, pois sabia que estava prestes a descobrir outra parte de sua vida, de sua história e de si mesma. E nada daquilo parecia errado, apesar das ressalvas de Winnie, que nunca confiava em nada nem em ninguém. Era assim que ela via a vida, igualzinho à própria mãe. Com o passar do tempo, Winnie foi ficando cada vez mais parecida com a mãe. Valerie achava isso péssimo.

O avião pousou em Los Angeles no horário previsto, e Valerie alugou um carro no aeroporto para o trajeto de duas horas até Santa Bárbara. Ela ia fazer *check-in* no hotel antes de ligar para Tom. Ele e Angie a tinham convidado para jantar. Valerie era um misto de nervosismo e ansiedade.

Era fim de tarde quando finalmente chegou ao Biltmore e fez *check-in*. Então aproveitou para dar uma breve caminhada pelo Coral Casino, o clube que ficava em frente ao hotel e fazia parte dele. Depois voltou para o quarto e ligou para Tom a fim de avisar que já estava na cidade. Ele quis saber se Valerie havia feito uma boa viagem, e ela respondeu que sim, percebendo que o primo estava nervoso. Aquela noite seria emocionante para todos eles. O pai de Tom disse que não queria conhecê-la e que ficaria no quarto quando ela chegasse. Tom não pretendia forçar o pai a fazer nada, mas falou que reprovava o comportamento dele.

— Por que eu ia querer conhecer a filha ilegítima daquela menina?

— Porque ela é sua sobrinha, filha do seu irmão — insistiu Tom mais uma vez, mas Walter simplesmente fechou a cara e desviou o olhar.

Tom se ofereceu para buscar Valerie no hotel, mas ela insistiu em ir de carro. Às seis horas, estava a caminho de Montecito, seguindo as coordenadas que Tom havia lhe passado. Quando chegou ao endereço, Valerie percebeu que se tratava de uma grande e espaçosa casa em estilo espanhol. Ficava no alto de um morro e tinha uma ampla entrada circular para carros e uma linda vista. A propriedade era enorme, os jardins eram extensos, projetados com todo cuidado e perfeição. Também havia uma piscina grande e uma quadra de tênis. Ela caminhou até os degraus da entrada e tocou a campainha. Um instante depois, a porta se abriu e Angie veio lhe receber. A mulher de seu primo era uma loira muito bonita e de sorriso largo. Logo atrás dela surgiu um homem alto, que parecia um ursinho de pelúcia, e a única característica que os dois primos pareciam ter em comum era o mesmo cabelo branco. Sem hesitar, Tom lhe envolveu em um abraço caloroso, e Angie lhe deu um beijo de boas-vindas. Valerie estava usando um suéter de caxemira azul-claro e calça cinza e tinha levado um blazer por causa do ar gelado e se perguntou se estaria informal demais. Angie estava de vestido e saltos altos, e Tom havia colocado terno e gravata para recebê-la. Mas o clima ali era informal. Eles atravessaram a casa lindamente decorada até chegar a um pátio climatizado, onde podiam apreciar a vista.

Angie lhe contou que eles haviam comprado e reformado a casa e quando as crianças eram pequenas e que, agora, a propriedade havia ficado grande demais para eles, mas os dois a adoravam. E eles tinham um espaço confortável para o pai de Tom, que morava com eles desde que a esposa morrera, dez anos antes. Mas Valerie não viu nenhum sinal de Walter enquanto eles tomavam vinho e se conheciam melhor. Eles pareciam ser pessoas calorosas e gentis e a fizeram se sentir em casa. Ela ficou surpresa ao se dar conta de como se sentia à vontade com os dois. Era como se os três se conhecessem a vida toda. Tom e Angie tinham aquele estilo californiano tranquilo de ser, mas Valerie sentiu algo mais.

A conversa se voltou para a profissão de Valerie, e Tom a surpreendeu ao contar que o pai dela também fora um artista talentoso, e que Walter guardara vários de seus desenhos e algumas de suas pinturas. Aquilo explicava de onde vinha o dom dela, visto que ninguém mais em sua família se interessava por arte. Era uma das coisas que a tinham atraído em Lawrence, seu marido, quando eles se conheceram.

Os três conversaram por mais uma hora e depois entraram para jantar. Angie tinha arrumado uma mesa linda e preparado uma refeição incrível, e a empregada havia ficado para servi-los. Valerie reparou que a mesa estava posta para três pessoas e lembrou que Tom comentara que o pai dormia cedo, visto que era bem velhinho. Antes de começar a comer, Tom pediu licença para dar uma olhada no pai.

Ele estava no quarto, em sua cadeira de rodas, olhando pela janela com a cara emburrada.

— Você quer conhecê-la, pai? Ela é uma mulher adorável.

— Não, não quero.

— Ela é mais velha que eu. Não é mais criança. Nem é nenhuma hippie. O senhor deve ao menos isso a ela.

— Não devo porcaria nenhuma a ela — ralhou ele, virando-se de costas para o filho, que saiu do quarto em silêncio.

Era como lidar com uma criança. Tom nunca tinha visto o pai se comportar daquela forma antes, e não gostava nada daquilo. Ele sabia que Valerie ficaria decepcionada por não o conhecer depois de ter vindo de tão longe.

Tom voltou à sala de jantar, pegando algumas fotos do tio no caminho para mostrar à prima. Em uma delas Tommy tinha entre 17 e 18 anos, época em que se apaixonou por Marguerite. Em outra, estava fardado. Havia sido tirada pouco antes de ele ir para a Costa Oeste. Valerie ficou boquiaberta com a semelhança entre eles. O pai não se parecia só com ela, lembrava Phillip também. Valerie se parecia muito mais com aquele rapaz bonito do que com qualquer um dos Pearsons. Tom a observava atentamente enquanto ela olhava as fotos.

— Você se parece muito com o seu pai — observou Tom quando eles se sentaram para jantar.

Valerie concordou com a cabeça, pensando que havia sido incrível tê-los encontrado. Ela podia ter ligado para todos os

Thomas Babcocks errados, mas não... Acertara na mosca na segunda tentativa. E agora lá estava ela.

— Seu pai também se parece com ele? — perguntou ela, curiosa.

— Não muito. Ele se parece mais comigo, embora agora esteja menor do que costumava ser. Ele perdeu muito peso.

Valerie assentiu, pensando em quando conheceria Walter e perguntando-se qual seria a reação dele ao conhecê-la.

Eles conversaram sobre uma série de coisas durante o jantar — música, arte, teatro. Angie disse que eles iam com bastante frequência a Los Angeles para eventos culturais, mas que gostavam de morar em Montecito, pois tinham mais espaço ali e o clima era ótimo. Além disso, o escritório de arquitetura de Tom sempre fora ali. Tom contou que os filhos adoraram crescer em Santa Bárbara e que apenas um deles agora morava em Los Angeles. Valerie mostrou aos dois uma foto de Phillip, e Tom comentou sobre a semelhança dele com o avô. Os genes dos Babcocks tinham sido fortes tanto em Valerie quanto em seu filho. Angie mostrou a Valerie algumas fotos dos netos, que ela idolatrava.

Valerie perguntou se eles costumavam ir a Nova York, e eles disseram que não com a frequência que gostariam, pois estavam sempre ocupados com o trabalho e com os filhos. Também não gostavam de deixar Walter sozinho por muito tempo. Estava claro que eles eram muito responsáveis e dedicados à família. Tom sorria para a prima ao final do jantar.

— Nunca tive uma irmã nem primos. Estou gostando de ter uma prima agora. Gostaria que você tivesse nos encontrado antes — confessou ele calorosamente.

— Eu também. Não tinha nem ideia de que vocês existiam. Não sabia nada sobre essa história toda até outro dia. Foi tudo uma grande surpresa para mim, para não dizer um choque. Bom, mas, de certa forma, curiosamente é um alívio. Nunca me senti parte da família com a qual cresci e sempre soube que eles se ressentiam de mim e que me desaprovavam. Só não sabia por quê.

Agora eu sei. O problema não era comigo, era com o passado. Passei a vida inteira achando que eu tinha feito algo errado. Acho que minha mãe nunca superou isso. Banir a própria filha da família e declará-la morta é uma monstruosidade. Acho que o fato de ela nunca mais ter me visto partiu seu coração. Nossa babá costumava mandar fotos minhas para ela, e foi assim que eu acabei descobrindo tudo.

Então ela contou sobre o cofre de Marguerite e que, por uma coincidência do destino, Phillip fora chamado para avaliar as joias. Também relatou o que Fiona lhe contou.

— Eu jamais teria ficado sabendo da existência do seu tio, no caso, o meu pai, se não tivesse ido visitá-la. Ela se mostrou surpresa por eu nunca ter desconfiado de nada, mas meus avós esconderam tudo direitinho. Até mesmo minha certidão de nascimento foi falsificada. Fico me perguntando se eles tiveram algum contato com os seus avós depois que eu nasci, ou se eles nunca mais se falaram. Aparentemente, nenhum deles queria que meus pais se casassem. Os dois eram muito jovens. A história toda teria sido um verdadeiro escândalo na época.

— Eu nunca tinha ouvido uma palavra sobre isso — admitiu Tom enquanto eles tomavam café e comiam a sobremesa. — Meu pai chegou a negar quando eu perguntei a ele sobre você. Deve ter ficado realmente chocado por isso ter vindo à tona depois de tantos anos. Ninguém nunca mencionou que Tommy tivera uma filha.

— Acho que encarar a verdade era difícil demais para eles, então ninguém foi atrás. Eu teria gostado de conhecer seus avós.

Mas conhecer Walter seria suficiente. Valerie torcia para que ele se sentisse bem o suficiente para que os dois trocassem algumas palavras durante sua breve visita. Tom havia dito, durante o jantar, que o pai não estava bem-disposto — ele não queria contar à prima que seu pai não queria vê-la e que estava se comportando como uma criança birrenta. Não queria magoar os sentimentos daquela simpática senhora depois de todo o esforço que ela fizera para conhecê-los. E estava feliz por ela estar ali. Eles tinham muitas coisas em comum. Os novos parentes de Valerie eram alegres, divertidos, tinham a mente aberta e se interessavam por tudo, a contrário de Winnie. Angie e Tom realmente pareciam aproveitar a vida, assim como Valerie.

Ela ficou na casa deles mais tempo que o planejado e, quando chegou ao hotel, já era mais de meia-noite. No dia seguinte, Valerie voltou para vê-los. Angie havia se oferecido para levá-la aos antiquários da cidade e Tom lhe mostrou seu escritório, do qual se orgulhava muito. Depois o casal a levou para almoçar. Tom claramente era um profissional muito bem-sucedido e havia construído muitas das casas em Montecito. Então, durante o almoço, Tom perguntou à prima o que iria acontecer com as joias de sua mãe. Ela lhe contou sobre o leilão da Christie's, previsto para maio, e explicou que estava aguardando o resultado do exame de DNA, que a confirmaria como herdeira de Marguerite.

— É mais uma formalidade.

— Eu adoraria ver essas joias — confessou Angie, e Valerie prometeu enviar o catálogo do leilão para ela.

Tom e Angie tinham programado um jantar com os filhos naquela noite. Até o filho que morava em Los Angeles apareceu. Valerie ficou emocionada com a recepção calorosa de todos. Era surpreendente, considerando que ela era a prima e sobrinha ilegítima perdida havia muito tempo e que ninguém sabia que existia. Agora todos agiam como se tivessem esperado a vida toda para conhecê-la. Com exceção de seu tio Walter, que continuava se recusando a sair do quarto. Os netos perguntavam o tempo todo pelo avô.

— O vovô não está se sentindo bem. Está descansando no quarto — Tom se limitou a responder.

Dois netos foram vê-lo quando o filho mais velho de Tom saiu do quarto do avô e comentou com o pai:

— Caramba, o vovô está com um humor do cão. O que aconteceu?

Ele nunca o vira daquele jeito antes.

— É uma longa história.

Tom não queria entrar em detalhes com o filho naquele momento, para não correr o risco de que Valerie escutasse e ficasse chateada. Já tinha perdido as esperanças de que o pai voltasse atrás em sua decisão.

Valerie adorou os filhos de Angie e Tom. A conversa durante o jantar foi animada e divertida, e ela lamentou que Phillip não estivesse ali. Mas, como pretendia voltar para visitá-los, prometeu levá-lo na próxima vez. Queria que a nova família também o conhecesse.

Eles estavam conversando e rindo depois do jantar, enquanto Tom servia champanhe para todos. Ele estava propondo um brinde à prima recém-descoberta quando percebeu que havia mais alguém ali. Todos se viraram e viram Walter entrar na sala em sua cadeira de rodas com uma expressão austera.

— Que barulheira é essa? Vocês vão acordar os mortos com essa algazarra toda.

Ele era um senhor bem velhinho, de aparência muito digna, e estava usando terno completo, com uma camisa branca e gravata, e havia calçado sozinho os sapatos. Tom sabia que isso tinha requerido um esforço enorme da parte dele e sentiu orgulho do pai ao lhe entregar uma taça de champanhe.

— O senhor está incrível, pai.

Valerie sorriu para Walter do outro lado da sala e então caminhou em sua direção com muito respeito e estendeu a mão para cumprimentá-lo. A desaprovação estava estampada no rosto do idoso, mas aquilo não a deteve. Ela estava ali para conhecê-lo.

— É uma grande honra conhecer o senhor — cumprimentou ela com delicadeza, e ele hesitou por um longo momento. Então, apertou a mão de Valerie enquanto olhava bem em seus olhos. Ele queria detestá-la, mas descobriu que não conseguia, e lágrimas começaram a encher seus olhos enquanto ele a encarava. Walter finalmente falou.

— Você se parece tanto com o seu pai. — Então ele sorriu. Valerie pegou a foto de Phillip para mostrar a Walter, e ele ficou olhando para a imagem com olhos ávidos. — Acho que Tommy seria assim com essa idade.

Valerie se sentou ao lado dele, e os dois conversaram por um bom tempo. Lentamente, Walter se rendeu diante da doçura e da graça da sobrinha.

— Sua mãe era uma moça muito bonita — admitiu ele. — E sei que ela amava o meu irmão. Ele também a amava. Eu sempre me preocupei com os dois, a chama do amor deles era forte demais, e eu receava que eles pudessem se queimar. Eu estava em Princeton quanto tudo aconteceu e, quando voltei para casa, o caos tinha se instaurado e ela já havia sido mandada embora. Depois nós dois fomos recrutados para Pearl Harbor. Fui despachado antes dele. Ele ficou feliz quando soube que seria pai, nunca quis que Marguerite abrisse mão do bebê. Queria se casar com ela quando voltasse, só que ele nunca voltou. E eu nunca fiquei sabendo o que aconteceu com você depois daquilo. Meus pais receberam a notícia de que você tinha sido doada. Minha mãe não acreditou na família de Marguerite e achou que havia algo estranho naquela história, mas acho que eles não queriam realmente saber o que era. Acho que, como Tommy tinha morrido, eles acharam melhor procurá-la depois que você nascesse, mas tudo era muito difícil na época. Foi mais fácil simplesmente deixar pra lá. Nunca mais tocamos no assunto. E então ouvimos dizer que sua mãe havia morrido, e história toda acabou morrendo com ela. Era um capítulo encerrado. — Ele a fitou, deslumbrado. — E agora cá está você. — Ele a encarou severamente por um longo momento. — Levou muito tempo para você aparecer.

— Sinto muito por isso. Eu também não sabia de nada. Eles nunca me contaram a verdade. Descobri tudo há algumas semanas só. Tarde demais para conhecer minha mãe, infelizmente. Ela morreu no ano passado. Nunca mais nos encontramos depois que ela foi embora, eu tinha poucos meses de vida na época.

— Ela era uma menina muito bonita — repetiu ele.

Valerie não contou que a mãe havia se casado com Umberto. O tio não precisava saber disso. Já tinha muita coisa para absorver. A presença dela trazia à tona toda a tristeza pela perda do irmão, embora ele parecesse muito interessado em Phillip. Ela contou a Walter que era artista, então ele lhe pediu que o levasse até o quarto, pois queria lhe mostrar algumas das antigas pinturas do irmão, que eram muito boas.

Depois de alguns minutos, Walter disse que estava cansado e que gostaria de descansar um pouco. Os jovens estavam fazendo barulho demais, e tinha sido uma noite e tanto para ele.

— Vejo você amanhã? — perguntou ele, com olhos ansiosos.

— Se o senhor quiser... Só voltarei para Nova York amanhã à noite. Mas venho visitar vocês mais vezes.

— Traga seu filho da próxima vez. Quero conhecê-lo. Ele parece ser um bom garoto.

— Ele é. Acho que o senhor vai gostar dele.

Walter concordou com a cabeça e ficou olhando para Valerie.

— Sinto muito por eles terem arruinado a sua vida — confessou ele, com a voz rouca. — Você é uma boa pessoa. Sua mãe provavelmente também era. Parece que teve uma vida difícil, se nunca mais viu você. O que contaram para nós foi que ela estava morta. Espero que ela tenha conseguido refazer a vida.

— Eu também — disse Valerie, baixinho, e Walter assentiu, fazendo um carinho em sua mão.

Então, antes de sair do quarto, ela se abaixou e deu um beijo delicado na bochecha de Walter. Ela viu lágrimas nos olhos do tio, mas ele estava sorrindo quando ela saiu do quarto.

Valerie voltou para junto dos demais, e eles conversaram por mais um tempo. A filha mais nova de Angie e Tom estava tocando piano, e todos cantavam. Já era tarde quando Valerie foi embora.

No dia seguinte, todos tomaram um *brunch* no Biltmore, a convite de Valerie. Depois, ela foi visitar Walter. Ele lhe mostrou todos os desenhos e as pinturas de Tommy, e fotografias deles de quando eram crianças e adolescentes. O tio lhe contou histórias sobre o irmão que a fizeram rir e, ao final do dia, ela se sentia como se também tivesse conhecido o pai, além do tio e dos primos. Walter deu a ela uma foto de Tommy, e, quando Valerie lhe deu um beijo de despedida, prometeu voltar em breve. Queria vê-lo novamente e pretendia voltar logo. Afinal de contas, ele já estava velhinho.

— Ele adorou te conhecer — contou Tom. Ele não havia comentado com a prima que o pai estava resistente antes de ela chegar. O importante é que ela o havia cativado. Walter agora era seu maior fã. Ganhara um novo sopro de vida ao conversar com a sobrinha. — Lamento que você não o tenha conhecido quando ele era mais novo. Ele era um cara incrível.

— Ainda é.

Os dois primos se abraçaram e prometeram manter contato. Valerie lhe agradeceu por tudo. Estava extremamente feliz ao dirigir até o aeroporto de Los Angeles. Aquele fim de semana havia sido um dos mais importantes de sua vida. Ela tinha uma família de verdade agora, uma família na qual era bem-vinda e aceita. Mal podia esperar reencontrá-los outra vez.

Capítulo 19

O resultado do exame de DNA saiu no final de abril e não houve surpresa nenhuma. Marguerite Wallace Pearson di San Pignelli era mãe de Valerie. Ela nunca duvidara disso, mas ouvir aquilo era como uma confirmação de quem era e lhe devolvia a identidade que lhe havia sido roubada quando nasceu.

Ela ligou para Winnie depois de ouvir o resultado.

— Sei que é bobagem — disse ela, toda chorosa —, mas sinto que acabei de perder a única irmã que tive.

— Posso ser tão chata como sua sobrinha quanto eu era como sua irmã. E não importa como você vai me chamar agora. Para mim nada mudou.

Mas muita coisa havia mudado, e ambas sabiam disso. Valerie havia recuperado uma peça importante de sua história, uma parte que ela nunca sequer soubera que tinha perdido. Mesmo com a frieza de sua mãe, ela conseguira ser uma pessoa feliz e se conformara por não ter sido amada quando era criança. Havia superado tudo, em grande parte graças a Lawrence. Mas a falta de amor da qual sofrera quando era pequena não era natural, e agora ela sabia que tinha sido imensamente amada por sua mãe verdadeira. Aquilo a completava e lhe devolvia uma parte de si que ela mesma nem sabia que faltava. Valerie se sentia preenchida por uma sensação intensa e gratificante de paz. Era como voltar para casa depois de

241

uma longa viagem. Agora não era mais uma rejeitada, muito menos uma desajustada. Tinha um pai e uma mãe reais e sabia quem eles eram, mesmo não estando mais vivos. Por algum inexplicável motivo, aquilo lhe dava mais autoconfiança. E fazia, de alguma forma, com que Winnie se sentisse mais vulnerável e mais solitária. Ela era a única que restara de sua geração, mesmo que a diferença de idade entre ela e Valerie fosse de apenas quatro anos. E todas as .nentiras de seus pais tinham sido expostas, apesar das tentativas fúteis de Winnie de encobri-las.

Penny ligou para Valerie assim que o resultado chegou e lhe disse que haveria uma audiência na Vara de Sucessões para confirmar que Marguerite era sua mãe. Valerie era oficialmente sua herdeira. Penny falou que a tia teria de pagar os impostos sobre a herança dentro de nove meses. Ela usaria o dinheiro do leilão da Christie's e guardaria o restante. Penny perguntou se ela queria vender as joias mesmo assim, agora que tinha certeza de que Marguerite era sua mãe. Valerie discutiu o assunto com Phillip. Ela disse que não se imaginava usando nenhuma daquelas peças, embora fossem incrivelmente bonitas. Eram extravagantes demais para ela. Preferia vendê-las e investir o dinheiro de maneira sensata, deixando que outra pessoa usufruísse das joias. Ela só queria ficar com a caixa do anel com o brasão, o medalhão com a foto dela bebê e a aliança de casamento da mãe com Umberto. O restante podia ser leiloado.

Penny fez sua mãe assinar um documento no qual se abstinha de contestar qualquer parte da herança, que também seria arquivado na Vara de Sucessões. E Phillip avisou à Christie's que as joias Pignelli não seriam mais vendidas em benefício do Estado, pois uma herdeira legítima havia sido localizada. O leilão prosseguiria normalmente. Eles iriam inserir uma nota no catálogo informando a mudança aos compradores. Não fazia diferença nenhuma para eles, mas era um detalhe técnico que a empresa precisava cumprir.

A audiência na Vara de Sucessões foi marcada para duas semanas antes do leilão. Penny estaria lá, e Phillip acompanharia Valerie.

Harriet seria a escrevente do caso, e Jane havia prometido comparecer, embora fosse deixar a Vara de Sucessões duas semanas antes da audiência para terminar o curso na Columbia. Além disso, também andava ocupada se preparando para a formatura. Seus pais viriam a Nova York, e ela queria que Phillip os conhecesse.

Depois que o resultado do exame de DNA foi entregue, Phillip convidou Jane para um jantar. Queria que a namorada e a mãe se conhecessem. Eles estavam namorando fazia seis semanas e se viam com bastante frequência, quase todas as noites. As coisas entre eles foram acontecendo de forma bem natural, e os dois saíam para velejar todo fim de semana. *Sweet Sallie* não era um ponto de discórdia entre os dois, e sim um laço que os unia, algo que eles gostavam de fazer juntos.

Phillip convidou a mãe e a namorada para jantar no La Grenouille. Planejava uma ocasião especial. Não queria admitir para nenhuma das duas, mas estava nervoso. E se elas se odiassem, ou se ambas começassem a disputar a atenção dele? Qualquer coisa era possível, visto que mulheres são imprevisíveis. Quando você quer que elas se gostem, elas não se gostam. Até mesmo Valerie, que era uma pessoa sensata, sempre preferia as mulheres com quem Phillip tinha menos em comum, e não gostava daquelas por quem ele era louco, embora não tivesse existido muitas. Valerie geralmente tinha bons motivos para isso, que acabavam se provando justificáveis no fim das contas. Por isso aquela noite era tão importante para ele.

Phillip buscou a mãe em casa, e Jane os encontrou no restaurante, sentindo-se levemente intimidada pelo ambiente elegante e pelo fato de estar conhecendo a sogra, o que a deixava assustada. Ela não sabia ao certo o que esperar e tinha consciência de que mãe e filho eram bastante próximos.

Jane ficou acanhada em um primeiro momento, mas Valerie se esforçou para fazê-la se sentir à vontade e, ao final do primeiro prato, elas já estavam conversando alegremente. A artista contou ao dois sobre a ida a Santa Bárbara e que havia achado tudo divertido.

Eles conversaram sobre os planos de Jane para depois da faculdade e após passar no exame da ordem dos advogados. A noite passou rápido, e o casal deixou Valerie em casa ao fim do jantar. Phillip foi com a mãe até a portaria do prédio e ela fez um sinal enfático de positivo para ele com a mão. Quando chegaram ao apartamento de Jane, Phillip estava exausto e percebeu que estivera tenso a noite toda, desejando que tudo desse certo.

— Adorei a sua mãe! — exclamou Jane com entusiasmo, enquanto Phillip desabava no sofá da IKEA. Ele gostara muito do jantar, mas ficou com um nó na garganta a noite toda, esperando o melhor e temendo o pior. — É como conversar com alguém da nossa idade, só que melhor — comentou Jane, fazendo-o rir. Era uma descrição precisa de sua mãe.

— Ela é muito animada e jovial. Às vezes, esqueço a idade que tem.

E ela certamente não parecia ter a idade que tinha.

— Se ela não fosse sua mãe, eu iria querer ser amiga dela mesmo assim — explicou Jane. — Ela é uma pessoa tão verdadeira.

— Também acho — confessou ele. — Eu gostaria dela mesmo se ela não fosse minha mãe.

Aquele era um elogio e tanto vindo de um homem da idade dele.

— Ela não parece possessiva. Achei que fosse me odiar.

— Ela adorou você — garantiu-lhe Phillip. Tinha sido uma noite perfeita para os três, e a comida estava deliciosa. Além disso, o *sommelier* havia escolhido vinhos excelentes para eles. — Pelo menos agora já passou. Vocês já se conhecem. Pronto — desabafou ele, parecendo aliviado, e Jane riu dele.

— Parece que você caiu nas Cataratas do Niágara hoje à noite.

— Acho que caí mesmo. Nunca sei como as mulheres vão reagir em relação uma à outra, especialmente minha mãe.

Valerie havia se mostrado tranquila, divertida e uma ótima companhia, e ela e Jane tinham dado boas risadas às custas de Phillip, especialmente da paixão dele por seu barco.

244

Os dois conversaram por mais um tempo e então foram para a cama. Ele andava ficando bastante no apartamento dela nos últimos tempos. Jane tinha comentado sobre isso com Alex, que ficara impressionada e se referia a Phillip como um homem "para casar". Jane também estava começando a pensar assim, embora ainda fosse muito cedo para isso. Eles ainda estavam na fase de "lua de mel", mas não havia nenhum sinal de desgaste. As coisas só ficavam melhores com o passar dos dias.

Phillip a envolveu em seus braços quando eles se deitaram. Tinha passado a noite toda tão tenso que, em vez de fazer amor com Jane, como de costume, murmurou-lhe algumas palavras, abraçou-a forte e simplesmente pegou no sono. Jane permaneceu deitada sorrindo ao lado dele. Mesmo sem fazer amor, aquela tinha sido uma ótima noite. E, se ela tinha sido aprovada pela mãe dele, como ele dissera, então estava perfeito.

No dia da audiência que confirmaria Valerie como filha e única herdeira de Marguerite, estava chovendo muito. Ela e Phillip foram para a vara de táxi. Penny chegou alguns minutos depois, encharcada, e Jane, logo em seguida. Winnie também compareceu, como um gesto de respeito à recém-descoberta sobrinha, embora não tivesse parte nenhuma no processo. E Harriet Fine estava lá, com todos os registros, arquivos e provas para apresentar ao tribunal. Ela ficou feliz ao ver Jane e percebeu, pela primeira vez, que havia algo entre ela e Phillip.

— Agora está tudo explicado — comentou ela, com um sorriso torto, e Jane enrubesceu.

No entanto, ela não trabalhava mais na vara e tinha saído bem com a chefe. Além disso, o humor Harriet havia melhorado muito. Sua mãe estava melhor e tinha voltado para casa. Harriet sabia que aquela felicidade não duraria para sempre, mas, por ora, estava contente por ter a mãe com ela em casa.

A audiência de confirmação foi breve e sucinta. Harriet apresentou o caso ao tribunal. Penny representou Valerie, que jurou solenemente que todas as provas e seus depoimentos eram reais, que estavam corretos e que ela era, de fato, herdeira de Marguerite di San Pignelli. Winnie chorou quando o juiz confirmou tudo, e Valerie sorriu quando acabou.

— Agora você vai ter que pagar os impostos para ao Estado — lembrou-lhe Winnie.

— Eu sei. — Valerie sorriu para ela. — O pessoal do leilão vai resolver essa questão.

Valerie lamentava ver todas aquelas joias sendo vendidas, mas não fazia sentido ficar com elas. Phillip já tinha lhe entregado a caixinha com as peças de ouro, e ela estava usando o anel com o brasão e o medalhão. Havia guardado também a aliança de sua mãe.

Quando saíram do tribunal, Winnie sugeriu a Valerie que usasse parte do dinheiro para comprar um apartamento decente e finalmente sair do lugar onde morava fazia anos.

— Mas eu adoro o meu apartamento — retrucou Valerie, chocada. — Por que eu sairia de lá?

— Você pode ter mais espaço, um ateliê maior, móveis melhores. E morar em um bairro mais agradável.

Winnie nunca gostara do SoHo e achava que eles todos eram loucos de morar no centro da cidade: Valerie no SoHo, Phillip em Chelsea, e a filha em West Village. Aquilo combinava com eles, mas Winnie não compreendia. Nenhum deles queria morar na Park Avenue como ela. Era longe demais dos lugares que eles gostavam de frequentar. Mas Winnie era de outra época.

— Acho que você será sempre uma boêmia — afirmou Winnie pesarosamente, e Valerie riu.

— Espero que sim.

Eles estavam alegres ao sair do prédio. Todos tinham de voltar ao trabalho — e à faculdade, no caso de Jane —, então Valerie foi resolver um assunto que vinha adiando fazia semanas.

Naquela noite, ligou para Fiona e lhe contou sobre o exame de DNA e sobre a audiência daquela manhã. Fiona ficou feliz por ela. As coisas estavam voltando ao seu devido lugar. Ela só lamentava que tivesse levado tanto tempo para isso.

— Se você não tivesse me contado a verdade quando eu fui te visitar, nada disso teria acontecido — lembrou-lhe Valerie, sentindo-se grata.

— Eu devia ter te contado há muitos anos — retrucou a antiga babá com seriedade.

Ela parecia cansada ao telefone, mas aliviada. Disse que sua filha tinha estado lá naquele dia. Os filhos eram bons para ela, e Valerie ficou contente ao ouvir aquilo. Então resolveu contar a Fiona o que planejava fazer. Ela ainda não tinha falado nada com ninguém. Ambas acabaram concordando que era a coisa certa a fazer.

— Tens tua mãe de volta agora — disse Fiona amavelmente. — E ninguém mais pode tirá-la de ti de novo. Tenho certeza de que ela está te observando e que tem muito orgulho de ti. Sempre teve — acrescentou ela baixinho.

— Eu te amo, Fiona — disse Valerie antes de desligar. O sentimento era recíproco. No fim das contas, a antiga babá havia lhe devolvido sua mãe. Era seu último presente para Valerie e Marguerite.

Capítulo 20

Um fim de semana antes do leilão da Christie's, Phillip e Jane foram velejar. Era um sábado lindo de maio, e o dia seguinte era Dia das Mães. Ele estava planejando passar o dia com Valerie, e ela havia finalmente compartilhado seus planos com eles. Tinha comprado um jazigo de bom tamanho em um cemitério lindo e tranquilo em Long Island, mandado arrumar tudo e tomado as providências necessárias para transferir o corpo de Marguerite para lá. Ela tinha ido visitar Marguerite no cemitério sombrio e abarrotado onde havia sido enterrada, depois que Fiona lhe contara sua história. E queria honrar a mãe com um local melhor para seu descanso eterno. Era uma atitude pequena, um último gesto de amor e respeito. Ela disse a Phillip que ele podia levar Jane para o breve culto memorial que havia organizado. Winnie estaria lá com Penny, e depois todos iriam almoçar, com exceção da sobrinha, que voltaria para casa para passar o Dia das Mães com o marido e os filhos.

Phillip e Jane estavam velejando sob ventos suaves no sábado quando ele contou à namorada que iria para Hong Kong em setembro, a fim participar de um importante leilão de jades. Perguntou se ela gostaria de acompanhá-lo. Suas viagens para Hong Kong eram sempre interessantes e divertidas.

249

— Se eu não estiver trabalhando até lá, sim — respondeu ela, sendo prática. — Se estiver, acho que será difícil conseguir uma folga. Vou manter isso em mente — respondeu Jane.

Ela tinha duas entrevistas marcadas para a semana seguinte, e mais uma para a outra semana. E depois seria a formatura. Jane estava imersa nos estudos para a prova da ordem dos advogados e esperava passar na primeira tentativa, o que nem sempre era fácil. Phillip ficava impressionado com o quanto ela estudava e como era dedicada, embora isso diminuísse o tempo que eles tinham juntos, mas ele sabia que não seria assim para sempre. Ela faria o exame da ordem em julho, e, depois disso, ele esperava levá-la para curtir uns dias de folga. Os dois também conversaram sobre a possibilidade de velejar juntos no Maine, o que parecia uma ideia maravilhosa para ambos. Ela era a primeira mulher que Phillip conhecia que pensava assim.

O serviço memorial que Valerie havia organizado para o Dia das Mães, para sua mãe, foi breve, comovente e respeitoso.

Foi uma homenagem à mãe que ela teria sido, se tivesse tido a chance. Valerie havia comprado um jazigo amplo, com duas árvores grandes, e na lápide de mármore branco lia-se "Mãe amada" e o nome de Marguerite, com as datas de nascimento e de morte logo abaixo. Ela tinha pedido a um pastor que fizesse uma cerimônia rápida e ficou um bom tempo parada ao lado do túmulo da mãe, desejando-lhe paz, e então todos deixaram o cemitério juntos.

Penny voltou para a cidade, para a família, e os outros foram almoçar em um restaurante próximo, no qual havia um lindo jardim. Depois, todos retornaram à cidade também. No carro, a caminho de casa, Valerie se sentia como se tivesse encerrado outro capítulo da vida. Os quatro conversaram sobre o leilão que se aproximava. Phillip disse que havia um interesse enorme pelas joias e estava esperando lances altos pelo telefone. Alguns de seus clientes mais importantes já tinham dado seus lances remotamente. A coleção das lindas peças de Marguerite já causava certo rebuliço, e a seção do catálogo dedicada a ela era impressionante, discreta e elegante. O cabeçalho dizia: "Herança de uma nobre mulher", conforme sugestão de Phillip.

Ele avisara o pessoal da Christie's sobre sua relação com Marguerite assim que descobriu o parentesco. Ainda assim, a direção da empresa permitiu que ele trabalhasse no leilão, embora não fosse atuar como leiloeiro. Ele receberia os lances dados por telefone. Valerie tinha convidado Jane para ir ao leilão com ela. A expectativa era cada vez maior e, com sua mãe respeitosamente reconhecida e enterrada agora, a artista estava pronta para seguir em frente.

Na noite do leilão, Valerie chegou alguns minutos mais cedo ao salão principal, com seu pé-direito incrivelmente alto e as ordenadas fileiras de cadeiras. Phillip tinha reservado um lugar para ela na segunda fila, no corredor, de onde podia observar o leiloeiro no palanque e a longa fila de telefones. Estava usando um vestido preto simples e o pequeno medalhão e o anel de ouro de sua mãe. Os homens que trabalhavam na Christie's estavam todos usando ternos escuros e gravatas, e as mulheres, terninhos pretos ou vestidos formais. As convidadas na plateia, ocupando os lugares dos arrematantes, usavam roupas caras e joias. Era um grupo da alta elite. Também havia joalheiros conhecidos entre o público. A nata de Nova York estava ali, bem como compradores europeus e celebridades.

As peças de Marguerite eram as mais importantes do leilão. E as pessoas estavam folheando o catálogo cheio de fotos glamorosas da condessa e de Umberto intercaladas com as imagens das joias. A Christie's tinha trabalhado bem, incitando o interesse do público e mantendo a aura de mistério em torno da condessa, sem apelar para o sensacionalismo nem nada vulgar. Era um trabalho de primeira linha. E ninguém suspeitava que um evento daquele porte iria ocorrer quando Jane ligou para Phillip solicitando apenas uma avaliação, fazendo-o ir até o banco para analisar o conteúdo de um cofre.

Jane chegou segundos antes de o leilão começar e se sentou ao lado de Valerie, desculpando-se pelo atraso. Estava usando um terninho azul-claro da cor de seus olhos e estava tão bonita quanto Valerie, com os cabelos presos em um coque. A artista sentia como se estivessem prestando uma homenagem à sua mãe naquela noite e, de certa forma, estavam mesmo. Sentiu uma agitação no estômago e perguntou-se se seria um bom leilão. Era difícil imaginar que não, depois de toda a dedicação da Christie's em relação ao evento. Por outro lado, estava um pouco triste por se desfazer de peças que, obviamente, tinham sido importantes para Marguerite e que ela guardara por tanto tempo, mas não fazia sentido ficar com elas. Perguntou-se quem as compraria e as adoraria como Marguerite havia adorado. Cada uma delas tinha sido um presente de amor do homem com quem ela se casara.

Valerie fez um carinho na mão de Jane e sorriu quando o leiloeiro subiu ao palanque, mas o leilão ainda não havia começado. Então olhou para Phillip, que sorriu para a mãe, desejando poder estar sentado ao lado dela também, lhe dando apoio. Valerie tinha convidado Winnie, mas ela disse que a agitação dos lances a deixaria nervosa e lhe provocaria palpitações. Ela preferia saber dos detalhes no dia seguinte. Era um comportamento típico de Winnie, se ausentar numa ocasião assim, e Valerie se perguntou se ela também se sentia triste por ver os bens da irmã sendo passados adiante. Winnie nunca conheceu a irmã que supostamente tinha morrido.

Tom e Angie Babcock haviam ligado para Valerie na noite anterior para lhe desejar sorte. Ela tinha enviado um catálogo para eles, e Tom o mostrara a Walter. Angie disse que ele analisou cada foto atentamente e dito que Marguerite tinha se tornado uma mulher ainda mais bonita do que quando era adolescente. Foi aí que Walter percebeu que ela tinha se casado, mas Tom garantiu à prima que o pai não ficou chateado. Disse que ele já esperava por isso, visto que Marguerite era uma jovem muito bela. Lamentava que a vida não tivesse sido melhor para ela e que tivesse perdido a filha. Às vezes, a vida toma rumos estranhos, como acontecera com Tommy também. Valerie não pôde deixar de imaginar como teria sido a vida deles, ou dela própria, se seus pais tivessem tido permissão para se casar. Marguerite teria ficado viúva quase que imediatamente, mas ao menos sua gravidez não teria sido um segredo, e ela teria ficado em Nova York com a filha. A vida de Valerie teria sido completamente diferente sendo criada por sua mãe verdadeira, e sua infância, certamente mais feliz. Porém, esta noite, a história não era a de Marguerite e Tommy, e sim a dela com o conde, que a tinha enchido de joias e lhe proporcionado uma vida de luxo por mais de duas décadas.

O leiloeiro era um homem alto e sério, com uma voz grave e estrondosa, bastante conhecido dos clientes importantes. Os lances foram abertos às sete e quinze da noite. O primeiro lote da coleção de Marguerite era de número 156, e Phillip tinha dito que eles levariam cerca de duas horas para chegar até ele, então eles tinham tempo. Havia 155 lotes para serem vendidos antes do primeiro lote dela, que ia até o 177. Poucas coisas seriam vendidas depois das joias da condessa. Em sua maior parte, pedras preciosas avulsas e dois anéis de diamantes muito importantes, que a casa esperava vender por mais de 1 milhão de dólares cada. As joias de Marguerite estavam em boa companhia naquela noite.

Valerie acompanhou os lances com atenção, comentando aos sussurros com Jane sobre algum item particularmente impressionante ou bonito de tempos em tempos. Jane tinha reparado e comentado com ela que as melhores peças estavam sendo vendidas por mais ou menos quatro vezes acima do valor estimado, e uma ou duas por seis vezes o valor estimado, o que era bom tanto para os comitentes como para a casa. As estimativas das peças de Marguerite eram altas, com preços de reserva também altos, o que significava que não podiam ser arrematadas por menos do que o lance mínimo, para evitar que fossem vendidas por um preço menor do que valiam. Os valores estimados tinham sido objeto de muita discussão, determinados pelos fabricantes e pelo tamanho e valor das pedras, todas de excelente qualidade e tamanhos quase impossíveis de se encontrar no mercado nos dias de hoje. As peças da coleção de Marguerite eram extremamente raras, mais do que a condessa sabia ou poderia imaginar quando resolveu guardá-las. Se ela tivesse vendido apenas uma ou duas, poderia ter tido uma velhice mais confortável, o que deixava Valerie com o coração apertado, sabendo que a mãe as tinha guardado para ela.

Os primeiros itens do leilão foram sendo vendidos um a um, e a voz do leiloeiro prosseguiu em seu ritmo monótono. Houve algumas batalhas de lances, uma notável entre um joalheiro conhecido e um comprador particular que simplesmente se recusava a perder a peça. O joalheiro desistiu depois de subir o valor e o comprador particular pagou dez vezes o valor estimado pela peça, mas pareceu satisfeito.

Finalmente, às nove e trinta e cinco, eles chegaram ao lote 155, e Valerie respirou fundo quando o martelo foi batido para um anel de safira Harry Winston, que foi arrematado por 3 mil dólares, pouco acima do valor estimado, mas dentro do esperado. Ficara com um joalheiro que o venderia pelo dobro desse valor na Madison Avenue. Jane apertou a mão de Valerie quando o broche simples de diamante da Van Cleef foi ofertado. Imediatamente duas mulheres ergueram suas placas com seus números de arrematantes. Como Jane já tinha reparado, os joalheiros mais importantes, que eram conhecidos da Christie's, não erguiam placas, apenas faziam gestos sutis, quase imperceptíveis, para indicar seus lances, e o leiloeiro sabia seus números de cor. Mas os compradores particulares usavam as placas, com raras exceções. Algumas das celebridades presentes na plateia também não usavam. Todo mundo sabia quem elas eram. Era preciso prestar muita atenção para ver quem estava na disputa. E os joalheiros tendiam a deixar as pessoas do público em geral criar um frenesi antes de se pronunciarem.

Três outros arrematantes se juntaram a elas na briga pelo broche de diamante, enquanto Valerie e Jane assistiam, fascinadas. Alguns eram claramente joalheiros, mas uma das mulheres se recusava a ceder e, bem no final, o homem sentado ao lado dela, presumivelmente seu esposo, discretamente ergueu a mão, o leiloeiro viu e assentiu. O lance do homem era o mais alto e então, segundos antes de o martelo ser batido, um dos joalheiros se pronunciou novamente e a mulher que queria a peça ficou arrasada, mas seu marido deu mais um lance, com uma expressão determinada. Dessa vez, o martelo foi batido e o broche era dela. Ela beijou o homem que o havia arrematado e estava com um sorriso largo no rosto, enquanto o broche de diamante da Cartier era anunciado na sequência. E todos os arrematantes perdedores da rodada anterior se manifestaram acaloradamente desde o início. A Christie's tinha preparado bem o terreno, para lucrar em momentos como aquele.

Os lances pelo broche da Cartier foram mais rápidos, mais altos e mais agressivos, e a peça foi vendida pelo dobro do preço do Van Cleef. Valerie percebeu que estava prendendo a respiração, e expirou lentamente enquanto eles traziam a terceira peça. Uma imagem dela apareceu em uma grande tela. Valerie olhou para Phillip, mas ele estava ocupado ao telefone e tinha três aparelhos à sua frente para poder manter as pessoas na linha enquanto elas aguardavam a vez de seus lotes. Havia uma euforia tangível no salão. As duas primeiras peças eram as menos interessantes das joias de Marguerite e, mesmo assim, tinham sido vendidas por valores excelentes, mais altos até do que Phillip esperava e, quando ele olhou para a mãe e seus olhos se encontraram, acenou com a cabeça, parecendo satisfeito.

O bracelete de tigre da Cartier foi leiloado em seguida. Phillip tinha explicado a Valerie que braceletes como aquele eram peças de colecionador, e que a joia em questão não era mais fabricada pela Cartier havia quarenta anos. Era um exemplo clássico das peças da Cartier. Os lances foram acalorados e breves, a maioria feita por joalheiros, com alguns indivíduos do público no meio, e o martelo foi batido quando o lance estava pouco abaixo de 1 milhão de dólares. O ganhador foi um conhecido colecionador de joias finas de Hong Kong. Ele o comprou para a esposa, que já tinha vários exemplares dos tigres da Cartier. Também eram os preferidos da Duquesa de Windsor, e figuravam em muitos livros.

Eles prosseguiram com a gargantilha de pérolas e diamantes, que não era uma das peças preferidas de Valerie, mas era bonita. Sua mãe tinha um pescoço tão fino e elegante que a joia ficara pequena quando Valerie a provou. Era claramente de uma era passada, mas tinha uma elegância antiga e se tornou objeto de duelo de dois joalheiros conhecidos que vendiam peças antigas por preços altíssimos e que poderiam pedir o que quisessem por elas depois. Foi vendida pela estimativa mais alta, que era um valor considerável.

As peças da Boucheron foram leiloadas em seguida, arrematadas por valores altos por compradores particulares, que pareciam gostar mais delas por causa do design do que pelo valor das pedras, que eram, de toda forma, muito bonitas.

Então eles retornaram à Van Cleef, com o conjunto de colar e brincos de safira de cravação invisível. Phillip tinha previsto que aquela peça seria vendida por um valor alto. Tratava-se de um exemplar excepcionalmente fino da famosa técnica de cravação invisível da joalheria, e o colar era largo e ficava muito bem no pescoço. O conjunto foi vendido por quase 1 milhão de dólares, enquanto Valerie assistia, fascinada. Jane não tirou os olhos do palanque e do leiloeiro, hipnotizada com tudo. Era preciso esmiuçar o salão com atenção para ver quem estava dando um lance. Alguns lances eram muito sutis, um mero aceno da cabeça, uma expressão facial, um dedo ou no máximo uma mão ligeiramente erguida.

O longo colar de pérolas naturais foi o próximo e novamente foi disputado com fervor por especialistas em joias, que conheciam o valor de pérolas daquele tamanho e daquela qualidade. Valerie quase caiu da cadeira quando a peça foi arrematada por 2,5 milhões de dólares, como Phillip tinha dito que poderia acontecer. Ele estava com um sorriso largo no rosto — as pérolas haviam sido vendidas para uma das clientes dele ao telefone, que estava eufórica. Ela falava de Londres. Tinha ficado acordada até as três da manhã para fazer o lance por telefone. Mas conseguiu e estava radiante, o que fez tudo valer a pena.

As últimas peças da Van Cleef foram leiloadas na sequência, um anel e um bracelete de safira, que foram vendidos por valores altos a joalheiros que sabiam que havia mercado para aquelas joias, um de Los Angeles e outro de Palm Beach. Eles eram bem conhecidos da Christie's, e o leiloeiro os identificou imediatamente.

Então eles passaram para as peças italianas de Marguerite, duas da Bulgari, que foram vendidas por valores bem altos, e algumas outras de joalherias desconhecidas que não existiam mais. Porém as peças eram bonitas e foram arrematadas por excelentes valores. O bracelete de esmeralda e diamante daquela coleção era a peça mais impressionante e foi comprada por 500 mil dólares por um arrematante desconhecido que ninguém identificara, e o bracelete de diamante, que parecia rendado teve sua estimativa mais alta dobrada, foi comprado por um arrematante italiano que estava ao telefone, que não era cliente de Phillip, mas conhecia bem a Christie's. A maioria dos arrematantes dessa categoria tão exclusiva preferia peças de joalherias famosas, que também eram um bom investimento. Porém, às vezes, as peças menos conhecidas surpreendiam a todos, se alguém se apaixonasse por elas.

O leilão durou mais tempo que o normal porque havia muita disputa no salão, muito interesse e muitos arrematantes ao telefone. Às dez e quarenta e cinco, havia apenas cinco peças restantes, a antiga coroa de diamantes francesa e os quatro anéis mais importantes da

Cartier, que eram os grandes astros da noite. O leiloeiro começou com a coroa, que foi arrematada por um vendedor de antiguidades de Paris. O anel de esmeralda de 30 quilates foi o primeiro do último lote, e era possível sentir a tensão no salão. Sem pensar, Valerie pegou a mão de Jane e a apertou com força. A artista estava prestes a ver os últimos dos únicos bens de sua mãe irem embora, mas por uma boa fortuna que ela um dia deixaria para o filho, como uma bênção final de Marguerite.

Os lances começaram altos e eram lentos. O leiloeiro abriu com 500 mil dólares, e o valor havia dobrado em poucos minutos, e logo foi dobrado novamente, e depois começou a subir em acréscimos de 100 mil dólares. O martelo foi batido aos 3 milhões de dólares, e houve uma comoção no salão. Era o valor mais alto conseguido pela Christie's nos últimos tempos por uma esmeralda daquele tamanho. Foi arrematado por um comprador particular de Dubai, um homem árabe bonito com três belas mulheres, com quem era bem generoso. Uma delas tinha ficado encantada pelo anel de esmeralda.

O anel de rubi de 25 quilates foi o próximo, com sua incrível coloração intensa, e foi vendido rapidamente para outro arrematante particular por 5 milhões de dólares. Phillip não estava surpreso. O arrematante também era bastante conhecido da casa, embora não fosse um de seus clientes. Os joalheiros tinham parado de dar lances nos últimos lotes, pois os arrematantes particulares estavam dispostos a desembolsar quantias bem generosas para revender as joias depois. Eles estavam abrindo mão dos anéis, que eram a cereja do bolo.

A imagem do anel de diamante de 40 quilates e lapidação esmeralda estava espetacular na tela. Era de cor D, a melhor e mais pura que existe, e sem defeito algum por dentro, o que poderia elevar ainda mais o preço. Os lances eram agressivos e subiram em acréscimos de 100 mil dólares rapidamente até chegarem à marca de 9 milhões e lá permanecerem por um minuto, enquanto o leiloeiro vasculhava o salão e checava com os representantes da Christie's que estavam ao telefone. Quando ele estava prestes a bater o martelo, subiu para 10, com um lance de 11 milhões no mesmo instante pelo telefone, e um lance final de 12 milhões de dólares. O martelo foi batido, e todos no salão suspiraram, aliviados por ter acabado. Aquela era a peça preferida de Valerie, juntamente com o anel de rubi, mas em hipótese alguma a artista cogitou ficar com ela, não havia lugar onde pudesse usá-la. Preferia investir o dinheiro para que seu filho o herdasse um dia. E os compradores tinham de pagar mais vinte por cento de comissão à casa por itens vendidos por menos de 1 milhão de dólares e 12 por cento por peças de mais de 1 milhão, o que acrescentava mais 1.444.000 dólares ao preço final. Isso significava que o anel de diamante tinha sido vendido por 13,5 milhões, um valor impressionante.

O anel de diamante amarelo de 56 quilates era a última peça. Valerie estava apertando a mão de Jane como se sua vida dependesse daquilo, e não tinha sequer percebido. A cor estava categorizada como "*fancy*", a designação usada para diamantes amarelos, e também era impecável por dentro. A disputa se tornou uma batalha entre dois compradores particulares e, no último segundo, Laurence Graff, o lendário joalheiro londrino, se pronunciou e o arrematou por 14 milhões com uma expressão fria e insossa. Não dava para saber se ele achava que aquele tinha sido um bom valor ou não. Ele era, contudo, perito em comprar as melhores pedras preciosas do mundo, e claramente sabia que conseguiria lucrar mais com o diamante em uma peça desenhada por ele e que levasse seu nome. Com a comissão, ele tinha despendido quase 16 milhões de dólares.

Com a venda do diamante amarelo, o leilão das joias de Marguerite havia terminado. Eles tinham arrecadado um total de 41 milhões de dólares. Phillip previra uma quantia entre 20 e 30 milhões, mas a Christie's havia realizado o leilão com tanta elegância que eles tinham se saído melhor que o esperado, especialmente com as comissões agregadas. A casa tinha se dado bem, e Valerie, como proprietária dos bens, também. Eles precisariam pagar à casa a comissão de comitente, de dez por cento, o que totalizava 4,1 milhões de dólares, restando para eles quase 37 milhões. Valerie agora tinha de pagar os impostos ao Estado, um total de 18,5 milhões de dólares, o que a deixaria com 18 milhões para investir, o que beneficiaria Phillip um dia. Mas havia muito mais envolvido naquele leilão do que dinheiro, embora esse certamente fosse um fator importante. O leilão tinha sido muito emotivo para ela, e Valerie se sentia grata à mãe por ter guardado o que tinha até o fim, mesmo em tempos difíceis. Ela dera à filha a segurança e o conforto para seus últimos dias de vida, algo que a própria Marguerite não tivera. E, sem saber, havia abençoado o neto também.

Os lotes de itens leiloados após as peças de Marguerite foram vendidos rapidamente. As pedras, todas diamantes coloridos, foram arrematadas novamente por Laurence Graff. Dois diamantes cor-de-rosa eram dignos de destaque, bem como um azul-claro. E os dois anéis de diamantes "importantes" do final do leilão foram vendidos a arrematantes particulares por bem menos que os diamantes de Marguerite, que tinham sido as estrelas do leilão.

O leilão acabou vinte minutos depois que as últimas peças de Marguerite foram vendidas. Eram onze e meia, e o evento durara quatro horas e meia. Valerie se levantou parecendo que tinha corrido uma maratona. Estava exausta. Tinha sido incrivelmente estressante, mas valera muito a pena. Ela não parecia triste pelas coisas das quais eles tinham aberto mão, e sim aliviada pelo que acabaram ganhando. Era uma dádiva enorme para ela e, em última instância, para Phillip. Ela o abraçou assim que ele se juntou a elas. Valerie estava conversando com Jane, que ficara maravilhada com o que tinha visto, com as lindas peças, os compradores fascinantes, a euforia e com a tensão no salão. Tinha sido como um suspense cheio de ação a noite toda.

— Eu me senti como se estivesse em um filme — confessou Valerie, com a voz trêmula.

260

Tinha sido particularmente difícil para ela, que ficava tentando imaginar o que iria acontecer. Em determinado momento, ela fantasiou que nada seria vendido, o que Phillip garantiu que era muito difícil de acontecer, devido à qualidade das peças. Mas Valerie nunca compreendera bem o enorme valor daquelas joias. Para ele era algo quase impossível de conceber. E aquilo tudo também era novo para Jane, que estava parada ao lado de Valerie, sentindo-se igualmente estupefata, enquanto Phillip abraçava as duas. Apenas os diretores da Christie's, o diretor do departamento de joias e a Vara de Sucessões sabiam que ele era um beneficiário indireto daqueles bens.

— Foi incrível! — exclamou ele para a mãe. — Muito melhor do que nossas mais altas expectativas. — E nenhum dos preços de reserva que eles estipularam precisou ser usado. Todos os valores de arremate passaram longe. — Vamos comemorar! — propôs ele às duas, embora também estivesse cansado.

Tinha sido uma noite longa e, para trabalhar ao telefone, ele precisava prestar muita atenção para não perder os lances dos arrematantes, para não dar o lance equivocado e não entender errado o que eles diziam. As ligações eram gravadas para serem revisadas depois, no caso de algum desacordo, o que acontecia de vez em quando. Havia muito dinheiro em jogo, e as pessoas não levavam numa boa quando perdiam uma peça que queriam por causa da incompetência de outras. Phillip estava com todos os sentidos, especialmente a audição, totalmente atentos a noite toda. E estava feliz pelos clientes que tinham arrematado o que queriam e, acima de tudo, por sua mãe. De certa forma, seria uma espécie de encerramento para ela, que poderia seguir com sua vida, com tudo o que sabia sobre sua mãe verdadeira e sobre quanto havia sido amada. Aquilo mudara tudo para Valerie, muito mais que o leilão.

Phillip sugeriu que eles fossem ao Sherry Netherland beber alguma coisa e caminhou com as duas para fora do prédio depois de avisar os colegas que estava indo embora. Valerie parecia estar em choque. Jane estava atordoada.

— Não sei como você pode dizer que leiloar joias é entediante — comentou Valerie no carro. — Fiquei com o coração na boca a noite toda. Acho que Winnie teria tido um derrame e caído mortinha.

Todos riram do comentário.

— Preciso admitir que essa noite não foi nada entediante, mas esse foi um leilão muito especial. As peças eram incríveis, graças à sua mãe. E tudo isso teve um significado importante para mim. Mas a maioria dos leilões não é assim — explicou ele, sorrindo para Valerie. — Essa noite foi incrivelmente animada, mas esse tipo de leilão acontece uma vez na vida, outra na morte. Alguns leilões de arte também são assim. Mas preciso admitir — ele sorriu para ela e depois para Jane —, eu realmente gostei desse. Quem não teria gostado?

E os resultados tinham sido melhores do que ele poderia sonhar, especialmente para sua mãe, que estava com a vida feita até o fim de seus dias, bem como ele próprio, se eles investissem o dinheiro direito. Valerie queria ligar para Winnie para lhe contar tudo, mas já era muito tarde. Àquele hora, Valerie sabia que ela já estaria dormindo.

Eles ficaram no bar do Sherry Netherland até as duas da manhã, tentando se acalmar e conversando sobre cada detalhe do leilão. Valerie ainda estava eufórica quando eles a deixaram em seu apartamento, e Phillip e Jane foram para a casa dele. Tinha a sensação de que o filho e a namorada passavam o tempo todo juntos agora, e que iam velejar todos os fins de semana, mas não perguntou nada.

Jane teve mais um mês de aulas, e então chegou a formatura. Ela tinha convidado Valerie e disse que queria que a sogra conhecesse seus pais. Valerie prometera ir e estava começando a suspeitar que o relacionamento dos dois era sério, embora eles estivessem namorando fazia apenas dois meses. Mas Jane era exatamente do que Phillip precisava, e Valerie torcia para que ele fosse esperto o suficiente para perceber isso. Jane era boa para ele, e o filho parecia feliz. Mas Phillip já era um homem crescido, sabia o que era melhor para ele. E agora Valerie ia fazer o mesmo. Ela tinha prometido a si mesma que iria para a Europa passar um mês, ou até mais tempo. Queria ver onde sua mãe tinha morado em Roma depois que Umberto morreu, antes de voltar para os Estados Unidos. Pretendia também visitar o *château* em Nápoles. Seria uma espécie de peregrinação para ela. Queria passear em Florença, e quem sabe em Veneza, ou aonde quer que seu espírito a levasse. Ela podia fazer o que quisesse agora. Pelo resto da vida. Graças a Marguerite.

Valerie adormeceu aquela noite pensando no leilão. Que noite espetacular!

Capítulo 21

Valerie passou as semanas seguintes planejando a viagem e tentando assimilar tudo o que havia acontecido. Às vezes, era difícil de acreditar que era real.

Ela foi visitar Fiona mais uma vez, para lhe agradecer, e a velha babá parecia sonolenta e mais cansada do que nunca, embora ainda estivesse igualmente lúcida. Tudo que Fiona lhe contara em sua última visita tinha mudado a vida de Valerie para sempre. Era estranho, a essa altura da vida, mas ela se sentia mais confiante agora e não achava que devia desculpas por sempre ter sido tão diferente das pessoas com quem tinha crescido.

Angie e Tom tinham lhe mandado um e-mail parabenizando-a pelo sucesso do leilão. Eles haviam lido a respeito e acharam os resultados maravilhosos. Estavam felizes por ela e queriam que a prima fosse visitá-los de novo. Comentaram que estavam pensando em ir a Nova York passar um fim de semana no outono. Contaram que Walter estava bem, embora cada dia mais fraco, e que tinha sofrido com alguns probleminhas de saúde que nunca havia tido antes, mas nada muito grave. Aos 94 anos, isso era de se esperar, mas pelo menos ele estava feliz e confortável.

Jane terminou seu trabalho de conclusão de curso depois de abrir mão de dois fins de semana no barco. E, como tinha prometido,

Valerie foi à sua formatura, em junho, para conhecer seus pais. Todos tinham muito sobre o que conversar. Os pais de Jane eram boas pessoas e mais sofisticados do que Valerie esperava. Eles iam a Chicago com frequência para assistir a todas as peças, óperas, sinfonias e balés em exibição por lá, e iam à Europa uma ou duas vezes por ano. A mãe de Jane trabalhara como psicóloga antes de se casar, e ainda era uma ávida esquiadora. Ia para os Alpes franceses todos os anos, além de descer os picos mais altos do Canadá, aonde só se chegava de helicóptero, o que era árduo. Ela era uma mulher muito bonita e jovem, tinha muita energia e interesse por vários assuntos. O pai de Jane era presidente de uma grande seguradora e um homem bonito, interessante e inteligente. Eles adoraram Phillip quando o conheceram, e também gostaram de conhecer Valerie. A mãe de Jane confessou a ela seu receio quanto à resistência da filha em sossegar e da dedicação excessiva dela à carreira. Como filha única, eles jogavam todas as expectativas nela, o que Valerie compreendia.

— É difícil ficar assistindo dos bastidores depois que eles crescem — dissera Vivian Willoughby a Valerie.

Ela era uma loira atraente, com um corpo incrível, e muito parecida com a filha. Tinha 50 e poucos anos, mas parecia dez anos mais jovem, assim como seu marido, Hank. Ele era esguio e atlético e tinha o rosto definido e bronzeado de um velejador, resultado de todos os fins de semana que passava em seu barco. Também era um homem muito atraente. Todos se divertiram muito. Valerie gostou de conhecê-los.

Jane se graduou com louvores e fez três entrevistas de emprego em escritórios de advocacia naquela semana. Um deles, por mera coincidência, era o escritório de Penny. Phillip estava muito orgulhoso da namorada e tinha feito a melhor propaganda possível dela para a prima, caso pudesse ajudar. Ela ainda precisava fazer o exame da ordem dos advogados, em julho, mas Phillip tinha certeza de que Jane passaria. Já a namorada não estava tão certa assim.

— Nós queríamos que ela voltasse para Detroit — confessou Vivian a Valerie após a cerimônia de formatura. Jane estava muito elegante de beca e capelo. — Ou pelo menos para Chicago, mas ela adora Nova York. E acho que, se conseguir um emprego por aqui, ou se ela e Phillip engatarem algo mais sério, nunca mais volta. — Vivian parecia melancólica, porém conformada. — Não é fácil ter um filho só. Você aposta todas as suas fichas em uma única jogada.

— Sei como é. Phillip é filho único também. — Valerie sorriu.

— Minha sobrinha, também. A mãe dela também se preocupa muito com ela, e Penny já tem 45 anos, é muito bem-casada, tem três filhos e é sócia de um escritório de advocacia. Eles sempre serão nossos bebês, não importa a idade.

Valerie era bem mais desencanada que Vivian e tinha a cabeça muito aberta em relação a qualquer coisa que o filho fizesse. A mãe de Jane era mais intensa, embora a filha parecesse normal e sensata.

Os Willoughbys convidaram todos para almoçar no Carlyle — Phillip, Valerie e Alex, que também tinha ido à formatura. E eles passaram a tarde celebrando a formatura de Jane. Olhando em retrospecto, parecia fácil para Jane agora, mas o caminho tinha sido brutal. Ela sabia que John tinha se formado no MBA no dia anterior. Não tinha tido notícias dele desde que saíra de casa. Perguntou-se se o ex iria mesmo embora com Cara para Los Angeles agora. Não sentia nenhuma falta dele e estava se divertindo muito com Phillip, mas era uma sensação estranha não ter mais contato com um homem com quem ela tinha vivido por quase três anos. No fim das contas, tinha sido melhor assim, e sua mãe lhe confessou, após o almoço, quando Phillip e Valerie já haviam ido embora, o quanto tinha gostado dos dois.

— Ele é adorável, e a mãe dele é energia pura. Ela disse que vai para a Europa e que está planejando um tour pela Itália sozinha, e ainda vai montar uma exposição com os quadros dela quando voltar. Vai visitar amigos ou parentes na Califórnia, e disse algo sobre talvez fazer um curso no Louvre em novembro. E ela ainda faz parte da comissão organizadora do Met Gala. Eu não consegui nem acompanhar tudo o que ela falou. Ela fez eu me sentir uma lesma — brincou Vivian, parecendo admirada e surpresa ao mesmo tempo.

Os pais de Jane souberam do leilão e também ficaram impressionados com isso.

— Eu também — comentou Jane, rindo, sobre Valerie.

Valerie também contara tudo sobre a euforia e o estresse da descoberta sobre Marguerite, a Vara de Sucessões, o exame de DNA e o leilão. Não tinha parado um minuto sequer.

Jane e Phillip passaram o fim de semana com os pais dela. Foram assistir a um espetáculo na Broadway e jantaram no restaurante 21. As mulheres foram fazer compras enquanto Phillip e Hank preferiram uma exposição de barcos, onde compararam veleiros novos com seus modelos clássicos e conversaram sobre velejar e sobre barcos boa parte do fim de semana. Até conseguiram dar uma escapulida para ver o veleiro de Phillip, que o pai de Jane adorou.

Foram dias incríveis, mas Jane ficou feliz quando eles foram embora. Ela disse que entreter os pais dava muito trabalho — garantir que eles estavam se divertindo, que estavam fazendo tudo que tinham planejado e comendo onde e quando queriam demandava muito. Ela tinha amado vê-los, mas também estava contente ao se despedir deles e voltar para o apartamento com Phillip. Quando entrou em casa, desabou na cama para uma noite de domingo tranquila.

Eles acabaram fazendo amor praticamente logo que se deitaram e depois vasculharam a geladeira em busca de algo para jantar. Jane estava parada nua, comendo uns restos de frango, quando perguntou a Phillip o que ele iria fazer naquela semana. O namorado riu.

— Vou fazer amor com você, eu espero, se você for ficar andando pra lá e pra cá desse jeito.

Ela sorriu e largou o frango, jogando os braços em torno do pescoço dele.

— Essa é a melhor oferta que eu já tive — disse ela, beijando-o.

— Vou levar minha mãe ao aeroporto na terça — lembrou-lhe Phillip com uma voz abafada, enquanto ela beijava seu pescoço e ele apertava suas nádegas arredondadas e firmes. — E trabalhar, não tenho outros planos. Por quê?

— Quero estudar para o exame da ordem essa semana. Pensei em, de repente, tirar a sexta de folga e passar três dias no barco com você. Posso levar meus livros.

Ela estava muito feliz por ter se formado. Tinha algumas entrevistas de emprego naquela semana, mas, fora isso, sua vida estava desacelerando. Jane havia conquistado muita coisa nos últimos tempos.

— Isso é música para os meus ouvidos — respondeu Phillip, referindo-se aos três dias no *Sweet Sallie*, e então a pegou no colo e a levou de volta para a cama. Foi uma noite de domingo perfeita.

Winnie foi se despedir de Valerie na tarde de segunda-feira. Valerie já estava quase terminando de arrumar as malas, e elas pararam para tomar um chá gelado. Winnie estava sofrendo com a rinite, que sempre atacava naquela época do ano, e parecia emotiva por Valerie estar indo viajar.

— Quando tempo você vai ficar fora?

— Não sei. Três semanas, um mês, ou talvez até mais alguns dias. Acho que não mais de que seis semanas. Só quero passear. Esses últimos meses foram muito estressantes.

Estressante era um eufemismo para toda aquela situação. Winnie ainda estava abalada com os últimos acontecimentos, especialmente com a descoberta da verdade sobre seus pais, algo bastante doloroso para ela. Mas Valerie estava mais feliz do que nunca. Sentia-se fortalecida com tudo o que havia descoberto.

— Acho que gosto mais de você como minha tia — provocou ela. — Assim eu me sinto mais jovem.

E a artista de fato parecia mais jovem. Winnie parecia ter idade suficiente para ser mãe dela, embora a diferença entre as duas fosse de apenas quatro anos.

— Não diga isso. Ainda estou chateada por não sermos de fato irmãs.

Lágrimas encheram os olhos de Winnie.

— Você vai me amar como sua sobrinha — garantiu-lhe Valerie, aproximando-se para dar um beijo no rosto da outra mulher e colocando o braço em torno de seus ombros. Era mais fácil levar tudo numa boa. A raiva de Winnie e suas acusações foram esquecidas. As duas tinham feito as pazes. Valerie não era o tipo de pessoa que guardava rancor. — Por que você não vai me encontrar na Europa? Acho que isso te faria bem.

— Não, não faria. Não daria certo. Você fica zanzando pra lá e pra cá, muda de ideia a cada cinco minutos, faz *check-in* e *check-out* nos hotéis o tempo todo. Isso me deixaria louca. Quero ir para um lugar onde possa me sentar e não me mexer mais. É chato ficar arrumando a mala a cada cinco minutos.

— Por que você não aluga uma casa nos Hamptons? — sugeriu Valerie.

— É caro demais. Não tenho como arcar com uma despesa dessas.

Valerie a fitou com uma expressão penetrante que dizia que ela não era trouxa. Winnie vivia reclamando sem razão.

— Pode, sim. E você sabe disso. Você só é pão-dura demais — afirmou ela, e Winnie riu, encabulada.

— É verdade. Penny vai alugar uma casa em Martha's Vineyard para o verão. Ela disse que eu posso passar um fim de semana lá, se não ficar atrás das crianças o tempo todo.

— Será que você consegue?

Valerie não tinha certeza disso, nem Winnie. Os netos a deixavam louca, e sua filha, que ela criticava constantemente, também.

— Provavelmente não — respondeu a mulher mais velha com sinceridade. — É que eles são muito mal-educados e barulhentos. E Penny não liga.

— Eles são apenas crianças e, para falar a verdade, boas crianças. Ficam quietinhos no meu ateliê quando vêm me visitar — retrucou Valerie com tranquilidade. Ela gostava mais dos filhos de Penny do que a própria avó deles.

— Você é melhor com as crianças do que eu. Eu me divirto jogando cartas com elas, mas, fora isso, elas me deixam nervosa. Ficam de um lado para o outro o tempo todo. Vivo com medo de que derrubem ou quebrem alguma coisa e, na maioria das vezes, isso acaba acontecendo.

Valerie já a tinha visto com os netos, e concordava com Penny — era estressante para todos os envolvidos.

— Se eles fizerem bagunça, você limpa. Você pode ficar em um hotel em Vineyard — sugeriu Valerie, mas Winnie não queria soluções. Era casada com os problemas.

— Mas por que gastar esse dinheiro?

— Bom, você não pode ficar trancada no seu apartamento em Nova York o verão todo.

— Por que não?

— É deprimente. Você precisa ir para algum lugar, ou arrumar alguma coisa para fazer.

— Não sou como você. Fico bem em casa sozinha. — A mãe delas também era exatamente assim, o que sempre pareceu sombrio e lúgubre para Valerie, que queria andar por aí, conhecer pessoas novas. Mal podia esperar para ir à Europa no dia seguinte. — Vou sentir saudades — confessou Winnie baixinho. — Me ligue.

— É claro. Vou começar por Roma, para conhecer o lugar onde minha mãe morou. E depois vou a Nápoles para ver o *château*. Phillip disse que é lindo e que foi reformado pelo atual proprietário.

Ele não conheceu minha mãe, mas Phillip mandou umas fotos dela e do conde para ele. Ele adora o casal.

Phillip tinha dado à mãe o endereço e os telefones de Saverio Salvatore e disse a ela que o procurasse. Valerie falava italiano bem o suficiente para se virar ao telefone, muito melhor do que Phillip, que tivera certa dificuldade quando o conhecera, embora eles tenham se entendido com o inglês enferrujado do dono da galeria de arte. Phillip reparara que os italianos costumavam falar mais francês do que inglês, e seu francês também não era lá muito bom. O de sua mãe era melhor.

— Bem, não se esqueça de me ligar quando estiver perambulando pela Europa — falou Winnie.

— Não vou esquecer. — Penny tinha acabado de resolver as questões dos bens para ela, e Valerie já havia até pagado os impostos sobre a herança recebida. Ela se sentia livre como um passarinho. — E espero que você faça mais do que ficar sentada em casa jogando *bridge*.

— Tenho um torneio nesse verão.

Winnie se alegrou com a expectativa.

— Ótimo. Mas faça outra coisa também. Será ótimo para a sua saúde.

Winnie concordou com a cabeça, mas sentia-se abandonada. As duas se deram um abraço de despedida. Era como se Winnie estivesse perdendo a melhor amiga também, depois de perder a irmã. Há meses ela lamentava as ilusões alimentadas durante a vida. Tudo parecia diferente agora. Valerie e Penny chegaram até a discutir o assunto, mas a jovem acreditava que a mãe superaria tudo. Valerie já não tinha tanta certeza. Winnie lutara a vida toda com unhas e dentes para defender os pais, nunca os criticara nem questionara o que eles faziam. Confiava neles cegamente. Ter a venda arrancada de seus olhos para encarar a realidade havia sido muito difícil para ela. Valerie achava que ela estava deprimida. Winnie não era uma pessoa alegre e, agora, andava mais cabisbaixa ainda. Mas ao menos elas tinham feito as pazes depois das brigas sobre os pais de Winnie. A mulher mais velha ainda tendia a inventar desculpas para Penny, tentando defender os pais, mas não ousava mais dizer uma palavra sequer em sua defesa para Valerie. No fim das contas, a artista estivera certa o tempo todo.

Valerie torcia para que Winnie ficasse bem durante o verão e voltou à arrumação das malas quando ela foi embora. Estava ansiosa para entrar no avião no dia seguinte.

Capítulo 22

Phillip buscou Valerie em seu apartamento às quatro da tarde de terça-feira. Saiu até mais cedo do trabalho para isso. Ela estava levando duas malas grandes e uma bolsa de mão cheia de livros, revistas e um iPad. Precisava estar no aeroporto às cinco, pois o voo para Roma sairia às sete. Parecia uma criança eufórica quando o filho chegou e colocou as malas no carro. Durante todo o caminho até o aeroporto, ela falou animadamente sobre seus planos de visitar alguns museus aos quais nunca tinha ido em Roma. Também pretendia visitar galerias de arte em Florença, a Galeria Uffizi, onde ela já havia ido inúmeras vezes e sempre adorava, e o *château* em Nápoles. Depois pensaria no que fazer em seguida. Talvez viajasse de carro pela Toscana ou desse um pulo em Paris antes de voltar para casa, mas planejava ficar na Itália durante a maior parte da viagem.

— Espere aí. Quanto tempo você vai ficar fora? Dois anos? — provocou Phillip.

— Talvez.

Ela riu. Estava muito animada com a viagem.

— É o que parece. Só não se esqueça de voltar. Vou sentir saudades — disse ele com sinceridade.

Phillip estava feliz por vê-la tão leve. Saber que ela perdera uma vida inteira com a mãe tinha sido angustiante. Por outro lado, descobrir mais sobre a vida de Marguerite e saber que ela ansiava por notícias da filha tinha ajudado Valerie a criar um laço com ela, mesmo após sua morte. Saber quanto sua mãe a tinha amado compensava toda a infância sofrida, curara uma velha ferida que Valerie nunca tinha admitido existir, mas que sempre estivera lá. Ela finalmente se libertara dos ecos perturbadores de pais que nunca a aprovaram e que foram rudes com ela a vida toda. Agora estava pronta para novas aventuras, no auge de seus 74 anos.

Quando chegaram ao aeroporto, Phillip a ajudou a despachar as malas e a pegar o cartão de embarque. Valerie se demorou na despedida.

— Divirta-se com Jane enquanto eu estiver fora. Adorei conhecer os pais dela. Parecem ser boas pessoas.

Phillip também tinha gostado dos dois, mas nutria certas ressalvas.

— Eles são um pouco intensos demais, às vezes — confessou ele baixinho.

Jane nunca pressionava o filho, mas tinha a sensação de que talvez os pais dela pudessem pressioná-lo, especialmente a mãe. Ela deixara claro que queria ver Jane casada, mas a filha não parecia pensar no assunto.

— Espero que você nunca faça esse tipo de comentário a meu respeito.

— Eu dificilmente faria isso. Você vive ocupada demais cuidando da sua vida.

Phillip sabia que tudo o que a mãe queria era vê-lo feliz, independentemente do que isso significasse para ele. Ela deixava o "como" e o "com quem" a encargo dele.

— Gosto de ver você com uma menina legal e não quero que acabe sozinho. Mas você pode decidir sua vida sozinho — ela se limitou a dizer. E então acrescentou: — Jane é uma boa garota.

Ele sorriu.

— É, sim, e também sabe velejar. E será uma ótima advogada. Ela está fazendo entrevista no escritório da Penny. Seria bem engraçado se acabasse trabalhando lá.

Penny e Jane também se davam bem. Elas já tinham jantado juntas várias vezes, e Phillip e Jane iam passar o fim de semana com Penny e a família em Martha's Vineyard no feriado de 4 de Julho.

Ele gostava do fato de que sua mãe nunca o pressionava quanto à sua vida pessoal. Valerie estava sempre ocupada com a própria vida, aproveitando-a ao máximo, o que era um exemplo para Phillip. Era uma das coisas que ele admirava no casamento de seus pais — eles se amavam e respeitavam um ao outro e se davam espaço para serem quem eram. Nunca foram controladores, sufocantes ou possessivos, nem tentavam mudar qualquer coisa um no outro. Eles toleravam os defeitos do companheiro. Phillip tinha visto poucos relacionamentos assim, e ele mesmo nunca tinha vivido nada parecido com o casamento dos pais. Bom, até conhecer Jane. E o fato de ela e Valerie gostarem uma da outra e se darem bem significava muito.

Phillip percebeu que a mãe estava nervosa na hora de entrar no terminal, então a abraçou e lhe deu um beijo de despedida, sentindo um momento de pânico, como um pai mandando o filho para um acampamento.

— Se cuide, mãe... Tome cuidado... Não faça nenhuma bobeira... Nápoles está cheia de trombadinhas, fique atenta quando estiver lá...

De repente, ele queria dar mil instruções a ela, e Valerie riu.

— Vou ficar bem. Se cuide também. Você pode entrar em contato comigo pelo celular, ou me mandar e-mails.

Ele a abraçou novamente, acenou quando ela se virou e desapareceu no terminal. Estava feliz pela mãe. Então voltou para a cidade e foi para o apartamento de Jane, que havia ficado estudando para o exame da ordem dos advogados.

— Deu tudo certo com a sua mãe hoje no aeroporto? — perguntou ela quando fez uma pausa nos estudos.

Phillip entregou à namorada uma taça de vinho branco e sorriu em resposta à sua pergunta.

— Ela estava tão feliz que foi até constrangedor. Ela adora viajar e praticamente correu para dentro do aeroporto. Mal pode esperar para chegar à Itália. Vai ser bom para ela.

Valerie havia passado por muita coisa nos últimos tempos, e a viagem seria divertida.

Naquele momento, Valerie estava conversando com a pessoa sentada ao seu lado no avião, escolhia um filme e havia acabado de pedir uma refeição e uma taça de champanhe. Estava viajando pela Alitalia, e tinha se dado ao luxo de ir de classe executiva para poder dormir confortavelmente no avião. Quando comentou sobre isso com Winnie, sua agora tia a repreendera pelo gasto. Mas Valerie se limitara a responder que, na idade delas, elas podiam se dar um pouco de luxo. Não havia sentido algum ficar guardando dinheiro até completar 100 anos. Ela queria se permitir certas coisas agora, especialmente depois do leilão das joias. Valerie não tinha intenção alguma de esbanjar, mas sabia que a viagem seria mais fácil e menos cansativa na classe executiva. Por outro lado, Winnie preferia ficar em casa e poupar todo o dinheiro e não ir a lugar algum.

Ela assistiu ao filme e curtiu sua massa com ossobuco, acompanhada de uma taça de um bom vinho tinto italiano, e então se preparou para dormir pelo que restava do voo de sete horas. O avião pousaria às oito da manhã de Roma, e ela esperava estar no Hassler às dez, o que lhe proporcionaria um dia inteiro na cidade. Ela tinha anotado o endereço da mãe em um pedaço de papel e o guardado na bolsa. Queria ir até lá antes de fazer qualquer outra coisa. Era por isso que estava indo direto a Roma. Planejava visitar museus e igrejas por dois dias e curtir a cidade. Então iria a Nápoles para ver o *château* onde Marguerite vivera por mais de trinta anos. Havia morado no apartamento de Roma por quase duas décadas. A Itália realmente tinha se tornado seu lar, embora Valerie soubesse, pelas cartas que a mãe lhe deixara, que ela tinha sido mais feliz com Umberto em Nápoles do que sozinha em Roma. Valerie só podia supor que seus melhores anos tinham sido no Castello di San Pignelli, quando o marido ainda era vivo. A vida dela deve ter sido muito solitária depois disso, sem parentes no mundo.

Valerie tirou um cochilo no avião, tomou uma xícara de café forte antes de pousar na hora prevista e foi uma das primeiras a desembarcar. Pegou um táxi até o Hotel Hassler e foi acomodada em um quarto pequeno, parecido com aquele em Phillip havia ficado quando estivera lá em março e, depois de tomar um banho e colocar uma saia de algodão preta, uma camiseta, sandálias e um chapéu-panamá, pegou um táxi para o antigo endereço da mãe. Ela estava muito descolada e estilosa com os longos cabelos brancos lisos caindo pelas costas, com pulseiras prateadas no braço. Havia um ar artístico e casual em seu traje.

Valerie ficou parada diante do prédio, perguntando-se em qual apartamento a mãe teria morado. Já fazia tanto tempo, que ela tinha certeza de que ninguém ali se lembraria dela ou nem sequer saberia quem ela era. Mas Valerie gostou de estar ali, sabendo que aquele tinha sido o bairro de sua mãe. Era um bairro residencial badalado, chamado Parioli, e pessoas passavam por ela a pé, ou de bicicleta, enquanto *scooters* costuravam seus caminhos por entre os carros no trânsito intenso de Roma. Buzinas ressoavam por todos os lados. Ela ficou ali por um bom tempo e então seguiu adiante, entrou em uma pequena igreja próxima e acendeu uma vela para a mãe, grata por seus caminhos terem, de alguma forma, se cruzado novamente. Tocou o medalhão que trazia no pescoço ao pensar naquilo, permaneceu sentada em paz dentro da igreja, pensando em Marguerite, enquanto algumas senhorinhas entravam para rezar seus rosários ou conversavam baixinho com as amigas. Várias freiras estavam limpando a igreja, que tinha uma atmosfera receptiva. Valerie se perguntou se sua mãe teria ido até ali alguma vez, e se acreditava em alguma divindade, depois de todos os infortúnios que haviam acontecido com ela. Valerie teria entendido, se ela não acreditasse, e não a culparia por isso.

O bairro era bonito, e ela se sentia segura ali, enquanto percorria a pé o longo trajeto de volta à Piazza di Spagna, onde se localizavam seu hotel e as lojinhas na Via Condotti. Era emocionante descobrir o mundo de sua mãe e a vida que ela levara durante o meio século que passara na Itália. Valerie passou o resto do dia visitando pequenas igrejas e almoçou um prato delicioso de massa e peixe em um café. Praticou seu italiano com o garçom, e ele a compreendeu, apesar de seus erros. Ficou surpresa ao perceber que os homens olhavam para mulheres de todas as idades em Roma — reparou em várias cabeças se virando em sua direção enquanto caminhava, o que a fez sorrir. Aquilo jamais tinha acontecido em Nova York. Os italianos faziam com que as mulheres se sentissem femininas e desejáveis até o último dia de vida. E Valerie ainda era uma mulher atraente, com seu corpo esguio e o rosto ainda belo.

Ela caminhou durante horas naquela tarde e jantou em um pequeno restaurante perto do hotel. Não gostava de ir a restaurantes sozinha, mas, sem um companheiro de viagem, não tinha outra escolha, e também não queria comer no quarto, então simplesmente tomou coragem e apreciou a comida e um espresso forte antes de voltar ao hotel. Escreveu cartões-postais para Phillip, Winnie e para os Babcocks. Sua família tinha crescido. Os Babcocks iriam a Nova York no outono, para conhecer Phillip, e a tinham convidado para jantar e assistir a um espetáculo na Broadway.

Valerie repetiu a dose no dia seguinte, explorando igrejas e galerias, admirando fontes e estátuas, absorvendo a atmosfera de Roma e observando as pessoas ao seu redor. No dia seguinte, ela voou para Nápoles. Tinha recebido várias mensagens de Phillip perguntando como ela estava. Disse ao filho que estava tudo bem e que ela estava curtindo Roma. Então pegou um táxi do aeroporto para o Hotel Excelsior, onde ela e Lawrence haviam se hospedado anos antes, e foi observando as placas ao longo do caminho. Viu o Vesúvio e o Golfo de Nápoles e se lembrou de ter levado Phillip a Pompeia.

Como não queria ficar dirigindo por Nápoles sozinha com medo de se perder, ela contratou um carro com motorista no hotel, que estaria disponível naquela tarde.

Almoçou no terraço do hotel e, depois, saiu para encontrar o motorista, munida do endereço de sua mãe, exatamente como Phillip havia feito. Ela tinha os números de Saverio Salvatore, mas não havia entrado em contato com ele e preferia não o importunar, se possível. Só queria ver o *château* e curtir um momento introspectivo, pensando em sua mãe aos 18 anos com o homem que amava.

O motorista ia falando sobre os pontos turísticos conforme o carro passava por eles. Ele falava inglês muito bem e apontou para igrejas, prédios e casas importantes, e contou a Valerie um pouco da história de Nápoles. A história que mais lhe interessava, contudo, era a sua própria. Havia muito trânsito, e eles levaram um bom tempo para chegar à fronteira da cidade, onde o castelo estava localizado. Quando finalmente chegaram, o motorista parou, e Valerie saiu do carro em silêncio, admirando, impressionada, o local onde sua mãe havia morado. Marguerite era condessa na época, amada por Umberto e respeitada por todos que a conheciam, segundo o que Saverio Salvatore contara a Phillip quando o filho estivera lá.

Valerie ficou parada diante do portão por um bom tempo, cautelosa, sem querer parecer invasiva, embora não houvesse ninguém ali. Os portões estavam escancarados e não havia ninguém no jardim. Havia uma Ferrari vermelha estacionada em uma garagem aberta que parecia ser um antigo estábulo, mas ninguém à vista. Sentindo-se uma intrusa, Valerie entrou silenciosamente, usando sandálias, calça jeans e a blusa branca que costumava usar em viagens e seu chapéu-panamá. Fazia bastante calor, mas o tempo estava seco, e o chapéu a protegia do sol. Ninguém a deteve, e ela ficou andando por ali por um tempo, em meio aos pomares, aos vinhedos e aos jardins, e então voltou em direção ao *château*. Ela podia imaginar sua mãe caminhando por ali com Umberto, apreciando a vista do golfo. Era um lugar lindo, pacífico e, aparentemente, muito bem-cuidado. Ela avistou dois jardineiros ao longe, mas eles não se aproximaram em momento algum. Ela estava quase perto do carro quando um Lamborghini prata, pilotado por um homem de cabelos brancos, entrou no jardim com a capota abaixada. Por um instante, ele fez com que Valerie se lembrasse de Umberto, e ela ficou sobressaltada e envergonhada quando ele olhou em sua direção e franziu a testa.

— *Sí, Signora? Cosa sta cercando?*

Valerie sabia que ele estava perguntando o que ela estava procurando, e teria se sentido estúpida se respondesse "minha mãe". O homem na certa pensaria que ela era louca. Provavelmente já pensava isso de toda forma. Ela sentia que não estava vestida adequadamente para "invadir" um imóvel, de sandálias, jeans e seu velho chapéu.

— *Scusi* — desculpou-se ela, sentindo-se constrangida — *Che casa bellissima* — elogiou Valerie, apontando para a casa.

— *È una proprietà privata* — respondeu ele. Era uma propriedade privada. E Valerie decidiu chutar o balde, correndo o risco de parecer ainda mais tola ou invasiva.

— *Mia mamma era in questa casa molti anni fa* — explicou ela, sentindo-se patética, contando a ele que sua mãe morara naquela casa há muitos anos, da melhor maneira que pôde, com seu italiano enferrujado. — *La Contessa di San Pignelli* — acrescentou ela, buscando uma desculpa por ter entrado na propriedade. — *Sono la sua figlia.*

O homem franziu a testa enquanto a fitava. Ela tinha lhe dito que era filha de Marguerite.

— *Davvero?* É mesmo? — questionou ele, mudando para inglês, o que era mais fácil para Valerie, mesmo que não fosse para ele. O homem parecia intrigado.

— Meu filho veio ver a casa há alguns meses. Acho que você o conheceu. O nome dele é Phillip Lawton. Ele ficou de mandar para você algumas fotos da minha mãe e do meu padrasto, o conde e a condessa. Ele me deu seu cartão. *Signore Salvatore*, não é?

282

— Ele não me contou que o conde a condessa eram avós dele.

— É uma longa história. Mas ele não sabia de nada, naquela época.

— E você é a filha da bela condessa! As fotos estão espalhadas pela casa.

Ele fez um aceno meio vago na direção do castelo. Estava fascinado por Valerie agora, que sorria para ele, grata pelo homem ter se lembrado de Phillip e por não a ter mandado embora.

— Eu sinto muitíssimo por invadir a sua casa assim — desculpou-se ela, ainda se sentindo envergonhada. — Vim a Nápoles para ver onde minha mãe morava com o conde. Pode parecer meio bobo, eu sei, mas eu só queria conhecer o lugar onde ela vivia.

Valerie não explicou que nunca conhecera Marguerite e que descobrira há pouco tempo que ela era sua mãe. Era uma história complicada demais para se explicar em qualquer idioma.

— Você gostaria de ver a casa? — ofereceu ele gentilmente.

Valerie não conseguiu recusar o convite. Estava louca para conhecer a casa. Tinha ido a Itália especificamente para isso.

Saverio fez um tour mais longo com ela do que fizera com Phillip. Mostrou à artista o antigo quarto do conde e da condessa, onde ele agora dormia, sua suíte particular, que contava com uma linda biblioteca de livros antigos, e o pequeno escritório onde Umberto trabalhava. Havia um belo quarto de vestir também, com um papel de parede antigo pintado à mão, que certamente fora de Marguerite e agora estava vazio. A imagem parecia ser Veneza no século XVII. Havia salas de estar e cômodos extras que Saverio transformara em quartos de hóspedes; candelabros majestosos iluminados por velas; uma imponente sala de jantar, com uma mesa longa, tapeçarias e cadeiras elegantes; uma sala de visita que ele usava para receber convidados; e uma cozinha grande e acolhedora, que também tinha vista para o golfo. A casa era ampla e elegante, confortável e convidativa mas sem ser grande demais. Valerie fechou os olhos e imaginou sua mãe ali, então viu uma das fotos que Phillip tinha mandado para Saverio em cima de um piano de cauda, em uma moldura prateada, em um lugar de honra. Assim como o filho, Valerie reparou nas impressionantes obras de arte contemporânea que o novo proprietário do *château* tinha misturado às peças antigas. O resultado era impressionante. Ele era um ótimo decorador, ou tinha muito bom gosto. O tour terminou na cozinha, onde o anfitrião ofereceu à sua convidada uma taça de vinho. Valerie hesitou. Não queria ficar ali tempo demais ou abusar da boa vontade dele.

— Não quero incomodar — disse ela, parecendo desconfortável, e ele sorriu.

— Sei como são essas coisas. Minha mãe morre quanto eu ainda era menino... Eu sempre quer saber mais sobre ela. Como você, talvez — contou ele enquanto servia o vinho branco resfriado e entregava uma taça a Valerie, antes de se servir também. Ele a levou até um terraço, onde os dois se sentaram e ficaram admirando os jardins cuidados com capricho. — Uma mãe é muito especial — continuou ele, tomando um gole do vinho. — Gosto muito de seu filho quando conhece ele. É bom homem.

Valerie sorriu com o elogio a Phillip.

— Obrigada. Eu também acho. Você tem filhos? — perguntou ela, e ele sorriu, erguendo dois dedos.

— Dois. *Un ragazzo a Roma* — um menino em Roma — *e la mia figlia a Firenze*. Minha filha trabalha comigo na minha galeria. Meu filho é diretor da minha galeria de Roma — contou ele, apontando para as pinturas. — Arte. Seu filho vende arte para Christie's — lembrou ele — e *gioielli*. — Joias.

— Sim. Eu só tenho um filho. — Ela ergueu um dedo, sorrindo. — E eu sou artista.

Ela fez uma mímica, indicando que pintava, e Saverio pareceu impressionado.

— *Brava!* — elogiou ele.

Os dois ficaram sentados por mais um tempo, admirando a paisagem. Valerie pensou na mãe novamente. Ela quase podia senti-la ali, onde havia vivido por tanto tempo. Desejou que ela tivesse sido muito feliz ali. O *chatêau* era um lugar caloroso e convidativo, e Saverio contou-lhe que amava aquela propriedade. Valerie, assim como Phillip, ficara tocada.

— Você vai para Capri agora? Ou Amalfi? Sorrento? Positano? Em férias?

— Não — respondeu ela, balançando a cabeça. — *Firenze.*

Florença. Ela não queria ir para um resort na praia sozinha e sabia que Capri estaria lotada de turistas naquela época do ano, o que não lhe agradava. Já as cidades com tesouros artísticos, sim. Também considerava passar uns dias em Veneza. Havia muito mais para ver lá do que em Positano ou Capri, como alguns museus e galerias que ela adorava visitar.

— Eu também — comentou ele. — Volto a *Firenze* em alguns dias, para trabalhar. Estou aqui para descansar — contou ele, embora não tivesse sido convincente, pois tinha entrado a toda a velocidade dirigindo seu Lamborghini. — Venho aqui uma vez, duas vez por mês para descansar. — Aquilo, sim, fazia sentido para ela. — Senão é *Firenze, Roma, Londra, Parigi.* Negócios. — Valerie assentiu, indicando que havia entendido o nome das cidades onde ele trabalhava, então ambos ficaram em silêncio por alguns instantes. Então Valerie se levantou, visto que já tinha tomado demais o tempo daquele homem. — Por favor, me ligue quando for a *Firenze* visitar minha galeria e conhecer minha filha — disse ele, soando hospitaleiro. — Você almoça aqui.

— Seria um prazer — aceitou Valerie, enquanto caminhava de volta até seu carro, onde o motorista estava esperando. Então um homem dirigindo uma Mercedes entrou na propriedade, e Saverio acenou para ele, como se o estivesse esperando. — Desculpe ter tomado seu tempo. Obrigada pelo tour pela casa.

Ela parecia emocionada, e o italiano lhe deu um sorriso caloroso.

— Por nada. Foi um prazer e uma honra.

Ele se inclinou para beijar a mão de Valerie, e ela se sentiu uma pessoa muito importante de repente, como o próprio papa. Não estava acostumada com as tradições europeias.

— *Mille grazie* — agradeceu-lhe Valerie, enquanto o homem que havia acabado de chegar caminhava até os dois falando muito rápido com Saverio em italiano, que apresentou Valerie a ele.

— Valerie Lawton — disse ela, estendendo-lhe a mão.

— *Signora* Lawton, *a presto... A Firenze* — despediu-se Saverio, entrando na casa com o homem, conversando animadamente com ele.

O italiano tinha sido muito gentil, exatamente como Phillip havia descrito. E Valerie nem tinha sido convidada para estar ali. A visita havia sido perfeita, e ela tinha visto o suficiente. Conhecera o quarto de sua mãe, seu quarto de vestir, onde ela e o marido faziam as refeições, a sala de estar e os jardins. Mas agora aquela casa era de Saverio. Valerie se sentia levemente encabulada pelo que tinha feito, impondo sua presença, mas estava feliz por ter ido a Nápoles, e sabia que agora não precisava mais voltar.

Naquela noite, conversou com o *concierge* no hotel e fez os arranjos necessários para retornar a Roma no dia seguinte. Queria passar mais alguns dias lá, depois iria para Florença, como planejara. Não sabia se teria coragem de ligar para Saverio. Não queria perturbá-lo no trabalho. Se desse vontade, poderia simplesmente aparecer na galeria dele. O que importava era que sua peregrinação estava completa agora. O restante de sua viagem seria apenas lazer. E Marguerite Pearson di San Pignelli podia descansar em paz.

Capítulo 23

O segundo dia de Valerie em Roma, depois que voltara de Nápoles, foi ainda mais interessante que o primeiro. Ela visitou uma série de galerias e museus, conheceu as catacumbas que sempre havia sonhado em ver e descobriu uma miríade de pequenas igrejas escondidas em ruelas. Já se orientava melhor pela cidade a pé. Adorava estar ali, mesmo sozinha, e contou tudo a Phillip mais tarde, quando ele lhe telefonou. Comentou também que visitara à casa de Saverio e que ele havia lhe recebido muito bem. Mãe e filho achavam o italiano muito gente boa e receptivo.

— Ele é uma ótima pessoa. Nós aparecemos na casa dele sem avisar, mas ele levou numa boa.

— Vi a foto da minha mãe, que você mandou para ele. Está emoldurada em cima do piano. Achei fofo.

— Acho que ele tem uma queda por ela — comentou Phillip, e sua mãe riu do comentário.

— Então... para onde você vai agora?

— Florença. Depois resolvo o que vou fazer. — Ela não tinha feito nenhuma reserva para depois de Florença, não queria se programar muito. E Florença era uma cidade tão rica. Estava pensando em alugar um carro e passear pela Toscana, mas não contou isso a Phillip, senão ele ficaria preocupado. — Como está Jane? — perguntou Valerie.

— Ocupada. Vai fazer o exame da ordem daqui a três semanas. Nem devo encontrar muito com ela até lá. Ela tem ficado no apartamento dela para estudar.

Jane havia argumentado que o namorado parecia uma criança, tentando abraçá-la e beijá-la o tempo todo, e que ela precisava muito estudar. Então Phillip fora "banido" de sua casa. Por outro lado, ele também andava ocupado no trabalho.

Valerie também ligou para Winnie naquela noite, conforme havia prometido. Ela estava bem, apesar das alergias. Estava participando de um torneio de *bridge*, o que a deixava feliz. Valerie lhe contou que estivera em Nápoles, que tinha visto a casa de sua mãe e conhecido o atual dono, e que agora estava novamente em Roma, explorando a cidade.

— Ainda bem que não fui com você. Deve estar um inferno de quente por aí — comentou Winnie.

— Está quente, mas estou adorando.

Valerie parecia feliz e relaxada. E, no dia seguinte, resolveu ir de carro para Florença, e não de avião, então alugou uma Mercedes, que lhe garantiria segurança na estrada. Pediu a um funcionário do hotel que colocasse suas malas no bagageiro e pegou a autoestrada assim que deixou Roma, e nela permaneceu até Perúgia, onde saiu da via principal para passar pelo Lago Trasimeno. Quatro horas depois de ter saído de Roma, ela chegou a Florença e seguiu até o Four Seasons Hotel Firenze usando o GPS. Sentia-a extremamente satisfeita ao chegar lá, e fizera uma ótima viagem, parando apenas em Perúgia para almoçar.

Valerie deixou o carro no hotel, fez o *check-in* e então passou pela Piazza della Signoria e comprou um gelato. Era uma tarde linda e quente, e ela mal podia esperar para ir à Galeria Uffizi no dia seguinte. Era seu museu preferido na Europa, aonde costumava ir com Lawrence. Era a Meca de qualquer um que amasse arte tanto quanto eles. Também era o preferido de Phillip.

Ela caminhou por Florença durante horas e, quando finalmente voltou ao hotel, se deitou na cama para descansar. Riu sozinha no quarto, pensando que Winnie teria odiado a viagem e reclamado todos os minutos por ter de andar a pé, do calor e da determinação de Valerie em ver absolutamente tudo. Teria sido o pior pesadelo de Winnie, mas era um sonho para Valerie. Perguntou-se se sua mãe também fora assim.

Valerie dormiu cedo aquela noite e acordou assim que o sol iluminou Florença. Ficou olhando para a cidade pela janela sob a luz das primeiras horas da manhã. Valerie saiu para caminhar e voltou para tomar o café da manhã no hotel. Chegou à Galeria Uffizi assim que abriu e ficou lá até fechar para o almoço. Depois andou mais um pouco pela cidade e, à tarde, retornou à galeria. Enquanto passeava pelas ruas, lembrou-se da galeria de Saverio e procurou o endereço no cartão dele, que ainda estava em sua bolsa. Não fazia ideia de onde ficava e parou um policial para perguntar. Ele lhe respondeu em italiano, dizendo que era bem perto dali. Valerie achou que tinha entendido as instruções e seguiu na direção indicada, então, quando dobrou a esquina, ali estava. A galeria era grande e bonita, com uma escultura de bronze imensa na janela, e Valerie ficou surpresa ao ver Saverio logo atrás do vidro, apontando de forma bastante animada para uma pintura e conversando com uma jovem.

Sentindo-se hesitante, porém curiosa, Valerie entrou. Quando Saverio a viu, sorriu para ela, surpreso.

— *Signora* Lawton... Bem-vinda a *Firenze... Brava!*

Ele parecia extasiado por vê-la, como se fossem velhos amigos, e a apresentou a sua filha, Graziella, com quem estava conversando. A jovem falava inglês muito bem, e as duas mulheres conversaram por alguns minutos. Ela parecia ter a idade de Phillip, ou talvez fosse um pouco mais nova. Voltou para seu escritório nos fundos da galeria logo depois e Saverio continuou conversando com Valerie, com seu jeito expansivo e tranquilo.

— Quando você chegou? — quis saber ele, com um sorriso amigável.

— Vim ontem, de carro — contou ela com orgulho, sentindo-se realizada, e ele a elogiou novamente com mais um "*Brava!*". — Passei o dia todo na Galeria Uffizi.

— Eu cresci lá.

Saverio sorriu para ela.

— Sua família é do ramo das artes? — indagou Valerie, perguntando-se se ele a tinha compreendido.

— Não, meu pai era médico, e minha mãe, enfermeira. Ele ficou muito zangado quando eu quis ser artista. Mas eu não tenho talento, então vendo arte de outras pessoas. Ele achava que eu era louco. Mas eu não queria ser médico. Meu pai ficou muito triste comigo.

— Meus pais também não queriam que eu fosse artista.

Seu pai verdadeiro era artista, ela sabia disso agora, mas era complicado demais explicar aquilo.

— Você precisa me mostrar seu trabalho — disse, todo interessado.

— Ah, não precisa — respondeu Valerie, sendo modesta.

Valerie reconhecera a importante obra de um escultor que ela admirava muito na janela da galeria. Ela não estava à altura dele, ou não acreditava estar. Então Saverio lhe disse:

— Você vai jantar conosco. Sim?

Valerie hesitou por um instante e então concordou com a cabeça. Não tinha nada mais para fazer, e o italiano estava sendo muito simpático. Além disso, ambos compartilhavam a paixão pela arte.

— Em que hotel você está?

Ela disse a Saverio onde estava hospedada, e ele prometeu buscá-la às oito e meia. Valerie deixou a galeria sentindo-se corajosa e aventureira novamente. Era divertido conhecer pessoas novas. Estava na Europa justamente para viver experiências como aquela, além de conhecer a casa de sua mãe. Agora estava livre para se divertir e relaxar, já que a parte "séria" da viagem já tinha sido cumprida.

Ela não fazia ideia de onde eles jantariam e não sabia o que vestir, então colocou uma saia preta simples, uma blusa de renda branca e sandálias de salto alto. Seus longos cabelos brancos caíam pelas costas, e ela estava usando os pequenos brincos de diamante que Lawrence lhe dera quando comemoraram vinte anos de casados. Também levou um xale, caso esfriasse à noite. Valerie estava esperando no saguão quando Saverio chegou em sua Ferrari vermelha. O italiano estava muito elegante. Usava um blazer bem-cortado, calça branca e uma camisa azul. Sua pele bronzeada realçava seus cabelos brancos. Ele entrou para encontrá-la e lhe ofereceu o braço enquanto saíam do hotel. Valerie entrou na Ferrari e se sentiu em uma corrida, à medida que ele vencia o trânsito e costurava por entre os carros. Ela sorriu ao olhar para ele. Andar de carro com ele era levemente assustador, mas muito italiano, e ela estava curtindo.

— Você faz com que eu me sinta jovem de novo! — exclamou ela por cima do barulho do motor, com um sorriso largo.

— Você é jovem — retrucou ele, sorrindo. — Na nossa idade, podemos fazer o que der vontade e ser tão jovens quanto quisermos. — E, então, ele complementou: — Você se parece com a sua mãe.

Ele ficou olhando para Valerie quando eles pararam em um sinal.

— Gostaria muito que isso fosse verdade — respondeu ela, com pesar —, mas não é. Pareço com o meu pai.

Valerie descobrira isso recentemente, em Santa Bárbara, pelas fotos que Walter tinha de Tommy. Mas havia algo de Marguerite nela que Saverio já havia notado.

— Então o seu pai deve ter sido um homem muito bonito.

Ela sorriu com o elogio, e eles arrancaram novamente quando o sinal ficou verde. Saverio era um homem muito charmoso, e parecia divertido estar com ele. Provavelmente ele era meio mulherengo também. Mas aquilo combinava com o italiano, e fazia Valerie se sentir atraente.

Eles encontraram Graziella no restaurante, juntamente com seu marido, Arnaud, e os dois eram maravilhosos. Ela dirigia a galeria do pai em Florença, e seu marido era francês e trabalhava como produtor em uma emissora de TV local. Eles contaram que tinham uma filha pequena, Isabella, de 2 aninhos. E, só de falar dela, os olhos de Saverio brilharam. Ele mostrou a Valerie uma foto da neta no celular. Ela estava usando um tutu de bailarina e tinha uma auréola de cachos loiros e um sorriso sapeca.

— Você tem netos? — perguntou ele, e Valerie balançou a cabeça.

— Phillip não é casado.

Ela achava que aquilo já seria uma explicação, mas, aparentemente, não era.

— *Allora?* — questionou Saverio, com um gesto muito italiano.
— Meu filho Francesco não é casado, mas tem dois filhos lindos com uma moça ótima.

Valerie sorriu.

— Meu filho ainda não fez isso — respondeu ela educadamente, torcendo para que ele não fizesse. Ela era moderna e tinha a cabeça aberta, mas ainda se apegava a valores tradicionais, embora soubesse que amaria os filhos de Phillip, independentemente de qualquer coisa.

— Os filhos sempre nos surpreendem — comentou ele, e ambos riram.

O inglês dele foi melhorando à medida que eles tomavam vinho. Já Graziella e o marido falavam inglês muito bem. O jantar fora muito agradável e, então, o jovem casal se despediu, e Saverio levou Valerie a um bar e restaurante que tinha uma vista espetacular de Florença. Ele ainda não estava pronto para que a noite terminasse, nem Valerie. Ela estava se divertindo demais.

— Então, Valerie — começou ele, curioso com relação a ela.
— Você é casada? Divorciada? ... — Ele estava procurando outra palavra, mas não sabia qual.

— Viúva. Meu marido morreu há três anos e meio.

Ela não parecia soar pesarosa, apenas pragmática. Havia se conformado com a morte de Lawrence. Os dois tinham passado anos maravilhosos juntos. Ele viveu uma vida muito boa, e a história de amor deles era linda.

— Você está sozinha?

Saverio parecia chocado, e ela riu.

— Sim. Como a maioria das mulheres da minha idade que ficam viúvas.

Ela era racional com relação ao assunto. Não esperava encontrar um homem, nem queria um. Estava bem sozinha.

— Por quê? Você é uma mulher linda e muito interessante. Por que estaria sozinha?

Era difícil explicar isso ao italiano. Valerie não queria simplesmente dizer que a maioria dos homens não cai de paraquedas na frente das mulheres. Não tinha saído com ninguém desde a morte de Lawrence. Recebera convites de viúvos que conhecia, mas não estava interessada em nenhum deles. E ela e Lawrence foram um ótimo casal. Tinham sido felizes por muito tempo. Ela não queria ser gananciosa ou tola esperando encontrar aquilo de novo e depois se decepcionar.

— Você só está sozinha porque quer. Aposto — insistiu Saverio. — Você quer estar sozinha?

— Não exatamente. Mas eu me mantenho ocupada. Faço muitas coisas das quais gosto.

— Mas faz tudo sozinha? — Ela confirmou com a cabeça. — Isso é horrível. Eu tenho 70 anos, Valerie, mas não considero minha vida como homem encerrada.

Ele foi muito incisivo e parecia estar falando sério. A artista ficou surpresa ao saber a idade dele. Teria chutado que ele tinha 60 e poucos anos. Saverio estava em ótima forma e era um homem muito bonito.

— Para os homens, é diferente — retrucou ela. — Você pode namorar uma menina de 25 anos, se quiser. Eu pareceria meio ridícula se fizesse isso. É normal os homens construírem novas famílias com mulheres mais jovens quando têm a sua idade.

Ele balançou o dedo indicador quando ela disse isso.

— Nada de crianças! Gosto de mulheres, não de crianças ou jovenzinhas.

Ele deixou aquilo bem claro, e foi aí que Valerie percebeu, surpresa, que Saverio estava flertando com ela. Aquilo não acontecia fazia anos, e ela não sabia como reagir. Mas era lisonjeiro de qualquer forma. Ela estava na Itália, o homem à sua frente era charmoso, bonito e inteligente. Talvez flertar com ela não fosse uma ideia tão ruim assim. Winnie teria surtado só de pensar naquilo, mas Valerie não conseguia imaginar Saverio flertando com sua tia. Só de pensar nisso, Valerie começou a rir.

— Não estou nem aí para esse papo de idade — continuou Saverio, determinado. — É um pensamento muito pequeno. Como uma caixa pequena. Essa caixa é pequena demais para você. Você não tem limites, você é livre.

Ele não estava totalmente errado em relação a Valerie, e ela gostou de ouvir aquilo. Saverio estava dizendo que aceitar a crença na idade era limitador demais — aparentemente, para ele também. Aquela era, certamente, uma concepção interessante. Os dois conversaram sobre o assunto por mais um tempo, e Valerie ficou feliz por ele ter parado de tomar champanhe, visto que estava dirigindo. Porém, quando Saverio a encorajou a tomar mais uma taça, ela aceitou. Valerie não tinha nenhum compromisso no dia seguinte e poderia dormir até mais tarde.

— Quero mostrar Florença a você — disse ele enquanto assinava o cheque.

Valerie descobriu, quando eles estavam indo embora, que aquele local era uma casa noturna, e se perguntou se Saverio costumava aparecer ali com frequência e se tinha muitas namoradas. Ele era um típico italiano, mas parecia uma pessoa sincera. No caminho de volta, ele se confessou para ela:

— Estou apaixonado pela sua mãe. Eu fiquei... *la prima volta*... na primeira vez que vi a foto dela. Ela é uma mulher de magia e mistério. O conde era louco por ela.

Valerie não entendia como ele sabia aquilo, mas ele tinha razão. As fotos dos dois, as cartas de sua mãe e os presentes extravagantes que o conde havia lhe dado sugeriam isso.

— Eu gostaria de tê-la conhecido — disse Valerie baixinho.

— Você não a conheceu?

Ele parecia chocado e triste por ela, e Valerie balançou a cabeça.

— Não. Eu nem sabia que ela existia. Não sabia que ela era minha mãe até pouco tempo. É uma longa história.

Longa demais para contar naquele momento, e Saverio não forçou a barra.

— Vamos conversar sobre isso um dia. Na verdade, acho que temos muito o que conversar.

E então um pensamento ocorreu a Valerie, e ela percebeu que queria uma resposta naquele momento, antes que a amizade deles fosse adiante — se é que iria.

— Você é casado, Saverio?

— Por que você pergunta isso?

Ele se virou para ela com uma expressão curiosa.

— Só estava aqui pensando.

— Você acha que todos os homens italianos correm atrás de todas as mulheres. — Ele balançou a cabeça numa expressão reprovadora. — Não, eu não corro atrás de toda mulher. Apenas das especiais. Como você. E eu sou como você. Minha esposa morreu quando meus filhos eram pequenos. Ela teve câncer. Graziella tinha 5 anos na época, e Francesco, 10.

Assim como Valerie, ele parecia pragmático com relação ao assunto. Trinta anos haviam se passado desde então. Ele lhe contou que nunca se casara novamente. Não conheceu outra mulher com quem quisesse se casar. E Valerie tinha certeza de que Saverio tivera muitas mulheres desde que ficara viúvo, mas gostava dele mesmo assim. O italiano era animado e divertido. E Valerie podia sentir que havia algo mais nele.

Saverio a levou de volta ao hotel e, dessa vez, deu um beijo rápido em seu rosto, em vez de na mão.

— Quem sabe almoçamos amanhã? — propôs ele.

Ele a divertia. Mas Valerie não se sentia louca de amores por ele, e não havia dúvidas de que ele era um paquerador e adorava mulheres. Mas também era um homem muito agradável.

— Eu adoraria.

— Você vem até a galeria?

— Vou.

— Vamos a um restaurante que tem um jardim muito bonito — prometeu ele, e ela lhe agradeceu e acenou, despedindo-se, ao sair do carro.

Saverio a observou entrar no hotel e então arrancou com sua Ferrari. Fora uma noite maravilhosa para ambos.

Capítulo 24

No dia seguinte, Valerie chegou à galeria ao meio-dia e meia, e Saverio a levou ao restaurante prometido, que era realmente lindo. Os dois ficaram lá conversando por três horas, e ela lhe contou a história da vida de sua mãe. Saverio ficou fascinado, especialmente quando Valerie lhe contou como havia ficado sabendo da existência de Marguerite.

— Isso foi o destino, Valerie. Não foram meros acidentes. — E então ele a surpreendeu com o que disse em seguida. — Talvez nosso encontro também seja obra do destino.

Parecia cedo demais para dizer algo assim, embora a ideia fosse interessante, mas Valerie resolveu não comentar.

Saverio a acompanhou até o hotel, e ela passou uma noite tranquila lendo e fazendo uma lista do que ainda queria ver em Florença. No dia seguinte, eles foram à Galeria Uffizi juntos. Ele queria mostrar inúmeras coisas a Valerie. No fim de semana, foram para a Toscana na Ferrari dele, com a capota aberta. Ele a levou a festa de uns amigos, muitos deles falavam inglês. Saverio a apresentou a seu filho quando ele apareceu em Florença. Ela conheceu Isabella, a Adorável. Valerie estava curtindo cada segundo. Durante duas semanas, tinha deixado a vida seguir seu rumo, e então finalmente se perguntou se deveria seguir adiante e viajar um pouco mais. Mencionou isso a Saverio certa noite no jantar. Ele a levava a um restaurante diferente toda noite.

— Por que você quer ir embora de Florença? — perguntou ele, e Valerie percebeu que o marchand parecia magoado. — Está infeliz?

— Não, tem sido maravilhoso. Mas não posso ficar aqui para sempre. E você tem coisas a fazer, Saverio. É um homem ocupado e tem passado tempo demais comigo. Não quer voltar para a sua vida?

— Não. Adoro ficar com você. — Ele agora falava com Valerie em italiano, às vezes, e ela entendia tudo, quando não era complicado demais. — Tem muito espaço para você na minha vida.

Mas ela não podia morar em um hotel em Florença só para ficar com ele. Mesmo assim, adorava ter um homem em sua vida de novo, alguém com quem pudesse trocar ideias, fazer programas. Nunca conhecera um homem como ele. Saverio a fazia se sentir mulher novamente. E o fato de que ele era quatro anos mais novo que ela não fazia diferença para nenhum deles.

— Por que não passamos dois dias em Roma? — sugeriu ele.

E então, dois dias depois, eles foram de carro para Roma. Saverio ficou em seu apartamento, perto de onde Marguerite costumava morar em Parioli, e Valerie se hospedou novamente no Hassler. O italiano não a pressionou para ficar com ele. Sabia que, se fosse para acontecer alguma coisa entre os dois, Valerie precisava de tempo para entender que era real, e que ele não estava apenas querendo se divertir. Mas Saverio parecia bastante sério com relação a ela, e seus filhos também tinham sido muito gentis com Valerie. Sua filha Graziella falara com ela na galeria, certa tarde, quando Saverio havia saído para uma reunião e a deixado lá esperando por ele:

— Sabe, meu pai é mais sério do que aparenta. Ele parece estar o tempo todo se divertindo e de fato é fã das mulheres, especialmente das bonitas. — Ela sorriu para Valerie. — Ele é homem, e é italiano, mas levou algumas mulheres a sério. Poucas, mas levou. E ele está sozinho já faz um bom tempo. Há dez anos, ele se apaixonou por uma mulher que acabou morrendo, assim como minha mãe. Ele não se apaixonou por mais ninguém depois dela. Acho que ele realmente gosta de você. E tenho certeza de que não está brincando com seus sentimentos.

Valerie ficou tocada pelas palavras da jovem. Saverio nunca mencionara a mulher que morrera dez anos antes.

Eles passaram dois dias maravilhosos em Roma, e Saverio fez questão de mostrar a Valerie um lado da cidade que ela nunca tinha visto. A verdadeira Roma que os romanos conheciam e amavam. E, quando os dois voltaram para o hotel dela, depois de jantarem em um restaurante próximo na segunda noite, ele a beijou na escadaria da Piazza di Spagna. Valerie ficou surpresa ao perceber que havia mais afeto do que paixão naquele gesto. Parecia um beijo verdadeiro, de um homem verdadeiro, que tinha sentimentos reais por ela. A artista sentiu algo queimar dentro de si, algo que ela achava estar morto fazia anos. O italiano a beijou novamente quando a levou até o quarto, mas ela não o convidou para entrar. Ainda não estava pronta para isso. E estava começando a ficar preocupada com o futuro. Não podia simplesmente ficar na Itália para sempre. Cedo ou tarde, precisaria voltar a Nova York, mas, quando tentou explicar isso a ele, ouviu a mesma pergunta que tinha escutado antes.

— Por quê?

— Como assim, "por quê"? Eu tenho uma vida lá, e um filho.

— Seu filho já é um homem crescido, Valerie, dono da própria vida. Um dia, ele vai se casar, ou encontrar uma mulher com quem queira dividir a vida. Você não tem emprego fixo. É pintora. É uma mulher livre. Poderíamos morar em Roma, Paris, Florença, Nova York. Você abriria mão de viver um grande amor para morar em uma cidade específica porque acha que é velha demais para se apaixonar? Isso seria uma estupidez. Talvez o destino ou a sua mãe quisesse que nós ficássemos juntos. Talvez tenha sido por isso que nós acabamos nos conhecendo no castelo. Talvez o destino tenha feito eu comprar um castelo só para conhecer você, para devolver a casa da sua mãe a você.

Ouvir aquilo parecia um pouco assustador. Ela não tinha contado nada sobre Saverio a Phillip. Depois das duas semanas que passara em Florença, o filho havia perguntado se ela já tinha visitado a galeria do marchand. Valerie ainda não sabia o que dizer e também não queria mentir para Phillip.

— Sim, para falar a verdade, visitei. Saverio e eu saímos para jantar e acabei conhecendo a filha e o genro dele. São pessoas incríveis, você iria adorar os dois. E conheci o filho dele em Roma.

— Ah, é? E como foi que isso aconteceu?

Phillip parecia um pouco surpreso.

— Vim passar mais dois dias em Roma.

— Saverio parece ser um cara incrível — comentou ele inocentemente.

Phillip não fazia a menor ideia de que sua mãe estava se apaixonando pelo italiano e que os dois não se desgrudavam fazia três semanas.

— Ele é um homem encantador — concordou Valerie, perguntando-se se deveria contar ao filho o que estava acontecendo.

Mas achou melhor não. Queria proteger o que ela e Saverio tinham. E as coisas estavam esquentando desde que ele a tinha beijado em Roma.

Foi tudo diferente quando eles voltaram para Florença. E, depois de estarem juntos fazia um mês, ele a convidou para viajar em um fim de semana. Valerie não parava de pensar no que Graziella havia lhe dito. Ela nunca poderia imaginar que algo do tipo fosse acontecer com ela. Mas sentia que não podia mais conter a situação. E talvez ele tivesse razão. Quem sabe a história deles não estivesse mesmo escrita em algum lugar? Ela não sabia o que pensar.

Saverio levou Valerie a Portofino para passar o fim de semana, e eles ficaram no Hotel Splendido. Era uma bela cidadezinha portuária, e eles se sentiam como recém-casados em lua de mel, passando longas manhãs na cama fazendo amor, caminhando pela cidade, jantando tarde da noite e voltando para o quarto para fazer amor de novo. Aquilo era uma loucura maravilhosa, e Valerie percebeu que nunca havia se sentido tão feliz na vida.

Certo dia, eles estavam deitados na cama tarde da noite, e ela o fitou sob a luz do luar.

— Saverio, o que nós vamos fazer? Eu preciso voltar para Nova York. Não posso ficar fugindo para sempre. Preciso dizer alguma coisa para o meu filho.

— Ele não é seu pai. É seu filho. Você pode fazer o que bem entender com a sua vida.

— Você não abandonaria os seus filhos. Eu não posso fazer isso com o meu.

— Eu entendo. Você veio passar o verão aqui. Nos dê pelo menos esse tempo. E depois nós decidimos o que fazer.

Valerie concordou com a cabeça, e os dois fizeram amor de novo. Quando eles estavam juntos na cama, ela quase esquecia que tinha uma vida em Nova York e que existia um mundo além da Itália.

No fim de semana seguinte, os dois foram para a Sardenha e ficaram na casa de amigos de Saverio em Porto Cervo. Valerie adorou todo mundo. Os amigos dele tinham um barco lindo, e o casal passava o dia a bordo, voltando para o hotel somente à noite.

Saverio também a levou a Veneza, em uma viagem a trabalho. Eles foram de avião a Londres para ficar um dia lá e ver um quadro que ele queria comprar. Estavam lentamente misturando suas vidas uma na outra e se transformando em um casal de verdade. Valerie se sentia completamente à vontade com ele. Gostava de tudo que os dois faziam juntos e se perguntava se sua mãe se sentira assim com Umberto.

Em agosto, foram para a casa de Nápoles e passaram uma semana lá. Valerie agora entendia perfeitamente por que sua mãe amava aquele lugar.

Quando retornaram a Florença, Phillip ligou para a mãe e perguntou quando ela iria voltar para casa.

— Não sei — respondeu Valerie com sinceridade, sem querer deixá-lo chateado. — Estou adorando a viagem.

— Consigo entender por quê. Eu também adoro a Itália. Não tenha pressa em voltar. Jane e eu vamos velejar no Maine por duas semanas. Eu só queria saber como você estava.

Quando ele disse aquilo, Valerie sentiu que precisava conversar com Saverio aquela noite.

— Você iria comigo para Nova York, para ficar um tempo? — perguntou ela.

Ele pensou por alguns instantes e concordou com a cabeça. Também estava repensando sua vida e tentando descobrir uma forma de fazer as coisas funcionarem entre eles. E a artista tinha razão — ele também não queria abandonar os filhos. Além disso, tinha um negócio para administrar. Graziella e Francesco faziam um bom trabalho, mas ele estava sempre por perto, embora não trabalhasse mais todos os dias. Ele fazia o que queria, mas ainda estava muito envolvido com o trabalho. Valerie era mais livre que ele, exceto por Phillip. Por outro lado, ela estava profundamente preocupada com Winnie e tinha contado a Saverio sobre a tia.

— Precisamos encontrar um homem para ela — sugeriu o italiano, e Valerie riu alto. Nesse sentido, não havia mais esperança para Winnie. Ela não queria um homem. Só queria jogar *bridge*.

— Posso passar um tempo com você em Nova York. Não o ano todo. Não quero morar lá. Mas podemos ficar indo e vindo. Somos muito afortunados. Podemos fazer o que quisermos.

Aquilo demandava certo planejamento, mas Valerie percebeu que ele tinha razão. Ela podia pintar em qualquer lugar, e ele não precisava estar nas galerias o tempo todo. Além disso, os filhos de ambos eram adultos. E Saverio não estava sugerindo que eles fossem inseparáveis. Cada um tinha sua própria vida. Só que, juntos, eles tinham ainda mais. Os dois passaram a conversar bastante sobre o assunto e, quando agosto chegou ao fim, achavam que podia dar certo.

302

Na última semana de agosto, ela deixou o hotel e foi morar com ele. Parecia bobagem continuar ali. Não dormia no hotel fazia um mês. Preferia ficar com ele em sua casinha ensolarada. Havia ficado de voltar para Nova York na semana seguinte, quando Phillip retornasse do Maine, depois do fim de semana do Dia do Trabalho. Ela planejava passar aquele mês em Nova York, e Saverio iria ao seu encontro dali a duas semanas. Valerie estava nervosa, pois precisava contar a Phillip sobre seu romance com o italiano. Saíra de Nova York solteira e estava voltando comprometida. Uma mudança totalmente inesperada. Ela só podia torcer para que Phillip não ficasse chocado demais.

Capítulo 25

Quando Phillip e Jane partiram para o Maine, em meados de agosto, Valerie já estava na Itália fazia quase dois meses. Ele sentia falta da mãe, mas ficava feliz por saber que ela estava se divertindo. Além do mais, ele e Jane andavam ocupados. Ela tinha feito o exame da ordem dos advogados em julho e só receberia os resultados em novembro, mas torcia para que tivesse se saído bem. E começaria a trabalhar em setembro. Ela recebera duas ótimas propostas de escritórios de advocacia conhecidos, o de Penny e de outro ainda mais prestigiado, que lhe oferecera um salário mais alto e condições melhores de trabalho. Então acabou aceitando a oferta do concorrente de Penny e mal podia esperar para começar a trabalhar. Eles tinham prometido torná-la sócia júnior em dois anos, se Jane desse resultados. Phillip tinha certeza de que a namorada se sairia melhor do que o esperado. Ele nunca tinha ficado tão apaixonado por uma mulher na vida, nem se dado tão bem com qualquer outra pessoa quanto se dava com Jane. Os dois estavam namorando fazia cinco meses e já conversavam sobre morar juntos no outono. Tudo estava caminhando muito bem para o casal.

Então, um dia antes de eles partirem para o Maine, a Christie's colocou a cereja no bolo. Phillip foi convidado para ocupar um cargo no departamento de arte e receberia uma promoção e um aumento, a partir do dia 1º de outubro. Ele precisaria viajar para a Europa com mais frequência e haveria mais regalias. Era tudo o que ele queria. Estava esperando aquela promoção havia quase três anos. Então aceitara a oferta imediatamente.

Certa tarde, ele e a namorada entraram nesse assunto, depois de jogarem a âncora para passar a noite em uma pequena enseada. Haviam passado um dia ótimo velejando.

— É tão estranho como as coisas acontecem, não? — comentou Jane, parecendo pensativa. — Fiquei tão chateada quando não consegui o estágio que queria... mas acabei na Vara de Sucessões. Se eu não estivesse lá, não teria cuidado da herança da sua avó nem conhecido você.

Ela sorriu para o namorado, enquanto eles curtiam o sol deitados no deque, relaxando após o passeio.

— E, se eu não tivesse sido jogado para o departamento de joias, outra pessoa teria sido chamada para fazer a avaliação, e minha mãe nunca teria descoberto a história de Marguerite, e eu não teria conhecido você.

Ele se aproximou e a beijou.

— Essas coisas fazem a gente acreditar no destino, não fazem?

— Ou na sorte. Mas seria sorte demais, nesse caso, para tudo ter sido puro acaso. Tudo se encaixa perfeitamente. E, felizmente, você se livrou daquele namorado.

Jane ficara sabendo por uns amigos da faculdade que conheciam John que ele tinha voltado para Los Angeles com Cara e que os dois estavam abrindo uma empresa, com a ajuda do pai dela. Jane se sentia muito feliz por ter tido coragem de largá-lo naquela época — caso contrário, jamais teria dado uma chance a Phillip.

— Como está a sua mãe, por falar nisso? — perguntou ela casualmente. — Parece que ela está viajando há uma eternidade.

A viagem de Valerie havia proporcionado aos dois mais tempo juntos. Não que ela interferisse no relacionamento do filho, mas a artista era uma presença constante na vida dele. Por sorte, Jane gostava muito dela, e Valerie tinha sua própria vida.

— Ela está fora há bastante tempo mesmo — concordou Phillip.
— Acho que essa viagem é uma espécie de rito de passagem para ela, depois de ter descoberto sobre a mãe.

Com o leilão, Valerie havia ficado segura financeiramente pelo resto da vida. Tinha uma fortuna considerável que lhe permitiria fazer o que quisesse pelo resto de seus dias. Phillip estava feliz por ela, especialmente com relação às descobertas sobre sua mãe e até mesmo por ela ter encontrado os parentes do pai, o que fora pura sorte. Novamente a sorte...

— Acho que ela vai voltar depois do Dia do Trabalho. Mas ela diz que quer viajar mais agora. É bom que viaje mesmo, enquanto pode — continuou ele. — Com o dinheiro que conseguiu com as joias, ela pode fazer o que bem entender. Vai ser ótimo para ela. — E para ele também, um dia. Phillip tinha consciência disso. — Acho que ela fez amizade com proprietário da casa da mãe dela, daquele *château* em Nápoles. Eu o conheci em março, quando fui pesquisar sobre Marguerite. Minha mãe mencionou algo sobre ter conhecido os filhos dele e visitado a galeria dele em Florença também. Eu gostei bastante desse italiano. Fui eu que dei o número dele para ela. Fico feliz que ela o tenha procurado.

Eles prepararam o jantar na cozinha do barco naquela noite. No fim das contas, aquelas duas semanas no Maine foram ainda melhores do que eles esperavam. O tempo estava perfeito. Eles comeram lagosta quase toda noite. Também encontraram velhos amigos de Phillip, e Jane os adorou. Suas vidas estavam se mesclando lentamente, e ambos se sentiam ainda mais próximos um do outro quando retornaram a Nova York depois do fim de semana do Dia do Trabalho. Tinham novas perspectivas no trabalho. Phillip estava animado para encontrar a mãe e saber tudo sobre a viagem. Ela tinha passeado por toda a Itália nos últimos dois meses. E ele sabia, por Penny, que Winnie estava desesperada para vê-la também, e que sentia sua falta. Valerie ligava regularmente para ela, mas Winnie reclamava por ela estar fora há tanto tempo.

Foi estranho para Valerie pousar no JFK. Parecia que ela havia ficado fora por anos e agora voltava outra pessoa. Seu coração estava com Saverio, na Itália, mas ali era o seu lar. Seu mundo agora parecia incompleto sem ele, mas em duas semanas o italiano estaria em Nova York. Valerie estava ansiosa para lhe mostrar várias coisas nos Estados Unidos e, depois, para se juntar a Saverio em sua vida na Itália, ao menos parte do tempo. Ela percebeu que ele tinha razão — por que deixar a idade nos limitar se ainda podemos aproveitar a vida? Eles podiam fazer o que quisessem. Tinham dinheiro e tempo, e haviam tido a sorte de encontrar um ao outro. Ou fora apenas o destino, como Saverio acreditava. Fosse o destino ou mera sorte, era um presente precioso, e Valerie estava pronta para abraçá-lo, assim como Saverio. Certo dia, ele contara a ela sobre a ex-namorada que morrera dez anos antes e afirmou que se recusava a perder a mulher que amava pela terceira vez. Agora queria curtir cada momento com Valerie, pelo tempo que pudessem. Com sorte, seria muito tempo.

Valerie ligou para Phillip assim que entrou em casa aquela noite — ele e Jane também haviam acabado de chegar. Ela ficou feliz por saber que o filho estava bem perto dela e o convidou para almoçar no dia seguinte, com Jane, é claro. Phillip contou a Valerie sobre os novos empregos dos dois.

— Que fantástico! — Ela quase disse "*Bravi*!", mas se conteve. Seu italiano tinha melhorado muito durante o verão. — Como foi no Maine?

Ela adorava ouvir a felicidade na voz do filho. Jane estava sendo ótima para o Phillip, e Valerie ficou feliz em saber que ele ia voltar para o departamento de arte na Christie's. Era tudo que ele queria havia mais de dois anos.

— Foi perfeito — respondeu Phillip. — Nós nos divertimos muito. Acho que nunca comi tanta lagosta na vida. Mal posso esperar para saber tudo sobre a sua viagem, mãe. Você percorreu praticamente a Itália inteira. Sardenha, Portofino, Nápoles, Roma, Florença, Veneza, Siena...

Valerie tinha mandado cartões-postais para Fiona e Winnie de todos os lugares e enviado muitos e-mails para Phillip. A única coisa que ela não tinha contado ao filho era que não havia feito essas viagens sozinha. E queria contar isso logo. Agora que ela e Saverio tinham planos, e Phillip merecia saber.

Eles concordaram em se encontrar no "21" na noite seguinte para dar boas-vindas a Valerie, que havia ficado de visitar Winnie pela manhã. Queria ter ligado para ela assim que desembarcou em Nova York, mas sabia que a tia estaria dormindo. Winnie levava uma vida completamente diferente das noites animadas de Valerie e Saverio. A vida de Valerie mudara bastante durante o verão. Ela sabia que Winnie ficaria chateada com as viagens que pretendia fazer, mas teria de aceitar. A artista não ficaria mais o tempo todo em Nova York. Não estava disposta a abrir mão da Itália só para cuidar de Winnie. Ela só tinha receio da reação de Phillip. Não tinha como saber como o filho reagiria ao descobrir que havia um homem em sua vida.

Valerie desfez as malas e caminhou pelo apartamento. O retrato de Marguerite que havia começado a pintar ainda estava sobre o cavalete em seu ateliê, inacabado, e ela queria terminá-lo agora. Notou que o apartamento parecia aconchegante, porém diferente. Faltava algo ali agora, então colocou uma foto de Saverio ao lado da cama, como que para provar que ele realmente existia, e no mesmo instante se sentiu melhor. O italiano ligou para ela às duas da manhã, quando acordou em Roma, às oito, e foi um alívio ouvir a voz dele.

— Estou com saudades! — Foi a primeira coisa que ela disse.

— *Anch'io*. Como foi o voo? — perguntou ele, feliz por ouvir a voz da namorada.

— Longo. Mas eu dormi boa parte do voo.

Os dois tinham ficado acordados conversando até tarde na noite anterior. Havia muita coisa para planejar e discutir.

— Já encontrou com Phillip?

Saverio parecia tão preocupado quanto ela. Não havia como prever como Phillip reagiria. Quando se trata das mães, os homens podem se mostrar possessivos. Talvez ele não reagisse bem à notícia do romance de Valerie, embora ambos torcessem para que isso não acontecesse. Os filhos de Saverio, por outro lado, estavam muito contentes com a novidade e já adoravam Valerie.

— Vou jantar com ele amanhã à noite e vou visitar Winnie pela manhã.

Nenhum deles estava muito preocupado com Winnie agora, mesmo sabendo que ela não receberia bem a notícia. Saverio se divertiu com as coisas que Valerie lhe contou sobre a tia. Ela era a personificação de uma velha rabugenta, mas ele percebera que Valerie a amava e a aceitava como ela era.

— Me ligue depois do seu jantar com Phillip amanhã. Não importa a hora.

— Será muito tarde para você aí. Lá pelas quatro ou cinco da manhã. Ligo pela manhã.

— Vá dormir agora — disse ele delicadamente. — Já está tarde para você. Me ligue quando acordar.

Era final da tarde para ele. Os dois precisariam se acostumar com os fusos horários agora. Valerie adorava as conversas deles e o fato de ter alguém especial em sua vida. Mal podia esperar para que ele chegasse. Duas semanas pareciam uma eternidade para ambos, mas ela tinha muita coisa para resolver.

Saverio lhe mandou um beijo de boa-noite pelo telefone, e Valerie ficou deitada pensando nele antes de pegar no sono. Era difícil de acreditar, mas era real. Eles tinham encontrado o amor na Itália.

Na manhã seguinte, Valerie ligou para Winnie assim que acordou.

— Você finalmente voltou! — exclamou Winnie em um tom ranzinza. — Estava começando a achar que você tinha resolvido ficar por lá.

— Estou aqui. Posso passar aí para uma xícara de chá?

— Vou jogar *bridge* ao meio-dia — respondeu ela, irritada. Em sua mente, Winnie precisava punir Valerie por ter ficado tanto tempo longe. A artista já esperava por isso e não ficou surpresa.

— Vou passar aí agora. Estou acordada há horas.

Ela tinha acordado no fuso europeu para ligar para Saverio. Ele estava voltando para Florença e conversou com ela do carro. Valerie prometeu ligar novamente após o jantar, e ele lhe desejou sorte. Aquela era a palavra da vez agora.

Winnie parecia bem quando abriu a porta, um pouco mais magra, porém, bem. Abraçou Valerie de má vontade, mas estava visivelmente contente por vê-la.

— Você não deveria ter ficado tanto tempo fora — reclamou ela.

No fim das contas, ela foi para Martha's Vineyard ficar com Penny e havia deixado todos loucos. Penny tinha mandado vários e-mails a Valerie contando tudo, que riu muito quando os leu. E Winnie reclamara da falta de educação das crianças com Valerie no telefone.

— Eu estava me divertindo — respondeu Valerie com sinceridade, e sem pressa nenhuma para voltar. Aquela era a bênção de ter filhos crescidos. Ela não *precisava* voltar para casa.

Ela acompanhou Winnie até a cozinha, e as duas prepararam um chá. A empregada estava passando o aspirador de pó no quarto de Winnie, então elas estavam sozinhas.

— Conheci um homem — contou Valerie enquanto Winnie bebericava seu chá, e ela quase engasgou.

— Você o quê?

Winnie a encarou.

— Conheci uma pessoa.

— Ele sabe quantos anos você tem?

— Sim, sabe. Ele é quatro anos mais novo.

— Vocês são dois velhos agindo como adolescentes, isso sim. Ele é americano?

Valerie balançou a cabeça.

311

— Italiano.

— É claro. — Os lábios de Winnie se contraíram em uma linha fina. — Ele está atrás do seu dinheiro.

— Para falar a verdade, não. — Ela queria dizer "ele está atrás do meu corpo", mas achava que Winnie não conseguiria suportar o choque daquela informação. — Ele é um marchand muito bem-sucedido. Estará em Nova York daqui a duas semanas. Você gostaria de conhecê-lo?

— Eu, não! — Ela estava revoltada, mas pelo menos Valerie tinha perguntado. — Não vou me encontrar com nenhum gigolô italiano. — Ela tinha ignorado completamente o que Valerie dissera sobre o trabalho dele. — Então era isso que você estava aprontando esse tempo todo! Que patético! Você tem sorte por ele não a ter matado enquanto você dormia.

Aquele era um pensamento horrível, mas era assim que Winnie enxergava o mundo. Valerie sentiu vontade de rir ao ouvir tal comentário sobre um dos mais importantes marchands de Florença e Roma. As duas permaneceram em silêncio na cozinha por um tempo, enquanto Winnie digeria a notícia.

— Você não pode simplesmente ficar feliz por mim, Win? É bom ter alguém com quem compartilhar minha vida. Ele é um bom homem. É proprietário do *château* onde minha mãe morou. Foi assim que Phillip o conheceu. Então eu fui procurá-lo.

— Você poderia ter encontrado alguém aqui, se estava tão desesperada assim.

— Não estava. Foi uma surpresa para mim. Pura sorte. Ou destino, como ele diz.

— Ainda acho que ele está atrás do seu dinheiro. Esse homem provavelmente leu sobre o leilão e está só esperando para dar o bote.

— Gostaria muito que você não pensasse assim.

Mas ela sempre pensava. Os pais dela também eram assim. Fechados em relação a tudo, como se tivessem raiva do mundo. Valerie sabia que Winnie cederia em algum momento. Ela sempre cedia, de

312

má vontade, mas cedia. Ela acabaria se conformando. Logo depois, Valerie foi embora. Disse a Winnie que ligaria dentro de alguns dias. Winnie não respondeu, e a mulher mais nova simplesmente fechou a porta e se foi.

Valerie chegou ao 21 naquela noite antes de Phillip e Jane. Estava nervosa esperando pelo jovem casal e tentou parecer calma quando eles chegaram. Mas Phillip a conhecia muito bem e percebeu na hora que havia algo no ar. A mãe estava ótima, feliz e relaxada, seus olhos brilhavam, seu cabelo estava lindo, e ela ainda estava bronzeada. Usava um vestido novo, de Roma. Na verdade, Saverio dera o vestido de presente para ela, e era mais curto do que a artista costumava usar, mas ficava lindo nela. Valeria estava estilosa e cheia de vida enquanto contava sobre a viagem, e Phillip de certa forma soube que viria uma bomba durante todo o jantar. Ele conhecia muito bem a mãe. Nem sempre suas surpresas eram boas notícias, porém ele esperava que essa fosse.

— Certo, mãe, o que está acontecendo?

Ele finalmente havia quebrado o gelo. Não conseguiu mais aguentar. O jantar estava delicioso, mas ela tinha comido muito pouco, o que era outro sinal. Valerie não costumava comer demais, mas não havia comido praticamente nada de tão nervosa.

Valerie pensou em Winnie ao olhar para Phillip e torceu para que ele recebesse a notícia melhor do que ela. Sabia que Phillip era mais parecido com ela, tinha a cabeça aberta — na maior parte do tempo, pelo menos.

— Conheci uma pessoa na Itália — começou ela, com cuidado. Não havia outra forma de dizer aquilo, então Phillip ficou olhando fixamente em seus olhos, sem saber se tinha ouvido direito.

— Um homem?

A expressão dele era vazia, como se não tivesse entendido, o que fez Jane prender a respiração.

— Obviamente. — Valerie sorriu, nervosa, e decidiu contar tudo de uma vez. — Um homem muito legal. Passamos o verão todo juntos, e gostamos muito um do outro. Para ser sincera, eu o amo.

Era isso. Parecia que Phillip tinha levado um tiro, e Jane se encolheu. Era uma novidade e tanto para ele. Valerie se perguntou se o filho poderia achar que ela estaria sendo infiel a seu pai.

— Ama? Quem é ele? O que ele faz? Como você o conheceu?

As perguntas encheram sua cabeça, todas ao mesmo tempo.

— É o Saverio Salvatore. Eu o conheci quando fui visitar o castelo. E depois o encontrei em Florença. E as coisas meio que começaram lá. De forma muito inesperada, devo acrescentar. Sei que parecemos velhos para você, mas simplesmente aconteceu. Decidimos curtir o momento e tentar encontrar uma forma de fazer dar certo. Vamos dividir nosso tempo entre Itália e Estados Unidos. Ele vem a Nova York, e eu vou para lá... Nós dois temos filhos, nosso trabalho e temos vidas próprias, mas também queremos passar um tempo juntos.

Phillip não parecia zangado, apenas surpreso.

— Nunca pensei que isso pudesse acontecer. Não sei por quê. Você certamente é jovem o suficiente para ter um homem na sua vida. — Ela não esperava ouvir aquilo. De repente, lágrimas encheram seus olhos. — Você pensa em se mudar para a Itália de vez?

Phillip parecia preocupado com aquilo. Mesmo os dois sendo ocupados, ele gostava de saber que a mãe estava por perto. Gostava de vê-la sempre.

— Acho que não. Tenho uma vida aqui. E eu não deixaria você. Mas será divertido passar um tempo na Itália também. Estamos planejando ficar indo e vindo bastante. Vai ser interessante. Então, o que você acha?

— Acho que estou um pouco chocado — respondeu ele com sinceridade e um sorriso cauteloso. Valerie sempre dissera que o pai dele fora o único homem que amara, e ele tinha certeza de que era verdade. Ela não podia imaginar que se apaixonaria por outra pessoa. Então aquele era um cenário completamente novo para mãe e filho. Mas Phillip gostava do que estava vendo nos olhos da mãe. Ele enxergava felicidade e paz. — Estou feliz por você, mãe — garantiu Phillip, com cordialidade. — Ele parece ser um bom homem e, se vocês dois têm energia suficiente para ficar indo e vindo de lá para cá, ora, por que não? Por que você ficaria trancafiada em casa como a tia Winnie, reclamando e jogando *bridge*? — Phillip deu um sorriso largo para ela. — Você está ótima. Ele deve mesmo estar te fazendo feliz. Você merece.

— Ele me faz feliz — confirmou ela. — E você também.

Era como se ambos estivessem atingindo a maioridade. Tanto ela quanto Phillip eram adultos. Conseguir aceitar um novo homem na vida da mãe poderia ser algo difícil para qualquer homem, mas Phillip estava lidando com o assunto com muita amabilidade. Ele era um homem, não um garoto. Valerie tinha orgulho dele por isso, e Jane também. Ela estava sorrindo para Valerie, contente pela sogra e aliviada por Phillip não ter criado caso e respeitado o direito da mãe de fazer o que bem entendesse. Além disso, a jovem achava muito corajoso da parte de Valerie embarcar em uma nova vida e em um novo relacionamento na idade dela. Seria desafiador ficar indo para a Itália e voltando o tempo todo, mas também seria empolgante. Jane adorava o fato de que Valerie estava disposta a tentar algo novo. Ela era a disposição em pessoa, um modelo a ser seguido. Tinha muita coragem e amor pela vida, o que era um presente para o filho, de certa forma.

E então Phillip lhe deu um sorriso maroto.

— Você já contou a Winnie?

— Já.

Valerie sorriu, lembrando da discussão daquela manhã.

— O que ela disse? Aposto que deu um piti.

Phillip riu.

— Deu. Falou que eu sou uma velha.

Phillip caiu na gargalhada.

— Mas ela vai superar isso.

Valerie não parecia preocupada.

— Eu sei que vai. Ela só não sabe disso ainda.

Eles riram um para o outro, e Phillip deu um abraço apertado na mãe quando os dois se levantaram.

— Você deveria ter me contado isso assim que a gente chegou, aí poderia ter comido sua carne tranquilamente.

— Não tem problema. — Ela riu. — Como um sanduíche quando chegar em casa.

Valerie não estava com fome, apenas aliviada. Phillip havia recebido a notícia muito bem. Eles se abraçaram novamente antes de cada um ir para sua casa. Foram embora em táxis separados. Phillip e Jane iam para o apartamento dele aquela noite, que não era caminho da casa de Valerie.

No táxi, Jane disse ao namorado que ficara muito impressionada com a reação dele à notícia.

— Já vi amigos ficarem doidos quando a mãe ou o pai viúvo ou separado se apaixona por outra pessoa. Acho que a maioria das pessoas não espera realmente que seus pais tenham vidas e relacionamentos próprios. Algumas pessoas são até bem babacas, inclusive.

— Fiquei completamente surpreso no início — admitiu ele timidamente. — Eu nunca esperava que ela fosse se apaixonar por outra pessoa depois do meu pai. Mas por que não iria? Ela merece ser feliz. Nós temos um ao outro. — Ele fitou Jane com olhos apaixonados. — Por que ela deveria passar o resto da vida sozinha? Por que não pode ter alguém também? Se der certo, vai ser ótimo. Sabe o que eu acho? Que vamos para Itália num futuro próximo — disse ele, beijando-a. Adorando a ideia. Florença era uma de suas cidades preferidas.

— Não me importa onde a gente esteja, desde que eu esteja com você — disse Jane, beijando-o.

Antes de voltar aos Estados Unidos, Valerie havia dito algo parecido para Saverio.

Valerie esperou pacientemente até as duas da manhã para ligar para Saverio novamente. Ele tinha acabado de acordar. Eram oito da manhã em Florença. Ele despertou no segundo em que ouviu a voz dela.

— Como foi? O que ele disse? — perguntou Saverio imediatamente, preocupado. Ele sabia que, se Phillip tivesse se mostrado veementemente contra, seria um balde de água fria no relacionamento deles. Valerie não queria deixar o filho chateado nem magoá-lo.

— Ele foi incrível — respondeu ela, toda contente. — Pareceu em choque por uns quatro segundos, mas depois disse que estava feliz por nós dois e que eu merecia ser feliz também, e eu sei que ele está sendo sincero.

Ela parecia eufórica e aliviada, e Saverio sorriu, deitado na cama. Era a única coisa que realmente o preocupava naqueles dias. Todo o restante podia esperar. Ele estava pensando em comprar um avião para facilitar suas viagens a trabalho e se deu conta de que isso seria ótimo para eles também. Mas, com avião ou sem, ele tinha certeza de que o relacionamento com Valerie daria certo. Ambos tinham idade suficiente para entender que haviam tido muita sorte em se encontrarem.

— Estou tão feliz — admitiu ele, sorrindo.

Phillip era o único obstáculo que ele temia. O jovem poderia muito bem ter se manifestado contra o romance deles, em defesa da memória do pai. Mas não foi isso o que aconteceu. O casal tinha a aprovação de todos os filhos, o que significava muito para ambos e tornava tudo mais fácil.

— Agora, corra e venha logo para cá — disse ela, falando como uma mulher apaixonada.

— Estarei aí em duas semanas.

Os dois conversaram por mais uma hora, esquecendo-se de já estava tarde para Valerie. Era bom demais estar vivo e apaixonado.

Capítulo 26

Quando o voo de Saverio chegou a Nova York, duas semanas depois, Valerie estava esperando por ele no aeroporto. Ele a tomou nos braços assim que a viu e a beijou, sorrindo. Aquilo fez com que as pessoas que passavam por eles sorrissem também. Os estavam obviamente apaixonados e felizes por estarem juntos.

Saverio usava um terno azul-escuro bem-cortado e estava muito elegante. Valerie havia colocado um vestido chique de algodão preto para suportar o calor insano do verão nova-iorquino.

Eles saíram do aeroporto abraçados. Não estavam com pressa, apenas felizes por estarem juntos. As duas semanas longe tinham parecido meses para eles.

— Comprei um avião ontem — contou o italiano.

Valerie riu e disse que ele era louco. Mas ela sabia que ele havia comprado um avião por questões profissionais, para que ele e os filhos pudessem viajar com mais facilidade para reuniões com clientes importantes e para comprar obras por toda a Europa.

Eles iam jantar com Phillip e Jane naquela noite, no La Grenouille, para dar as boas-vindas a Saverio a Nova York. Mas o casal ficou de beber alguma coisa no apartamento de Valerie primeiro. Eles tinham muito o que comemorar — os novos empregos de Phillip e Jane, o relacionamento de Valerie com Saverio, e tudo mais em que conseguissem pensar.

Quando entrou no apartamento de Valerie, Saverio comentou que havia adorado o cantinho dela. Era pequeno, mas parecia um abraço caloroso. O lugar fazia parte da história dela, algo do qual a artista não queria abrir mão. E ele ficou interessado em tudo, admirando suas obras de arte e sua coleção eclética de objetos. O marchand tinha duas casas e um apartamento na Itália. Os dois teriam também o apartamento dela em Nova York. Porém o melhor de tudo era que eles tinham um ao outro. Uma vida em comum agora seria um presente. O fato de eles terem se encontrado era uma bênção. Haviam passado pelo que agora parecia ser uma série de milagres, que incluía não apenas eles dois, mas todos em seu caminho, cada um de uma forma especial, cumprindo sua função.

Os milagres poderiam ser explicados como destino, mera sorte ou coincidência. Porém era inegável que certa mágica havia acontecido. Uma mulher que fora banida de suas vidas e que praticamente havia desaparecido do mapa tinha tocado todos eles de forma milagrosa e os reunido. Marguerite fez sua mágica nas vidas daquelas pessoas e os abençoou com presentes imensuráveis.

Este livro foi composto na tipografia Adobe
Garamond Pro, em corpo 13/16, e impresso
em papel off-white no Sistema Cameron da
Divisão Gráfica da Distribuidora Record.